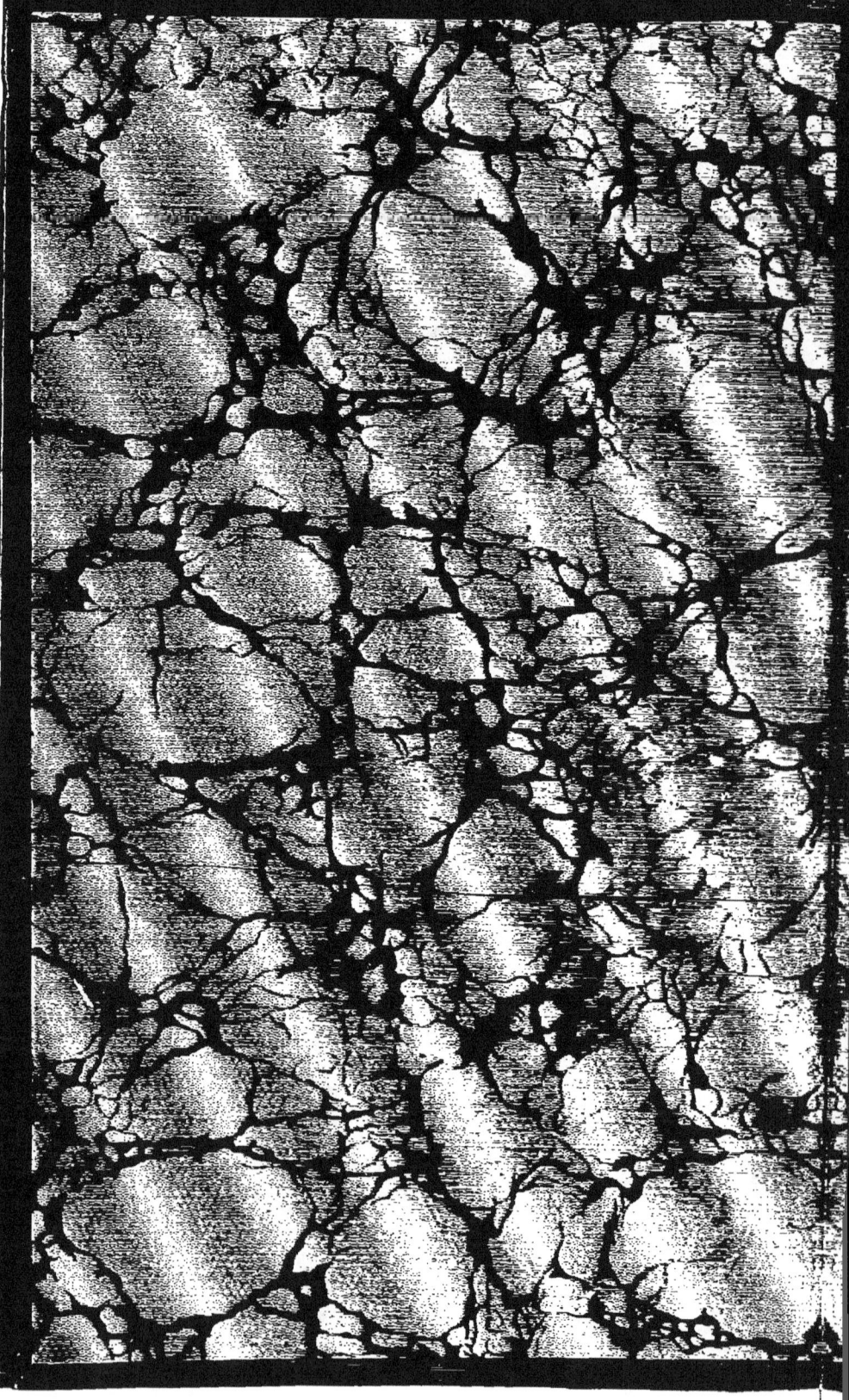

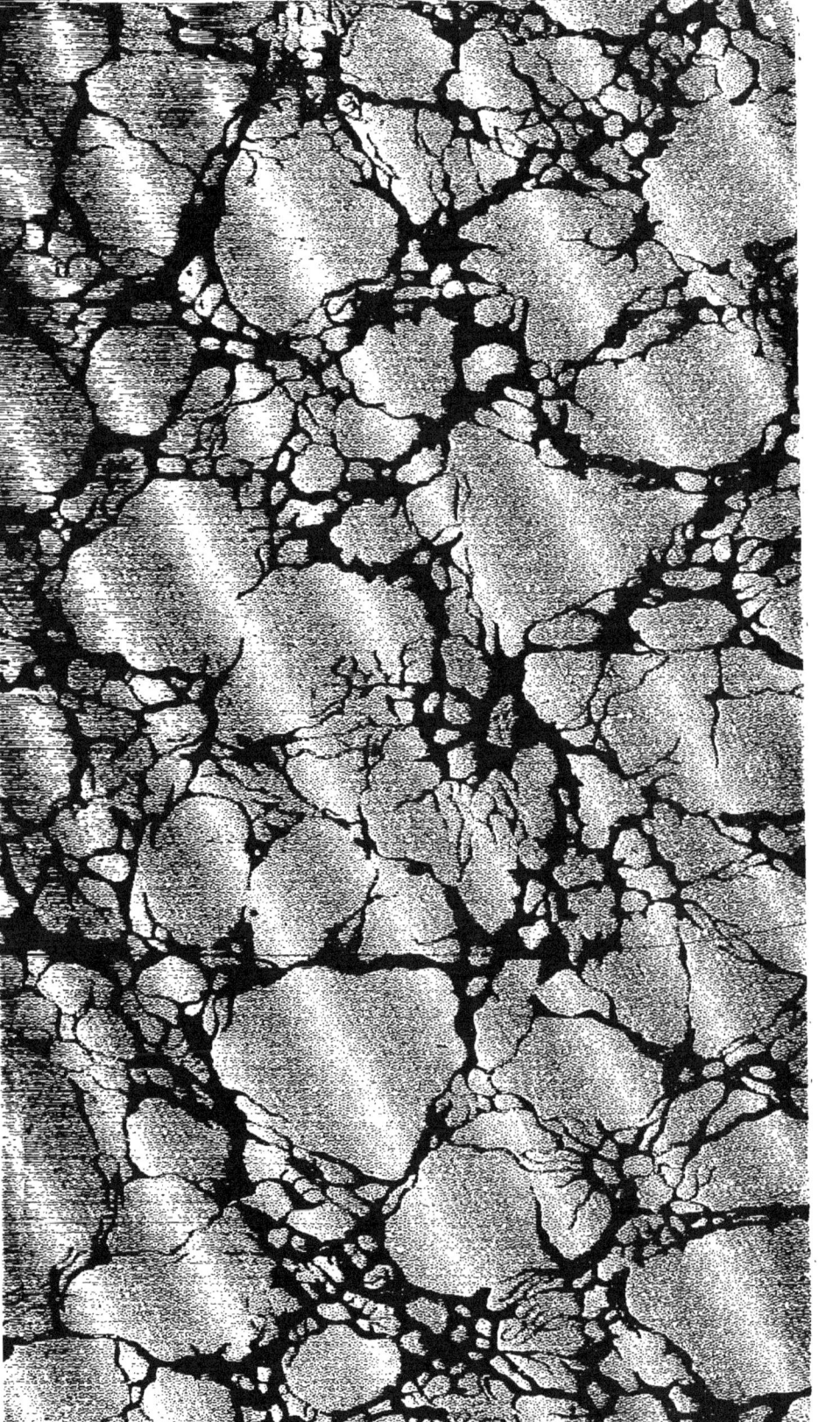

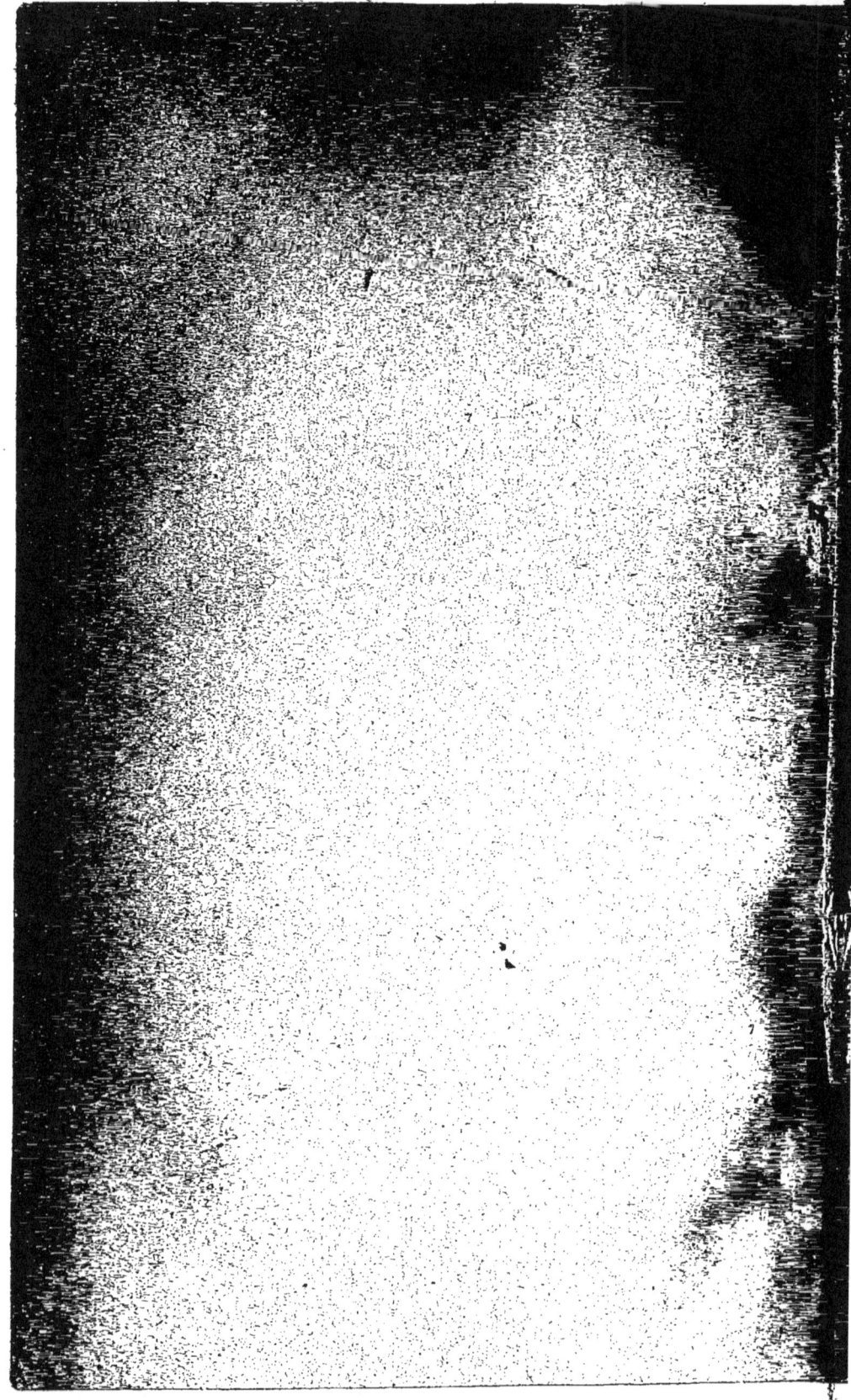

HORS LA LOI

L'AUTOMNE

D'UNE

COURTISANE

PAR

PAUL PERRET

PARIS

E. DENTU, ÉDITEUR

LIBRAIRE DE LA SOCIÉTÉ DES GENS DE LETTRES

PALAIS-ROYAL, 15-17-19, GALERIE D'ORLÉANS

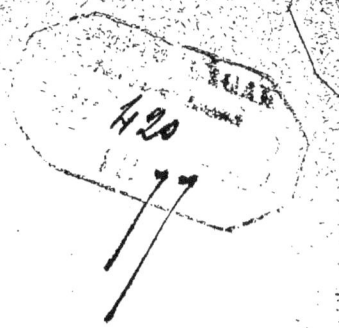

HORS LA LOI

L'AUTOMNE D'UNE COURTISANE

LIBRAIRIE E. DENTU, ÉDITEUR

Du même Auteur :

F. Aureau. — Imprimerie de Lagny.

HORS LA LOI

L'AUTOMNE

D'UNE

COURTISANE

PAR

PAUL PERRET

PARIS

E. DENTU, ÉDITEUR

LIBRAIRE DE LA SOCIÉTÉ DES GENS DE LETTRES

PALAIS-ROYAL, 15-17-19, GALERIE D'ORLÉANS

—

1877

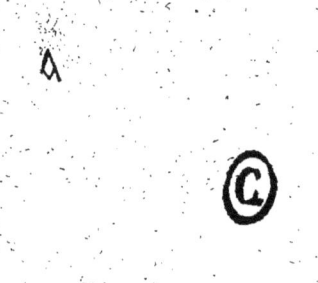

HORS LA LOI

L'AUTOMNE
D'UNE COURTISANE

I

Six heures. Une matinée de mars aigre, humide, glacée. De furieuses ondées s'étaient abattues sur Paris depuis la veille, et justement le ciel où le jour s'allumait à peine, s'ouvrit pour laisser passer une de ces cataractes qui ramena la nuit, à l'instant où devant un petit hôtel de l'avenue d'Eylau s'arrêtait un fiacre.

Des ouvriers qui cheminaient, se rendant au travail, s'attardèrent à considérer la menaçante compagnie que portait ou renfermait le véhicule, car il était chargé au dedans et au dehors. Sur le siége, près du cocher, se tenait roide sous la pluie, un premier compagnon de haute stature. Un képi galonné d'argent se voyait sous le capuchon relevé de son caban d'uniforme ; il avait le sabre au côté. Celui-ci ne bougea point. Les curieux s'éloignèrent en hochant la tête : ils savaient désormais de quoi il s'agissait.

Deux hommes descendirent du fiacre, un troisième y demeura, leur commandant d'une voix brève d'aller frapper à la porte de l'hôtel. Quant à lui, il ne se souciait point d'affronter plus longtemps que de raison cette terrible averse. La bise faisait rage, soulevant des tourbillons d'eau qui fouettaient cruellement le visage et les épaules des deux pauvres hères : ils étaient sans manteau. Aussi frappèrent-ils, et rudement. Point de réponse.

Au fond de la voiture, on entendit le personnage à couvert qui grommelait : — Ce n'est point facile de décider des valets à se lever par un pareil temps. Encore si c'étaient les maîtres !

Il n'y avait donc point de maîtres dans ce logis ?

Cependant il descendit à son tour, voyant bien qu'il faudrait payer de sa personne, franchit le trottoir, gravit le perron ; il avait un manteau, lui. Arrivé devant la porte, il écarta ses deux assesseurs et frappa rudement.

— Ouvrez ! au nom de la loi.

C'est la formule.

— Qu'est-ce qu'elle nous veut la loi ? demanda derrière les vantaux une voix irritée, celle d'une vieille femme certainement et d'une étrangère, qui parlait avec un accent méridional très-marqué. Passez votre chemin, mauvais garçons ! le carnaval est fini depuis deux jours.

Elle croyait à une farce de carnaval.

Elle continua ; c'était une personne de bon bec, qui savait mêler les injures aux reproches. Elle menaça les visiteurs facétieux de s'en aller ouvrir une fenêtre au premier étage, et de là d'appeler la garde.

— La garde, c'est nous ! dit en riant l'un des assesseurs.

Mais le personnage principal lui imposa durement silence. Ce n'était pas l'heure de railler.

— Ouvrez, dit-il, je suis le commissaire de police.

Eh ! que ne l'avait-il dit plus tôt ! La loi, cela ne représente rien aux yeux des ignorants et des servantes. La loi, ce n'est qu'un être de raison ; mais le commissaire !...

— Le commissaire ! répéta la vieille femme tremblante.

Et la porte s'ouvrit.

— Madame de Nertia ? dit le magistrat en entrant.

— Zé né souis pas madame dé Nertia.

— Je le sais.

— Zé souis Carlotta, la vieille Carlotta.

— Je désire voir votre maîtresse.

La servante fit une grimace, trembla plus fort, et en même temps ne put réprimer un mauvais sourire qui se faisait jour sur sa vieille bouche. Un mélange abominable et plaisant de terreur réelle et d'affreuse malice se lisait sur son visage ridé, parcheminé, à la lueur du flambeau qu'elle tenait à la main, car le jour, si incertain et blafard au dehors, n'avait pas encore pénétré dans ce vestibule sombre.

— Madame de Nertia? répéta le commissaire avec impatience.

La duègne leva les épaules et joignit les mains.

— Allons ! dit-il, je vois bien qu'elle n'est pas à la maison. Une fête la retient sans doute, une fête qui se sera prolongée jusqu'au matin !

— Oui, oui, oune fête, oune bal...

— Au reste, sa présence n'est pas nécessaire, et peut-être vaut-il mieux que les choses se passent sans elle... Je vous prie de me faire parler à mademoiselle Imbert, que l'on appelle ici mademoiselle Marguerite de Nertia, du nom que sa mère a pris en Italie...

Un geste violent de la duègne l'interrompit, et il recula. Carlotta venait de lui porter son flambeau au visage.

— Zé crois qué z'ai mal entendou, fit-elle. Marghe-rita ! Elle dort le pauvre anze !

— Réveillez-la donc et conduisez-moi dans un autre endroit que celui-ci où je puisse attendre.

Elle obéit. Arrivée dans un salon qu'éclairaient trois fenêtres donnant sur l'avenue, elle souffla son flambeau qui devenait inutile et se retourna vers le commissaire. Il était seul à l'avoir suivie ; les deux compagnons chétifs étaient demeurés dans le vestibule. C'était un homme assez grand, sec, nerveux, au teint maladif, à la physionomie agitée, qui donnait les signes d'une humeur plus vive que sévère. Il avait cessé d'en imposer à la duègne, depuis qu'il avait reculé devant son flambeau. Maintenant qu'elle le voyait mieux, elle était d'autant moins disposée à le craindre.

— Margherita ? reprit-elle ; qué loui voulez-vous ?

Le commissaire eut un nouveau geste d'impatience qui n'aurait point du tout arrêté la vieille femme ; mais il en fut bien différemment des quelques mots qui accompagnèrent le geste.

— Je viens au nom de M. le baron Imbert, le père de cette jeune fille, disait-il. Ne résistez donc point, ma bonne.

— Diou pouissant ! murmura Carlotta. Son père ! Il n'est donc pas mort !

Puis elle sortit précipitamment.

Resté seul, le magistrat se prit à examiner le salon. Le résultat de cet examen amena deux impressions contraires sur son visage : il admirait et s'indignait.

De même s'étaient peintes tout à l'heure sur la vieille figure de Carlotta deux impressions bien différentes : l'épouvante du piége où venait de tomber madame de Nertia, sa maîtresse, et la joie féroce de l'y voir si bien prise.

Le cœur humain n'est jamais tout d'une pièce. Ce commissaire avait beaucoup de scepticisme; c'est un fruit naturel de sa profession ; mais il était fort timoré en tant que père de famille.

Dans le cours de sa carrière et les vicissitudes de son emploi, il avait vu bien des choses tristes et poignantes, répugnantes ou terribles, jamais de plus terrible peut-être, jamais peut-être de plus répugnante que la décoration de cette pièce somptueuse dont l'accès était sans doute librement ouvert à une jeune fille de seize ans.

— A moins que l'innocence ne soit en elle une grâce d'état !... murmura-t-il.

Et il n'acheva point sa pensée.

Le luxe sans frein comme sans ordre, merveilleusement intelligent, bien que sans véritable goût, qui régnait dans ce salon, offrait d'abord un caractère particulier moins aisé à exprimer qu'à reconnaître ; il n'avait jamais dù être simultané, mais successif. Les mille objets rares, précieux, ou seulement étranges, dont il se composait et qui arrêtaient ou provoquaient l'attention, n'avaient pas été acquis ensemble; ils n'avaient pas été le fruit de la peine ou du plaisir d'un jour ou d'un temps, ils n'étaient point l'hommage d'un seul donateur magnifique. Ils avaient dû venir un à un, comme des présents de mains diverses, et il en résultait une blessante et éloquente disparate, où se trouvait écrite l'histoire de toute une vie.

Par exemple, au fond de la chambre, dans un cadre richement sculpté, le commissaire aperçut une ravissante figure de jeune femme, très-brune, avec des yeux pourtant menaçants, deux yeux sombres où se reconnaissait le jeu profond d'une âme orientale, deux yeux en même temps éblouissants et voilés, empreints d'une langueur de feu, brûlants de corruptions précoces et encore contenues. Le costume était une robe d'amazone avec la longue jupe noire, le chapeau d'homme orné d'un voile flottant. La belle et redoutable écuyère tenait à la main une cravache.

C'était le portrait de madame de Nertia sans doute, au temps de sa jeunesse, alors qu'elle était la baronne Imbert.

En face, entre deux fenêtres, était suspendue une peinture bien différente, un tableau d'un prix immense, une scène du Giorgione à peu près semblable à celle que possède le musée du Louvre : deux femmes presque nues, aux chairs dorées, mollement assises sur le gazon, tandis qu'un seigneur en habit galant leur

jouait amoureusement de la flûte. Le commissaire eut
un frémissement d'honnêteté bourgeoise en révolte.

Non-seulement il était père de famille, mais sa famille était nombreuse et ne se composait que de filles.
C'était à elles qu'il songeait, en même temps qu'à Marguerite Imbert. Quelle singulière leçon pour des yeux
de seize ans que ces nudités et cette flûte !

Il y avait, accrochés à la muraille, bien d'autres tableaux ou tableautins qui scandalisèrent également le
commissaire, et sur tous les meubles, les uns de laque,
les autres d'ébène, d'autres encore, et les plus beaux,
de provenance italienne, avec leurs incrustations d'argent et d'écaille, se voyaient cent objets charmants,
exquis, de petits bronzes, des marbres, des chinoise-
ries, des ivoires, autant de trésors pour l'art. Seulement, les généreuses mains qui avaient offert tous ces
coûteux tributs à madame de Nertia n'appartenaient
point sans doute à des moralistes bien soucieux de la
pudeur de sa fille ni, en général, de toutes les filles. La
donataire ne s'était pas mise apparemment en peine
d'être plus scrupuleuse. Partout ces nudités choquantes, partout l'art sans voile, la nature sans précau-
tions, la redoutable nature !

Comme il achevait de passer ce hardi musée en
revue, le rougissant commissaire avisa au milieu du
salon, en face de la cheminée surchargée d'objets curieux comme les meubles, une grande baie que mas-

quait une double portière ; il en souleva les plis, et,
bien qu'il ne fût qu'officier de police, sans mandat
contre le diable, il se mit à agiter la main comme s'il
exorcisait.

— Ceci est le plus fort ! grommelait-il. L'ordonnance de M. le président a peut-être été tardive !

Cependant le logis s'éveillait, les serviteurs, assez
nombreux, attirés par le bruit du colloque dans la partie basse de la maison, après les coups frappés à la
porte, étaient accourus un à un, et n'avaient plus
trouvé dans le vestibule que les deux assesseurs du
commissaire, trempés et grelottants. Comme ils les
interrogeaient sur l'objet mystérieux de cette descente
de justice, l'un d'eux répondit :

— Je ne sais trop. Je crois qu'il s'agit d'une ordonnance du président qui enlève à votre maîtresse la
garde de sa fille et la remet à son père.

Et la valetaille, jusque-là moins bien informée que
la vieille Carlotta, de s'entre-regarder en disant : Il y
avait donc un père !

II

En soulevant la portière qui masquait cette mysté-
rieuse baie, et qui était rouge comme toutes les tentu-
res du salon, le commissaire venait de se trouver dans
un nouveau monde.

Et ce nouveau monde-là, c'était nettement, ouver-
tement le demi. Qu'on imagine un deuxième salon,
beaucoup plus petit que le premier et affectant la
forme d'une rotonde. Le jour y pénétrait à peine et
devait être bien faible encore même en plein midi, car
il n'était éclairé que par une seule porte-fenêtre qui
s'ouvrait sur une serre.

Aussi ne devait-il guère servir aux délassements de
la journée. Tout y semblait disposé pour les grandes
lumières tombant d'un lustre en cristal de Hollande,
jaillissant de quatre torchères copiées de l'antique et

de grands candélabres placés sur la cheminée en marbre vert d'Égypte richement travaillé. Il était entièrement tendu, muraille et plafond, de satin bouton d'or ; un large sofa circulaire courait tout autour de la pièce. Le tapis était à fond blanc, mais presque entièrement recouvert de fourrures noires qui, sous le feu des torchères et du lustre, devaient donner une valeur plus intense à tout ce diabolique satin jaune.

Un superbe bronze du Japon, un de ces groupes étranges et de ces entrelacements de monstres que l'imagination orientale a seule pu rêver, s'élevait sur un socle au milieu de la chambre, servant ici de brûle-parfums comme il en avait servi naguère dans le nid des grandes princesses galantes de Nagasaki ou d'Yeddo. Une fumée odorante s'en échappait encore ; il avait dû brûler fort avant dans la nuit. Madame de Nertia avait sans doute passé dans son boudoir les heures précédant la fête où, maintenant, le jour venu, elle se laissait encore retenir loin de sa fille. Cette atmosphère irritante, jointe aux senteurs qui arrivaient de la serre, troubla le magistrat, qui était, comme nous l'avons déjà dit, un homme nerveux, car il passa la main sur son front :

— Ce sont de terribles femmes ! murmura-t-il.

Dans ce hardi *buen retiro*, point d'autres objets d'art que les torchères et le groupe, si ce n'était l'image de la maîtresse du logis répétée deux fois sur chacun des panneaux voisins de la porte, et en face, un miroir immense, dans son cadre d'argent bruni, rehaussé de feuillages d'or.

Le trouble qui s'était un moment emparé du commissaire ne l'empêcha point pourtant d'observer que, dans le boudoir, on ne voyait pas la moindre petite horloge. A quoi bon marquer les heures? On venait là surtout pour les oublier. Si faible que fût le jour, les détails de ces deux peintures n'échappèrent point au magistrat et achevèrent de le mettre hors de lui.

Ce qu'il ressentait, ce n'était plus la même émotion, voisine du vertige, qu'un moment auparavant; c'était bel et bien, et de nouveau, une honnête et vigoureuse colère. Il se croisa les bras devant le premier portrait; il n'était pas éloigné de penser qu'en se faisant peindre sous ce costume extravagant, qui était à peine un costume, madame de Nertia avait tout simplement voulu le braver, lui, personnellement, qui était un vertueux commissaire, et avec lui M. le président, et tous les juges et toutes les justices, sans en excepter celle d'en haut, laquelle ne saurait être tendre envers les mères qui, sous les yeux de leurs filles de seize ans, outragent la pudeur et la raison.

Cette toile était imitée de la manière du dernier siècle et des portraits de Nattier, avec un certain condiment que ce peintre, tout galant qu'il fût à ses heures, n'aurait jamais eu la pensée d'ajouter aux grâces provocantes de son pinceau. Le modèle en grande parure d'étoffe légère de couleur flamboyante comme les nuées des couchants d'été, le corsage audacieusement ouvert, la jupe relevée jusqu'à la naissance de l'un des genoux et laissant voir une jambe cerclée d'anneaux d'or, la chevelure au vent, scintillante de diamants et de rubis, s'accoudait sur un trépied où brûlaient des torches. Son regard moqueur suivait dans l'air les vapeurs s'élevant à ses côtés au-dessus de ce foyer brillant qui l'enveloppait de flammes. Une devise en lettres rouges se lisait en un coin et en haut de la toile : « *Je brûle ce qui me touche.* »

Et pour la rendre encore plus claire, d'autres lettres avaient été sculptées dans le cadre, aux pieds de la déesse : *Le Feu.*

Le commissaire, dont la curiosité commençait à n'être guère moins excitée que l'indignation, passa de l'autre côté de la porte-fenêtre et se trouva en face du deuxième portrait.

Une œuvre bien différente. Sur le fond mouvant d'un paysage très-clair se détachait une forme vague dans un long fourreau noir parsemé d'étoiles d'or. Le magistrat reconnaissait à peine les traits de madame de Nertia, tels qu'il avait eu l'occasion de les contempler déjà deux fois, — dans le portrait en amazone du premier salon, dans l'image humaine et vivante du feu; mais, aussitôt, il comprit d'où cette hésitation lui était venue : le peintre avait couvert d'un voile ces beaux traits dont le dessin était si pur et l'expression si désobligeante et si téméraire. Ils s'accusèrent peu à peu aux yeux qui les cherchaient et qui, sous ce voile, retrouvèrent comme dans l'autre portrait la déesse à demi nue. Elle portait le croissant d'or au front; ses pieds, chaussés de brodequins d'argent, couraient dans la rosée. Sur cette seconde toile, comme sur la première, se lisait une devise : *Je viens et l'on rêve!*

Dans le cadre aussi, des lettres avaient été sculptées: *La Nuit!*

En ce moment, il se fit du bruit à la porte du salon rouge, et il devint heureux pour le commissaire que le boudoir jaune fût exigu. Autrement, s'il avait eu à traverser un plus large espace, il n'aurait pas eu le temps de reparaître de l'autre côté de la portière, et il aurait été pris en flagrant délit d'investigations étrangères à sa mission.

Cette porte, qu'une main tremblante sans doute hésitait à pousser, s'ouvrit enfin tout à fait. Le magistrat ne put retenir un geste de surprise; était-ce bien la fille de madame de Nertia qu'il voyait devant lui?

Elle était assez petite et d'une sveltesse charmante, la taille encore d'une enfant, blanche et rose, le teint en fleur avec des yeux bleus, doux et clairs comme le ciel du matin, avec une grande chevelure châtain, re-

nouée à la hâte, au sortir du lit. Elle vint, assez gau-
chement, jusqu'au milieu du salon, demeura toute
droite devant ce visiteur dont la présence lui paraissait plus qu'étrange à cette heure, le regarda, baissa
les yeux et ne dit mot.

— Mademoiselle, fit le commissaire, lui-même bien
embarrassé, si votre mère avait été là...

— Ma mère dort, dit-elle en portant d'un geste mignon un doigt à ses lèvres.

Le magistrat, toujours nerveux, mais si volontiers
compatissant, avait les larmes aux yeux. Ce n'était pas
à lui qu'il appartenait d'éclairer cette innocence,
quand la vieille Carlotta, elle-même, la duègne subtile, ne l'avait osé!

— Eh bien, reprit-il doucement, il vaut mieux ne
pas troubler le sommeil de madame de Nertia et lui
épargner une pénible surprise, en consentant à me
suivre.

— Vous suivre? s'écria Marguerite. Sans l'avoir
avertie? sans lui en avoir demandé la permission?
Vous suivre, mais, où cela, monsieur?

— Il y a une autre autorité supérieure à la sienne
et à laquelle vous devez d'abord obéir, répliqua le magistrat; c'est celle de votre père.

— Mon père?... Ah! vous cherchez à me tromper, monsieur, et cela n'est pas bien... Mon père est
mort.

— Ce n'est donc pas moi qui vous trompe, mademoiselle, reprit le commissaire cette fois assez rudement; ce sont eux qui ont osé vous dire une chose si
contraire à la vérité et qu'ils étaient intéressés à vous
faire croire. Votre père est vivant et vous appelle. Je
viens vous chercher en son nom.

La porte glissa de nouveau sur ses gonds et, par
l'entre-bâillement, apparut la tête jaune et ridée de
Carlotta. Marguerite s'élança vers la vieille femme :

— Carlotta, dit-elle, que me veut-on ? N'as-tu pas
entendu ? On vient m'enlever à ma mère. Va l'éveiller ! Qu'elle vienne aussi ! Qu'elle me défende ! Je
ne la quitterai pas ! Non, monsieur, on ne me prendra
pas à ma mère que j'aime. Non ! non !

Mais Carlotta ne bougeait point. La jeune fille s'é-
lança de nouveau, l'écarta et se fit un passage. On
l'entendit qui montait d'une course éperdue l'escalier
conduisant au premier étage, puis qui frappait de
toute sa force à une porte close, celle de l'appartement de madame de Nertia sans doute, et qui appelait la dormeuse.

Une rumeur s'éleva du vestibule, où les domestiques
étaient rassemblés. La valetaille est ordinairement
plus corrompue qu'endurcie ; elle était tout entière
émue de pitié.

— Ma bonne, dit le commissaire à Carlotta, il faut
faire cesser ce scandale. J'ai des ordres précis pour

emmener mademoiselle Imbert, malgré sa volonté même qui n'a point de valeur aux yeux de la loi. Allez détromper cette malheureuse enfant. Dites-lui qu'elle appellera vainement sa mère à son secours.

Mais la lumière venait apparemment de se faire d'elle-même dans l'esprit de Marguerite, car un grand cri retentit au faîte de l'escalier : Ma mère! ma mère! vous n'êtes pas là !...

Les domestiques coururent à leur tour et relevèrent la jeune fille évanouie.

III

Un coupé remontait l'avenue des Champs-Elysées, un simple coupé de remise. Madame de Nertia n'avait plus de voiture depuis le commencement de l'hiver. On l'avait vue, non sans étonnement, vendre son écurie, réduire son train de maison, supprimer de célèbres dîners du dimanche où s'étaient assis l'année précédente des personnages politiques, et même des savants. On avait cherché la cause de tant de sacrifices, on l'avait trouvée sans peine; cette cause sensible était en ce moment encore près d'elle au fond du coupé.

Or, il arrive que, dans les maisons galantes, la présence d'un ami préféré éloigne des amis utiles, surtout quand il a vingt ans. Ces grandes utilités aiment peu la jeunesse.

Maurice d'Olivaie avait donc vingt ans, une grande taille souple et vigoureuse, un beau visage aux traits accentués que déparait souvent le jeu d'une âme violente. Ce jeune homme connaissait l'amour surtout par les tourments qu'il cause ; il avait le bonheur tragique, des jalousies furieuses et des transports farouches. La fête d'où il ramenait son amie lui avait fait voir combien elle était toujours belle, combien encore recherchée ; une querelle s'en était suivie qui ne finissait point. Madame de Nertia rencontra son regard chargé de menaces brutales qui en auraient effrayé d'autres, et sourit doucement. Elle l'aimait ainsi.

Paresseusement ensevelie sous les fourrures qui recouvraient sa robe de bal, pelotonnée dans un coin du coupé, elle étendit pourtant la main pour baisser à demi l'un des stores. On n'oublie point qu'on a quarante ans, quand le jour vous surprend à l'issue d'un bal, en compagnie de celui qu'on aime. La beauté de madame de Nertia était plus que jamais frappante et plus que jamais extraordinaire. Quelques rides malhonnêtes ne s'en dessinaient pas moins comme la griffe du temps au coin de ses yeux, et dans les plis de son cou si svelte encore et si hardi ; la lèvre devenait aride.

Voilà ce que Maurice ne voulait point voir. Tout bas, elle se félicitait sans doute de posséder assez fortement le jeune homme pour qu'il ne le vît point. Il avait l'aveuglement de la passion comme il en avait l'égoïsme. Il ne songeait pas en ce moment que sa maîtresse pût avoir besoin de sommeil ; il était sans pitié. Il ne pensait pas que les pâtes et les onguents allaient lui être plus nécessaires encore que le repos ; il était sans délicatesse. Il voulait la suivre au logis, et comme elle résistait, il soutint qu'elle y attendait donc alors quelque autre que lui !

— Pourquoi me refusez-vous la clef de la petite maison ? demanda-t-il ; je me glisserai par la serre, et j'arriverai dans votre boudoir, comme toujours, sans être vu.

— Vous ne venez jamais que la nuit. Il fait jour à présent.

— La belle excuse ! Il est six heures et demie du matin, il pleut à torrents. Ce n'est pas le jour chez vous, car vos domestiques ne sont pas éveillés ; ce n'est pas le jour dans l'avenue, car on n'y voit sérieusement pas un passant par ce déluge.

— Taisez-vous, Maurice, dit-elle, et soyez sage. Ma fille se lève de bonne heure, elle n'a pas perdu les habitudes du couvent ; elle pourrait demander à entrer chez moi.

Il se mordit violemment les lèvres et demeura un instant sans répondre :

— Je vous ai bien vue pendant le bal ! s'écria-t-il. Vous avez parlé trois fois au comte Amiati.

— Et c'est lui que je vais recevoir tout à l'heure? dit-elle. C'est ce magot qui prendra votre place?

— Ce magot n'en a pas moins été votre amant et votre maître.

Madame de Nertia leva les épaules : — Jamais il n'a été mon amant, répondit-elle; et puis enfant, regarde-toi !

En même temps, elle écartait sa pelisse, prit son éventail à sa ceinture et le déploya. D'un côté, il présentait une fine peinture, tandis que le revers se composait de lamelles de cristal, enchâssées dans une merveilleuse monture de filigrane d'or et formant autant de petits miroirs.

Mais Maurice se détourna brusquement et, au lieu de se contempler comme on l'y invitait dans ces réflecteurs microscopiques, il baissa la portière et se prit à regarder le ciel se fondre et la pluie tomber.

Le souffle de l'ondée glaciale pénétra dans la voiture. Les traits fatigués de madame de Nertia en reçurent doublement l'atteinte. Elle souffrait, mais ne se plaignait point.

Deux ou trois fois, Maurice bondit sur les coussins; elle connaissait ses mouvements encolérés; ils lui plaisaient bien plus qu'ils ne lui faisaient peur. Elle ne regardait point le jeune homme, mais elle tenait toujours son éventail à la main, et le miroir magique le lui montrait tout prêt à quelque emportement insensé. Tout à coup, le jeune homme se retourna, la saisit au poignet; elle pâlit sous la rudesse de cette étreinte.

— Salomé ! lui cria-t-il, ce n'est pas moi que vous aimez.

— Je crains bien que ce n'ait jamais été que vous, dit-elle; mais vous me blessez, Maurice.

— La moquerie est un peu forte ! reprit-il avec une fureur croissante; je suis votre premier amour !

— Je ne sais; mais vous avez été ma première faiblesse... Je vous ai déjà dit que vous me faisiez mal... Ah ! comme vous me réduiriez en poussière, si vous aviez le don de la rassembler après cette poussière, et d'en refaire votre Salomé !... Comme vous me tueriez si vous étiez sûr de pouvoir me faire revivre !

— Cela est vrai, balbutia-t-il, je vous aime et je vous hais.

— Je ne crois qu'au premier de ces deux sentiments, c'est le seul durable ! reprit-elle en riant. Baisez ce que vous avez meurtri.

Elle lui présentait son poignet rougi sous les doigts qui l'avaient serré si fort : — Et maintenant vous aurez la clef.

— Enfin ! s'écria-t-il.

— Oui, vous triomphez. Mais vous serez puni de votre victoire : étant entré, vous ne pourrez plus sortir; vous serez mon prisonnier jusqu'à ce soir.

Il ne put répondre, car au moment où le coupé s'engageait dans l'avenue d'Eylau, un fiacre, qui accourait en sens inverse, le heurta brusquement au passage. Le cocher qui le conduisait avait été sans doute aveuglé par un tourbillon de pluie. Madame de Nertia, épouvantée, se rejeta dans le coin qu'elle venait de quitter; Maurice mit le visage à la portière.

— Ce n'est rien, dit-il. Un simple choc, un peu rude, il est vrai... mais c'est un singulier équipage que conduit ce cocher maladroit. Imaginez auprès de lui sur le siége un garde de police et dans le fiacre deux hommes tenant une femme évanouie dont je n'ai pu voir la figure...

La belle Salomé se prit à rire :

— Une pauvre opprimée qui fuyait son mari peut-être, dit-elle, et que le tyran vient de reprendre.

— Avec l'aide de la police, ces choses-là se voient... Et, j'y songe. Vous-même, Salomé, ne m'avez-vous pas dit que votre mari était à craindre, puisqu'il vit encore? Seulement je ne connais point son nom...

— Taisez-vous ! taisez-vous ! s'écria-t-elle, je n'ai dit qu'à vous seul qu'il vivait, et vous savez pourquoi...

— Parce que vous ne devez rien me cacher.

— Eh ! grand Dieu ! reprit-elle, je ne sais non plus d'où m'est venue cette émotion ? Il faut que vous m'ayez bien agitée tout à l'heure. Ce n'est pas mon mari que je crains, Maurice.

Il la regarda de son air le plus sombre. — C'est le comte Amiati, peut-être ?

— C'est vous ! fit-elle en levant les épaules. Rien que vous ! Votre violence et mon peu de courage à vous résister nous porteront malheur à tous les deux... Mais nous approchons de l'hôtel... Faites arrêter la voiture... Prenez cette clef que vous m'avez arrachée par la force, méchant cœur, et descendez...

Il obéit. Comme il mettait le pied dans les flaques d'eau qui détrempaient le sol de l'avenue sous cette pluie battante, madame de Nertia se pencha vivement à la portière :

— Enfant, renonce à cette folie ! dit-elle.

Le cocher se trouvait à la première place pour bien entendre ; apparemment, cet homme était dans la confidence.

— Vois ces torrents qui vont te transpercer avant que tu n'aies atteint là-bas la petite maison, reprit madame de Nertia avec des intonations maternelles. Remonte... La voiture te reconduira chez toi.

Mais il courait déjà devant le coupé ; il rasait le pied des grands murs et des maisons et toucha le but à l'instant où la voiture de sa maîtresse s'arrêtait devant le perron de l'hôtel. Armé de cette clef, qui avait été le prix de sa brutalité de tout à l'heure, il s'introduisit dans le passage mystérieux qui devait le conduire au boudoir jaune.

Le commissaire ne l'avait pas découvert ce passage accusateur, témoin plus éloquent et plus écrasant encore contre madame de Nertia que les deux portraits scandaleux de ce boudoir, dont il n'avait point dépassé le seuil, du côté de la serre. Il est vrai qu'il aurait trouvé à l'autre extrémité de cette serre un visage de bois que connaissaient tous les serviteurs de la maison ; ils disaient en se mordant les lèvres : « C'est la porte condamnée ! »

Qui ne savait qu'elle ne l'était point ?

Quand Maurice d'Olivaie eut pénétré dans la petite maison voisine, une masure autrefois qui s'était élevée au bord d'un champ, avant qu'on eût tracé cette avenue, où ne se voient à présent que de riches demeures, il alla tout droit à la porte, mit le doigt sur un ressort qui l'ouvrit.

Il se trouvait dans la serre.

Alors, pour tromper son impatience, il se mit à examiner les plantes rares qui la remplissaient; il se réprimandait lui-même pour son humeur toujours si prompte et si incommode. Ne fallait-il pas bien laisser à Salomé le temps de changer de parure?...

Et pourquoi en changerait-elle? C'étaient de précieuses minutes qu'elle lui volait. Il osa traverser la serre, se glisser dans le salon jaune.

Là, il s'arrêta brusquement, prêtant l'oreille, car il lui semblait entendre de grands cris dans la maison.

IV

Ces cris, Maurice chercha vainement à se les expliquer. Ils le remplirent de la seule crainte que l'égoïsme de sa passion pût concevoir : qu'il ne fût arrivé subitement malheur à sa maîtresse.

La première pensée qui lui vint fut de pénétrer à tout risque dans l'intérieur du logis.

Cependant il se ravisa; ne pouvait-il tenter une démarche moins ouverte, et, par exemple, reprendre vers la petite maison, son chemin par la serre, le chemin des amoureux, aller sonner à la porte de l'hôtel, sous le prétexte de sa présence, dans ce quartier reculé, pour une affaire imaginaire, et dire qu'il n'y avait point voulu passer sans s'informer au passage de la santé de madame de Nertia?

A la vérité, par un pareil temps, le prétexte était

assez incroyable. Il aurait fallu que l'affaire fut pressante !

Mais Maurice n'avait pas le choix des moyens : il fit ce qu'il avait combiné, retourna sur ses pas, regagna la petite maison.

Au moment où il en ouvrait la porte extérieure, il crut rêver en voyant Salomé, vêtue tout de noir, sortir de l'hôtel, franchir le perron, monter d'un bond dans le coupé qui stationnait encore dans l'avenue, en jetant un ordre au cocher qui lança son cheval à fond de train.

Maurice pâlit, serra les poings, chancela : il était joué.

Cette défaillance ne dura qu'un moment ; il bondit à son tour, il courut, il vola derrière la voiture, il criait comme un insensé. Au rond point de l'Étoile, il vit venir un fiacre qui cheminait au pas d'une pauvre vieille haridelle, autrefois de bon sang, toute ruisselante d'eau et de boue. Le cocher grelottait sous sa houppelande. Maurice tira de sa poche une pièce d'or.

La dernière, la seule ! Il la montra : — Vingt francs, dit-il, vingt francs !

Sa voix refusait de le servir davantage. Il ne put achever que d'un geste, en montrant le coupé qui filait à travers les Champs-Élysées d'un furieux galop.

— Oui, fit le cocher, cela veut dire qu'il faut suivre.

Montez, mon petit bourgeois, la vieille et moi nous allons tâcher.

Et la course commença. Le sang de la haridelle se réveilla sous les coups de fouet. Maurice, penché à la portière, avait retrouvé la voix, excitant le cocher à frapper encore, à frapper sans trêve, et s'assurait qu'on ne perdait point de vue le coupé qui emportait sa perfide maîtresse. Les deux voitures descendirent donc l'avenue des Champs-Élysées, traversèrent la place de la Concorde, suivirent la grande voie des quais.

Là, le coupé tourna, franchit le pont du Châtelet. Le fiacre arrivait derrière à dix pas. Madame de Nertia sauta précipitamment à terre.

Maurice perdit un peu de temps à rechercher dans sa poche la pièce qu'il avait fait luire aux yeux du cocher ; il était si clair qu'il n'en possédait pas une seconde que le bonhomme en la recevant, ne put s'empêcher de grommeler :

— Je suis pris si elle est fausse !

Libre enfin, Maurice vit sa maîtresse qui entrait dans la grande cour. Elle ne l'avait point aperçu et demeura là un long moment, incertaine. Il la connaissait assez bien pour être sûr qu'elle était en proie à une émotion extraordinaire. Où allait-elle ?

Du moins, ce n'était pas chez le comte Amiati, comme il l'en avait soupçonnée. C'est pourquoi tout en continuant de la suivre, il sentait sa colère fléchir.

Enfin, elle prit brusquement un parti, et se dirigea vers le logement de l'un des concierges du Palais. Maurice la joignit : il la touchait presque à l'instant où elle entra — toujours sans l'avoir vu.

— Je suis la baronne Imbert, dit-elle, menez-moi chez le président.

Le concierge la regarda, stupéfait d'une pareille demande à cette heure ; Maurice n'avait pas éprouvé une moindre surprise, en entendant Salomé se parer de ce nom qui était celui de son mari sans doute, et qu'elle n'avait jamais voulu lui apprendre.

Le concierge répondit en levant les épaules :

— Vous n'avez pas regardé l'horloge, et vous ne savez pas ce que c'est qu'un président ! Avez-vous votre raison ?

Maurice s'avança brusquement ; sa main s'abattit sur cette insolente épaule, et secouant l'homme de toute sa force, il lui cria : — Vous êtes un rustre !

Ses emportements ordinaires s'étaient rallumés parce qu'on manquait, sous ses yeux, à celle qu'un moment auparavant il méditait de traiter comme la dernière des femmes, comme une esclave menteuse et révoltée ; mais, en vérité, le lieu était mal choisi pour s'y conduire si vivement.

— Oui-da ! risposta le concierge, nous allons voir, mon jeune ami, à vous faire chanter moins haut.

2.

Il appela les gardes.

Il y en avait plein la cour. Plusieurs arrivèrent aussitôt et enveloppèrent Maurice, qui se mit en défense
et acheva de gâter sa cause. Le concierge expliqua
l'invasion de son logis par ces deux singuliers personnages, la dame qui avait parlé la première, et qui, apparemment, était folle, et le jeune luron qui lui faisait
compagnie, et qui avait la main si légère.

L'un des gardes s'avança vers Salomé, qui demeurait immobile.

— Que me voulez-vous? dit-elle froidement. Si
monsieur m'a suivie, et s'il a battu cet homme, ce
n'est pas ma faute... Je ne le connais pas.

Une exclamation forcenée de Maurice l'interrompit;
mais elle ne le regarda même pas.

— J'ai dit que j'étais la baronne Imbert, reprit-elle.
Je veux parler à M. le président. Si ce n'est pas l'heure,
j'attendrai dans ma voiture.

Puis elle sortit sans que personne osât désormais
lui dire un mot. En reprenant son véritable nom, elle
avait retrouvé du même coup les airs qui font respecter les femmes. Les gardes désappointés se rabattirent
sur Maurice, qui voulait encore la suivre et qui se vit
barrer le passage.

Alors ce fut dans la loge un spectacle tragique et
plaisant. Le jeune homme saisi, appréhendé, résista et
l'on vit une fois de plus qu'il était fort! Les chaises

volaient par la chambre et quelques meubles furent renversés. Le bruit de la lutte arriva dans la rue et causa un attroupement. La baronne Imbert entendait au fond de sa voiture ces trépignements et ces cris de rage qui ne la touchaient point. Ses beaux traits, affreusement contractés, avaient pris un aspect farouche.

— Qu'ils le retiennent ! Surtout qu'ils le gardent ! murmurait-elle. Ils vont le conduire en prison comme un tapageur des rues ; je me suis délivrée de lui, j'ai bien fait ! Et je croyais l'aimer ! Je me serais ruinée pour ne point lui déplaire ! Je le traînais, je le montrais partout afin de faire voir que Salomé avait un cœur !.. On a de sottes coquetteries et d'étranges retours à mon âge !... Mais je ne suis plus Salomé. Je suis redevenue la baronne Imbert, la femme légitime bien que révoltée contre les lois, à qui le mari vole ses enfants, avec la permission des juges.

En ce moment, Maurice d'Olivaie, lié comme un « tapageur des rues » franchit entre quatre soldats la grille de la grande cour ; ils le conduisaient à leur corps de garde. Le captif n'avait d'yeux que pour madame de Nertia dans sa voiture ; il lui lança un effroyable regard au passage.

Salomé sourit nerveusement. Quelle fin grotesque à ces violentes amours !

— Va ! murmura-t-elle, va !... Tu me fais horreur à

présent ! Sans toi, sans cette fête où j'ai voulu te conduire encore pour me parer de ta jeunesse brutale et
de ta beauté, j'aurais été là pour la défendre, *Elle !*

Puis elle se tordit les mains : Que veut-il cet homme
qui est mon mari ? disait-elle. *Il avait déjà notre fils ;* je
le lui avais laissé... Mais, ma fille est à moi... Une fille
c'est toujours le bien de la mère... Il n'a pas le droit de
me la prendre. Il aura dit aux juges : C'est une femme
perdue qui ne manquera point de perdre sa fille. Ces
juges l'auront cru ! Il n'aurait eu ni tant de bonheur
ni tant d'audace, si je ne m'étais pas moi-même affai-
blie et livrée ! J'ai négligé pour ce petit Maurice les
meilleurs de mes amis... Que je le hais, à présent ! Tout
cela c'est sa faute ! Et la mienne ! Je n'ai pas songé
que je vieillissais, et qu'il ne fallait point laisser enta-
mer ma puissance ! Mon heure s'en va. C'est l'heure
du baron qui vient... Oh ! l'homme de bien comme il
se venge ! Mais je parlerai à ce président.. Grand Dieu !
que cette attente est longue !

Vers dix heures, elle vit passer un assez grand nombre d'hommes, jeunes ou vieux, mais tous à peu près
vêtus de noir, portant sous le bras des dossiers habilement gonflés, tous la lèvre rase. Elle descendit de sa
voiture, gravit derrière eux le long escalier qui conduit
à la salle des Pas-Perdus. Là, ils entraient dans les
vestiaires et reparaissaient au bout d'un moment en
robe, avec la toque et le rabat. Elle s'avança vers l'un

d'eux qui n'était encore que quadragénaire et qui d'aventure avait la mine engageante.

— Monsieur, lui dit-elle, je voudrais voir le président du tribunal.

Il la toisa, flaira le diable sous cette mise décente ; et derrière ces beaux traits un peu fanés, agités de mouvements convulsifs, devina les feux de l'enfer.

— Le président, répéta-t-il. Avez-vous une lettre d'invitation, madame ?

Invitation, c'est le mot. Il est de courtoisie, apparemment.

Tout de suite elle se mit à raconter sa cruelle histoire et ne déguisa rien ; cet esprit aigu et tranchant ne croyait pas à l'efficacité du mensonge. L'avocat l'écoutait avec attention, complaisance même, tout en dodelinant de la tête. A mesure que des larmes de rage et de douleur s'amoncelaient sous les paupières gonflées de la belle Salomé, sa bouche, à lui, dessinait un sourire.

— Le président va siéger tout à l'heure à la première chambre, dit-il, et, par conséquent, ne donnera pas d'audience en son cabinet avant demain. Et puis voulez-vous, madame, que je vous le dise ? il ne reçoit point sans s'être informé d'abord du nom des solliciteurs ; et sur le vôtre, il vous éconduira...

— Juges ou non, interrompit-elle, les hommes sont durs envers les femmes comme moi.

—A moins qu'ils ne soient, au contraire, très-faibles !
riposta l'avocat avec un nouveau sourire. Pour combattre les préventions un peu justifiées du magistrat,
il faudrait du temps d'abord, puis le dévouement d'une
personne autorisée au Palais. Un dévouement que
vous le méritez, madame...

— Et que je compterais pour rien ! s'écria Salomé,
puisqu'il m'imposerait encore l'attente. Je veux ma
fille aujourd'hui même et je l'aurai !...

V

A l'heure matinale où le commissaire de police s'introduisait chez Mme de Nertia, une scène bien différente se passait dans une maison de la rue de l'Odéon. Là, dans un assez vaste salon dont la décoration était des plus simples, un jeune homme en habit de voyage, une valise à la main, entra subitement, et s'arrêta tout court, n'en croyant point d'abord ses yeux.

Il éprouva même un serrement de cœur. Il partait. Son voyage était-il donc une fête dans la maison ? Il fallait bien qu'il en fût ainsi. Comment expliquer autrement l'air étrange que l'on avait tout à coup donné à cette pièce ordinairement si correcte ?

Un papier sombre tapissait la muraille. Deux bibliothèques, une grande table de chêne, des siéges et des rideaux en velours rouge, il n'était point d'ameublement plus bourgeois et plus sévère.

Mais quelle main de fée avait passé par là ? Quel changement ! Dans le foyer un feu clair et brillant, véritablement un feu de joie. Sur la table, deux lampes allumées, une collation servie. Sur la cheminée, dans des vases de Chine, deux bouquets de roses !

Et l'on était au mois de mars ! Et la pluie tombait glacée : des torrents de neige fondue, bien peu propre à faire fleurir les rosiers. Maxime Imbert ne se serait jamais douté que son père fût d'humeur à devancer le printemps, s'il n'avait vu cela de ses yeux. Il aurait fort bien pu ne pas le voir : s'il était entré dans ce salon, au moment du départ, ce n'avait été que pour y chercher un livre auquel il lui était arrivé de songer pendant la nuit, comme étant bon à relire, comme à un agréable compagnon de voyage.

Sans ce souvenir, il serait allé seulement de sa chambre dans la chambre voisine pour y prendre congé de son père. Justement il entendit la voix du baron Imbert qui l'appelait, et faisant un effort pour dissimuler son émotion, il courut à cet appel. Le fils et le père se rencontrèrent sur le seuil du salon.

— Maxime, dit le baron Imbert, vous alliez oublier l'heure !

Le jeune homme tressaillit. Ses yeux retournèrent

involontairement derrière lui par l'entre-bâillement de la porte, vers la flamme joyeuse du foyer et vers les roses : il lui sembla qu'on ne cachait pas assez l'impatience de le voir déjà loin du logis :

— Mon père, dit-il, ne vous trouverez-vous pas bien seul en mon absence ?

— Je ne serai pas seul, dit le baron.

La franchise toute crue de cette réponse troubla douloureusement ce fils d'ordinaire respectueux et tendre.

— Mon père, balbutia-t-il, je vous demande pardon...

— Il eût mieux valu que le hasard ne vous amenât pas dans le salon ce matin, reprit le baron. Vous deviez vous mettre en route hier soir; vous n'avez point voulu partir sans me faire vos adieux, et je n'étais pas là pour les recevoir. Je suis fâché que vous vous éloigniez avec la pensée que je vous refuse ma confiance, mon cher Maxime; mais vous ne voudriez pas la contraindre.

— Non, certes, s'écria le jeune homme, je ne le veux point !

— Allez donc ! reprit le père en l'embrassant. J'attends, en effet, une personne que vous retrouverez ici au retour peut-être, et votre surprise sera bien douce... Peut-être aussi ne la verrez-vous point. C'est qu'alors mon attente aura été cruellement trompée... J'attends notre bonheur à tous deux, Maxime... ou bien mon dernier supplice.

Le baron Imbert ouvrit une croisée pour regarder sous la pluie, dans cette triste clarté matinale, son fils monter en voiture au pied de la maison. Il ne pouvait d'en haut distinguer que la fine et nerveuse tournure du jeune homme, point son visage ; mais il le connaissait, ce beau visage méridional, aux yeux profonds et passionnés ; il connaissait ce ferme profil et ce teint de bistre et d'or. La beauté de Maxime lui parlait sans cesse d'un terrible passé dont, en ce moment même, il venait, d'une main enfin sûre, après quinze ans, de rouvrir la plaie saignante.

— Si *elle* le voyait, murmura-t-il, elle le reconnaîtrait sans doute.

— Mais, non ! reprit-il en fermant cette croisée, elle l'a rencontré à Vienne, il y a cinq ans. Maxime en avait seize alors. Son effroyable cœur ne lui a rien dit en faveur de ce fils abandonné. Elle ne pouvait pourtant ignorer que cet enfant, qui marchait à mes côtés, c'était lui ; elle n'a pu se défendre d'un mouvement de crainte en me voyant. Mais son fils lui ressemble... Et comment aurait-elle reconnu cette ressemblance ? Elle ne l'a pas même regardé.

Il fit quelques pas dans la chambre.

— Elle a rejeté cet enfant sorti de son sein ! s'écriat-il. Elle a renversé la loi de la nature, non contente de se jouer de toutes les autres. N'a-t-on pas toujours vu les mères préférer leurs fils? Ils sont leur orgueil pendant la jeunesse, et, la vieillesse venue, leur refuge. Les pères aiment mieux leurs filles. Cela est si doux, pour un homme, de se voir revivre dans un être différent de lui, un être délicat et pur. Pourquoi a-t-elle voulu m'enlever sa fille plutôt que son fils?... parce que c'était plus sûrement une âme à perdre !

Il vint s'affaisser sur un fauteuil, au coin du foyer.

— Elle m'a laissé Maxime, disait-il. Elle m'a volé cette chère petite Margot, qui commençait à me sourire et à me nommer, et qui est mon image à moi. Cela, ce fut le suprême défi.

Le baron Imbert avait environ cinquante ans. Il gardait encore tous les restes de la beauté mâle du Nord, le teint clair avec la grande taille. Ses cheveux, qui devenaient rares, avaient conservé leur couleur châtain-clair; ses yeux bleus leur transparence et leur douceur, sous des paupières appesanties par l'effort de la douleur et du temps. Cet homme avait été charmant et il était né faible de cœur, craintif même dans les luttes de la vie, bien qu'il eût été soldat et singulièrement brave au feu.

Sans force depuis quelques minutes, il demeurait enseveli dans ce grand fauteuil, devant la flamme brillante, tenant son front dans sa main ; il cherchait à

vaincre le tremblement qui l'agitait à la pensée du
terrible moment qui allait venir.

— Six heures et demie! murmura-t-il... Oh! l'exécution est faite... Quelles vont en être les suites?...
C'est l'épreuve du destin. J'ai la victoire enfin après
quinze ans; je l'ai réduite et terrassée, cette abominable femme, et ma fille va être à moi!... A présent,
c'est de la voir qui m'épouvante... Cette enfant, on me
la rend par la force. Si elle me le reproche en entrant?
Si elle m'accuse de l'avoir arrachée à la tendresse de
sa mère? Elle doit connaître l'art de posséder les
jeunes âmes, cette mère maudite! Elle se sera fait
aimer!... Mais, moi, si ma fille allait me haïr!

Alors la pensée du baron se reporta vers Maxime,
vers ce fils aussi tant aimé, son seul refuge, toute sa
vie depuis quinze ans. Il l'avait éloigné à dessein; mais
on sait que retenu la veille pour préparer l'expédition
du matin, il n'avait pu presser son départ.

Maxime avait vu ces apprêts de fête. Une fête qui
serait dérisoire et peut-être cruelle!

Le jeune homme ne savait point qu'il avait une
sœur, il croyait sa mère depuis longtemps morte.

Pendant dix ans il avait accompagné son père et
couru l'Europe avec lui, à la poursuite de la fugitive et
du bien précieux qu'elle dérobait. Il avait toujours
ignoré la cause de ces longs voyages.

— Sept heures! fit le baron en se levant. Oh! la

tâche du magistrat n'aura pas été aisée à remplir. Il
savait d'ailleurs à quelle femme il allait avoir affaire.
Je l'ai averti. Je la connais ! Il aura trouvé la lionne
défendant ses petits !... Ce n'est pas par amour,
comme la lionne, qu'elle combattra... mais par colère
et par orgueil.

Puis, le visage collé aux vitres de la croisée, con-
sultant la rue encore déserte, il s'abîma de nouveau
dans une rêverie douloureuse. Il se retraçait le temps
où jeune, riche, porteur d'un nom illustré par trois
générations de soldats et les hauts grades militaires,
il avait eu le malheur de rencontrer cette Italienne,
originaire des îles Turques par sa mère, Margherita
Salvi, qu'il avait faite baronne Imbert et qui était
devenue la courtisane Salomé.

C'était une admirable fille de dix-sept ans, en ce
temps-là. Elle avait des parents de basse condition,
d'âme plus basse encore, qui entendaient à merveille
tous les genres de trafic, et qui rêvaient pour elle et
pour eux les succès divers du théâtre, la pluie de fleurs
sur la scène et, loin de la rampe, la pluie d'or. Le
baron Imbert ne pensait jamais sans rougir qu'il avait
acheté celle dont il devait faire sa femme. Bientôt après
elle lui avait donné un fils, Maxime, qui venait d'avoir
vingt et un ans.

Margherita Salvi n'eût-elle jamais été que sa maîtresse qu'il aurait encore gardé de cuisants souvenirs

d'une liaison si mal nouée. Jamais plus galant homme, plus naturellement droit et tendre n'eut une compagne plus impérieuse et plus avide. C'était déjà le châtiment.

Elle affichait un luxe désordonné qui ne tarda pas à rendre publiques des amours que le baron aurait voulu tenir dans l'ombre, par respect pour sa mère qui vivait encore. Tout Paris connut « la belle Turque »; le baron Imbert souffrit la longue torture de la jalousie, en même temps que les inquiétudes d'une ruine prochaine. Margherita Salvi, cependant, devint grosse pour la seconde fois et mit une fille au monde.

Quand il éleva dans ses bras la frêle créature, cet honnête homme se représenta d'un côté les périls qui attendent dans la vie une fille née dans une condition irrégulière, et mit de l'autre côté la honte et les chagrins qui pourraient résulter pour lui d'un mariage, socialement et moralement si disproportionné. Il jugea que son devoir lui commandait de sacrifier son honneur dans le sens mondain de ce mot ; il épousa Margherita Salvi. Il espérait l'enchaîner par la reconnaissance.

Un an après, comme il revenait d'un court voyage dans ses terres, que la suite des prodigalités de sa femme allait le forcer à vendre, il trouva la maison déserte, et, chez de pauvres gens, ses voisins, un enfant en larmes qu'ils avaient recueilli.

C'était Maxime.

... Tout à coup la rêverie du baron fut interrompue par un violent coup de sonnette à la porte de l'appartement ; puis on entendit dans le vestibule le murmure de plusieurs voix et un bruit de sanglots.

VI

Il y a des joies qui terrassent, des triomphes qui vous remplissent des folies de la peur. Nous ne pouvons croire que le destin qui nous a rendus tout à coup si heureux et si forts, ne se ménage pas une revanche. Il n'a peut-être élevé nos cœurs si haut que pour les briser aussitôt après dans quelque épouvantable chute. C'est ce que pensait le baron Imbert : — Ma fille va me dire que je l'ai volée à sa mère, et qu'elle me hait! murmura-t-il.

Enfin il l'avait retrouvée, elle était à lui, cette enfant qu'il avait cherchée dix ans d'un bout à l'autre de l'Europe, partout où la fortune de sa vie galante conduisait Margherita Salvi, baronne Imbert, devenue madame de Nertia, du nom d'un de ses amants, ou

Salomé, la belle Salomé tout court, un nom de guerre. Vingt fois il avait cru la tenir à sa merci ; il l'avait si bien traquée, la tigresse !

Mais alors le chasseur se voyait joué ; la belle fauve avait des amis et des défenseurs. Les hommes de police qui avaient servi ce mari outragé le trahissaient ; des personnages en place qui l'avaient aidé le recevaient avec une froideur significative ou l'éconduisaient. Des influences mystérieuses se levaient au-devant de toutes ses démarches : un filet invisible l'enveloppait. Il se retrouvait seul contre des lois qu'il connaissait mal et qu'on torturait pour lui faire obstacle ; seul, en pays étranger, contre des ennemis redoutables qui cherchaient à le perdre ; heureux si un ordre de départ, pour ne pas dire d'exclusion, ne venait pas ajouter à l'anéantissement de toutes ses espérances la honte de céder, et si ce n'était pas lui qui se voyait forcé de fuir !

A Rome, à Venise, à Vienne, à Londres, il avait ainsi éprouvé que la galanterie est quelquefois la maîtresse du monde. Partout cette ligue des riches et des forts nouée autour de la femme galante ; partout cette effroyable injustice : le caprice ou la passion d'un jour ou d'une heure, écartant sans scrupules les droits du seul amour pur et vrai, l'amour paternel ; pour les faveurs d'une courtisane, les hommes puissants disputant au voyageur la possession de sa fille !

3.

De guerre lasse et par mépris pour l'humanité tout
entière, il avait enfin renoncé à cette lutte inégale,
cessé sa poursuite et enseveli le souvenir de Margherita dans les ruines de son cœur.

— J'avais une fille, disait-il, elle est morte. C'est la
plus cruelle douleur qui puisse visiter un homme ;
mais qu'y faire ? Je ne peux rien contre la volonté supérieure qui a arrangé le monde !

Et il n'avait plus voulu songer qu'à son fils. Il
était temps de lui donner d'autres leçons que les
voyages. Le baron Imbert s'était fait précepteur,
homme d'affaires aussi, pour réparer les brèches im-
menses de son beau bien d'autrefois. Il cherchait à en
réaliser les restes, et ce n'était pas pour autre chose
que pour recueillir le fruit d'une nouvelle vente, la
dernière, qu'il avait envoyé le matin, en Normandie,
Maxime, devenu majeur depuis un mois.

Mais voici que ce voyage étant résolu depuis quelques semaines, le baron avait appris tout à coup la
présence de Salomé à Paris.

Depuis cinq ans, elle n'avait pas entendu parler
de lui. Ses craintes, se dissipant peu à peu, avaient
fait place à un désir irrésistible de revoir Paris, le
septième ciel des femmes qui lui ressemblent, et d'où
l'opiniâtreté du baron à ravoir cette enfant, qu'elle
ne voulait pas lui rendre, la tenait exilée depuis si
longtemps.

Nous vivions alors sous un règne vraiment « inter-national. » Le souverain n'était pas sans doute le meilleur des maîtres pour ses sujets, qu'il lançait vo-lontiers dans les aventures et qu'il voyait se corrom-pre sans déplaisir ; mais, pour les étrangers, quelle Providence ! Il s'ingéniait à les faire assez puissants chez eux pour qu'il ne leur en coûtât rien ensuite de nous dévorer chez nous. Les amis et protecteurs de Salomé, de grands seigneurs italiens pour la plu-part, lui avaient juré de la mieux défendre à Paris que partout ailleurs, si, par hasard, son agresseur légal et conjugal était encore vivant, ce dont elle doutait, puisqu'elle avait cessé de le voir partout sur ses pas.

Sur la foi de ces promesses, elle avait donc risqué de revenir à Paris ; elle y était depuis deux ans, quand, un soir, le baron Imbert l'avait aperçue à l'O-péra, où il ne se rendait pas une fois chaque année. Ce fut comme un retour de la volonté d'en haut, que le baron accusait !

. On connaît les suites de cette rencontre. Peut-être trouvera-t-on, après ce récit, que les lois françaises qui attribuent une fille à son père, quand la mère n'est plus digne de ce nom sacré, sont encore, et quoi qu'on en dise, les meilleures qu'il y ait au monde...

...La porte du salon s'ouvrit ; le commissaire entra, soutenant Marguerite qui chancelait, et la conduisit à un siége. Le baron demeura cloué au parquet, muet et tremblant devant la fenêtre.

— Monsieur, fit la jeune fille à voix basse, pourquoi m'avez-vous ranimée dans la voiture? J'étais évanouie, n'est-ce pas? Cela valait mieux.

— Mademoiselle, répondit le magistrat, voici votre père!...

VII

Madame de Nertia en ce moment quittait le Palais
e justice.

Elle se fit conduire rue de Provence. Sa voiture
arrêta au pied d'une maison d'apparence assez
(édiocre, et pour tout dire, de grise mine. Salomé
anchit une porte basse, puis un escalier des an-
ens temps qui ressemblait bien moins aux degrés
un palais qu'à une échelle. La rue de Provence, au-
efois une des voies de la mode, est abandonnée aux
ffaires à cette heure ; petites et grandes affaires. On y
oit des maisons de banque, des hôtels garnis, des
rocanteurs et des marchandes à la toilette ; sans
arler de la galanterie qui fait volontiers son nid, au

cœur de Paris, dans ces logis sombres. La visiteus
s'arrêta au troisième étage de la maison.

Elle ne sonna point, mais frappa trois coups à l
porte de gauche sur le palier. Entre les trois, elle mi
un intervalle assez long qui ne coûta pas un petit effo
à son impatience ; mais c'était apparemment un signa
convenu.

Une main discrète fit glisser un guichet prati
qué dans la porte de droite ; ce fut celle-là qui s'ou
vrit.

— Le comte Annibal ? demanda madame de Nerti
en entrant.

Le domestique qui venait d'ouvrir, un grand diabl
à la longue figure, avec un immense et terrible ne
crochu faisant ombre sur deux yeux noirs d'une éton
nante impudence, répondit par une pirouette, — tou
comme sur son théâtre le seigneur Pulcinello, dont i
était l'image.

— Annibal ! fit-il. Eh ! vous savez bien qu'il dort

— Réveille-le, Domenico.

Le drôle éclata de rire et tourna le dos. Ce rire
un nouveau trait de ressemblance avec le seigneu
Polichinelle, roula d'abord comme le tonnerre, s
changea en un bruit de noix cassées, à mesur
que le domestique s'enfonçait dans l'appartement
puis alla par degrés, s'éloignant ; ce ne fut bien
tôt plus qu'un grincement de dents et un hoque

étouffé. Domenico approchait de la chambre de son maître.

Madame de Nertia l'avait suivi. Ils pénétrèrent ensemble dans un salon qui donnait l'idée de l'arrière-boutique d'un marchand de vieux-neuf : des meubles de toute provenance, des siéges de tout âge et de toute famille, des rideaux rouges aux croisées, une portière verte, masquant une porte devant laquelle Domenico se plaça les bras en croix, barrant le passage.

Mais ce qui frappait surtout les yeux dans cet étrange salon, ce n'était pas l'ameublement ; il y régnait une sorte de désordre bien plus éloquent que toutes ces disparates. Et d'abord deux tables s'élevaient, l'une au milieu de la chambre, l'autre dans un coin obscur. Sur celle-ci, il y avait une nappe ; sur la première, un tapis.

Et quelle nappe ! souillée de vin, brûlée en divers endroits par la flamme échappée d'un bol de punch, supportant des assiettes encore chargées de débris de viande, reliefs d'un festin pris debout comme la Pâque des juifs, les convives courant à la réfection sans vouloir perdre des yeux l'autre table, celle où était le tapis. Quel tapis ! Un vieux cachemire qui avait subi de cruelles aventures depuis le jour où il avait cessé de parer de belles épaules. Des mains avides l'avaient froissé, des ongles furieux l'avaient déchiré. Sur ce

rosto lamentable d'un luxe évanoui, sur cette guenille,
se voyaient des piles de cartes.

Et l'on devinait la place du maître qui avait été en
même temps, la veille, le favori de la fortune ; elle
était marquée par une pile d'or.

Domenico, d'un geste, montra cette riche dépouille
à madame de Nertia, qui sourit, mais d'un méprisant
sourire.

— Voilà donc pourquoi le comte Annibal, qui donne
ordinairement peu de temps au sommeil, est encore
endormi, dit-elle. Il a quitté de bonne heure le bal où
je l'ai rencontré. Il aura sans doute amené ici quelques
nouvelles connaissances pour y achever joyeusement
la nuit. On a joué.

Domenico inclina la tête en signe d'affirmation com-
plaisante.

— Je vois, continua Salomé, que le comte a été heureux chez lui.

Le rire de Polichinelle grinça de nouveau sur la
lèvre du valet.

— C'est donc une raison pour qu'il soit de bonne
humeur ce matin. Tu auras beau le défendre, Domenico, je l'éveillerai.

En même temps elle éleva la voix :

— Annibal !

De l'autre côté de la porte, point de réponse. Domenico vit madame de Nertia se préparer à renouveler

cet appel qui le faisait mourir de peur ; il se mit à genoux et joignit les mains.

— Vous ne voudriez pas faire chasser le pauvre Domenico, disait-il ; vous ne voulez pas le faire battre ! Annibal a juré qu'il m'écorcherait vif si je laissais quelqu'un entrer ici ce matin. Pauvre Domenico ! Vous ne l'aimez donc pas, ce bon Domenico, qui vous aime tant !

Madame de Nertia leva les épaules :

— Comte Annibal Amiati, cria-t-elle, le baron Imbert n'est point mort, comme vous me le disiez, et il m'a volé Marguerite !

La porte s'ouvrit, la portière verte vola, le comte Amiati écarta rudement Domenico toujours agenouillé, qui, s'en alla rouler sur le parquet, et donna du front contre la table de jeu. L'ébranlement dérangea la belle pile d'or. Cinq ou six pièces tombèrent, et le pauvre Domenico, prestement les empocha.

Il n'avait pas osé y toucher, tout le temps qu'elles étaient demeurées sur la table ; mais tout Italien qu'il fût, il connaissait le vieux dicton de France : — Ce qui tombe dans le fossé est le bien du soldat.

Ce manége n'échappa point au comte Amiati, qui fit entendre un rire muet et sinistre, quelque chose comme un sifflement de reptile. Les joyeusetés de M. Annibal était bien différentes de celles de M. Polichinelle son valet.

— Tu corriges la fortune à ta façon, dit-il.

Le comte Annibal pouvait avoir quarante ans ; mais ce visage osseux et bilieux avait-il un âge ? On concevait tout de suite la terreur que le comte inspirait à son valet. Il eut fallu être bien hardi pour ne point se sentir mal à l'aise devant ce profil d'épervier et cette barbe de bouc.

La tête était longue et forte, le corps maigre, onduleux, menaçant. Annibal, sautant en bas de son lit, avait passé à la hâte une sorte de pourpoint de velours noir et des pantalons à pied, d'étoffe grise, serrés comme les anciennes chausses sur ses jambes grêles et nerveuses. Sous ce costume, avec ses cheveux noirs, drus et courts, cette barbe rousse aux tons très-chauds, qui laissait rases la lèvre mince et les joues creuses et tourmentées et encadrait seulement ce menton anguleux ; avec ces yeux de proie, caves, au regard tors, d'un bleu aigre et violent, il donnait l'idée de ces terribles seigneurs padouans ou bergamasques dont Jean Bellini nous a laissé des portraits, si naïvement peints, mais si parlants et si peu rassurants.

Il saisit madame de Nertia par le bras, et la regardant fixement :

— On vous a volé Marguerite, dit-il. Vous ne l'avez donc pas défendue ?

Ce regard aigu ne la troubla point, elle le lui rendit.

|e fut comme un de ces combats à coups de stylet,
ort à la mode autrefois dans les rues de Bergame, car
lécidément les Amiati sont des gentilshommes berga-
hasques. Même patrie qu'Arlequin.

— Je ne suis pas venue pour être jugée et condam-
ée d'abord à la torture, dit-elle. Au surplus, j'avouerai
out de suite. Il est vrai que je n'étais pas chez moi,
étant restée, comme vous le savez bien, au souper qui
a suivi ce bal.

— Il ne fallait pas y rester, dit judicieusement le
comte.

— Quant à vous, fit Salomé, qui frémissait de douleur et de colère, mais qui ne voulait pas quitter le
terrain de l'attaque devant un si méchant ennemi,
vous avez traité des amis nouveaux chez vous, des
amis d'une heure rencontrés à cette fête. Se sont-ils
en allés contents du sort?

— Non ! répliqua froidement Annibal, mais fort
contents de moi.

— Oh ! s'écria Domenico, nous leur avons promis
une revanche.

— Vous me voyez pourtant assez punie ! reprit madame de Nertia qui se laissa tomber sur un fauteuil,
car les forces lui manquaient. Il serait généreux de
m'épargner, comte Amiati. Songez à cette enfant
qu'on m'a prise. Vous la trouviez charmante et
si douce à voir ! Hier encore vous me disiez...

— Bah! fit Annibal, avec ce cruel sifflement qui était son rire, pourquoi parlez-vous d'hier? Des rêves!

— Évanouis! s'écria-t-elle. Ah! vous abandonnez l'espérance bien vite! Je suis la mère, moi; je combattrai jusqu'à ce que je meure. Mais demandez-vous donc si je puis renoncer à Marguerite? Songez d'abord que là bas on va lui apprendre à me juger!

— C'est vrai, dit le comte, et les anges sont ordinairement sévères.

Salomé pâlit et se tordit les mains, puis se relevant tout à coup, et s'armant d'un sourire qui lui déchirait les lèvres :

— Renvoyez Domenico! dit-elle.

Domenico avait bien prévu le coup qui le frapperait. Muet depuis un moment, il s'était retranché dans un coin obscur du salon, près de la table qui supportait les débris du repas nocturne; il espérait se faire oublier.

— Va-t'en! lui dit son maître.

Il obéit en soupirant et referma sur lui la porte du salon; à la vérité, il se promettait bien de demeurer derrière. Mais le comte Annibal le connaissait et rouvrit cette porte brusquement. Le seigneur Polichinelle, poursuivi par un horrible juron de Bergame, gagna d'une enjambée le bout de l'appartement.

— Maintenant, dit Annibal à madame de Nertia, parlez.

— A quoi bon ? répliqua-t-elle en levant les épaules.
ous êtes le maître ! Faites vos conditions.

— Je n'en ferai qu'une : Marguerite sera comtesse
miati.

Salomé retomba sur le fauteuil qu'elle venait de
nitter.

— C'est un marché abominable, murmura-t-elle.
ne enfant de seize ans à vous qui en avez quarante !
ne âme pure et neuve entre vos mains !

— Le compliment est sans parure ! dit le comte.
ous n'espérez point trouver pour la fille de madame
; Nertia un mariage assorti à son innocence et même
sa jeunesse... Si vous souhaitez cela pour Margue-
le, je vous conseille de la laisser à son père...

— Elle sera votre femme ! s'écria Salomé.

— Eh ! reprit Annibal, elle n'aura point que le titre
; comtesse. Ma fortune se rétablit ; j'ai reçu hier des
ouvelles d'Italie que je puis vous redire. Mon unique
rent, le fils de mon frère aîné, le comte Luigi, que
n'ai d'ailleurs jamais vu, a dévoré son bien à vingt
s, et a disparu de Bergame ; le palais Amiati sera
entôt à moi.

— Je ferai donc mes conditions à mon tour, ré-
iqua madame de Nertia ; je ne vous donne pas ma
le pour que vous nous sépariez toutes les deux.
; veux la suivre en Italie et vous ne vous y oppo-
rez point...

Le comte Amiati se remit à rire : — Bon! dit-il, êtes-vous libre?

— Si je suis libre! Oh misérable que je suis! Que croyez-vous donc? Pensez-vous que je ne me sois pas déjà vengée sur ce sot et brutal enfant que vous n'avez pas besoin de nommer du malheur dont il est la cause? C'est lui qui me force à vous donner Marguerite! Vous devez donc croire que je le hais à présent, ou vous ne me connaissez pas.

— Vous pourrez suivre à Bergame votre fille et le mari de votre fille, dit froidement Annibal.

— Le mari de ma fille! reprit Salomé. Ce sera vous... vous!... Enfin, j'ai votre parole.

— Vous l'avez; mais peut-être ne vous suffit-elle pas. Il vous faut un gage.

— Non! Vous êtes gentilhomme, après tout. Je ne souffrirais point que cet odieux marché fût violé. Je poursuivrai ma fille dans vos bras comme je vais la poursuivre avec votre aide dans ceux de son père, vous le savez bien.

— C'est par là qu'il faut commencer. Mais comment le baron Imbert a-t-il pu vous reprendre Marguerite?

— En vertu de la permission d'un juge, d'une ordonnance du président. Est-ce que cela n'est pas effroyable? Est-ce que cela ressemble à de la justice?

— Ce n'est pas rassurant pour nous autres étrangers, fit Annibal. Nous perdons notre crédit, ce pays nous échappe. Plaisant pays ! On y parle beaucoup de la justice et comme si ce n'était pas assez d'en parler, on se mêle de l'appliquer de temps en temps ! Ces Français ont encore des principes !... Il y a deux moyens de ravoir Marguerite.

— Deux ! Je n'en vois qu'un ! L'arracher à cet homme qui se dit son père.

— Ne l'est-il point ? demanda brusquement Annibal.

— Il l'est, dit Salomé. Elle est même son portrait vivant. Vous pouvez vous rassurer, comte Amiati. Vous épouserez une fille vraiment légitime et bien née.

— J'en suis aise !

Il avait encore ce préjugé, car il n'y a point de cynique tout d'une pièce ; et, comme Salomé venait de le lui dire, il était gentilhomme « après tout. » Quelquefois il s'en souvenait.

— Voici mon premier moyen, dit-il de sa voix dure, presque sans inflexion et donnant l'idée d'un instrument de cuivre qui ne rendrait qu'une note. Je pourrais me trouver aujourd'hui même sur le chemin du baron Imbert. Une querelle est bientôt allumée.

Salomé tressaillit.

— Le baron est brave, dit-elle ; il est aussi habile que vous à l'escrime.

Le comte fit un geste moqueur.

— On sait que vous êtes mon ami, reprit vivement Salomé. Personne ne doutera que vous ne vous soyez chargé de ma cause. Je puis reprendre Marguerite à son père... Mais voulez-vous qu'on lui dise un jour que je l'ai fait tuer? Ce serait une dangereuse épreuve! La jeune comtesse Amiati pourrait du même coup prendre en horreur sa mère et son mari, comte Annibal.

— Soit, dit le comte. Examinons le second moyen...

Puis il s'arrêta, la regardant de nouveau fixement comme un peintre qui, avant de se mettre à l'œuvre, détaillerait les perfections et les imperfections de son modèle. Un demi-sourire éclairait ce visage fauve. Les gaietés contenues du seigneur Annibal étaient plus féroces encore que ses grands éclats de rire.

— Eh bien? dit madame de Nertia, ce deuxième moyen...

— Attendez! j'y songe. Savez-vous que vous êtes toujours très-belle, diaboliquement belle, d'une beauté bien différente de celle qui vous fit aimer autrefois par le baron Imbert, votre mari? Peut-être le contraste même aurait-il sur lui de la puissance! Il fallait que sa passion fût vive pour le déterminer en ce temps-là, il y a vingt ans, à épouser la fille du vieux Salvi. Qui sait? on se croit guéri, la blessure se rouvre... S'il vous voyait!

— Que pensez-vous donc! s'écria-t-elle; qu'allez-vous me proposer?

Il l'entraîna dans l'embrasure d'une croisée et ne parla plus qu'à voix basse.

VIII

Ce n'était point le hasard tout seul qui avait conduit quelques jours auparavant le baron Imbert à
l'Opéra. On annonçait une représentation au bénéfice
d'une cantatrice célèbre, et le baron, un matin, avait
vu s'introduire chez lui un singulier personnage se
disant chargé par la bénéficiaire de placer des billets.
Son premier mouvement avait été de s'étonner qu'on
eût pensé à lui, qui vivait si solitairement dans ce
coin paisible, presque reculé de Paris.

Mais le courtier se montrait obséquieux, le pro-
gramme de la soirée était attrayant ; le baron avait
naguère aimé passionnément ce genre de spectacle ;
il s'était laissé persuader, payant même un de ces billets assez chèrement.

Le soir de la représentation arriva. Comme il se joi-

gnait à la foule qui se pressait sous le péristyle à l'ouverture des portes, il avait entendu derrière lui deux
hommes causant.

Et ils causaient si haut qu'on pouvait croire à leur
désir de s'attirer des écouteurs. Le premier, dont le
baron, en se retournant à demi, remarqua la physionomie dure, presque sinistre, disait à l'autre avec un
accent étranger fort prononcé :

— Vous la verrez dans la quatrième loge en partant
de l'entre-colonnement à gauche, et vous la trouverez
aussi belle qu'autrefois, lorsque ses parents la destinaient à débuter ici même il y a vingt-deux ans.

Le baron Imbert tressaillit, car ces paroles ame-
naient dans son esprit un rapprochement cruel. Vingt-
deux ans ! Il y avait tout justement ce temps-là !....

Cependant, on voit à l'Opéra, en une année, plus
d'une future débutante que l'ambition honnête ou
malhonnête de ses parents essaye de conduire à la
gloire et à la fortune. Il y a plus d'une Margherita
Salvi. Un soupçon, d'ailleurs assez vague, tourmentait
le baron. Il croyait reconnaître dans l'un des deux
compagnons qui parlaient bruyamment, et sous l'habit de cérémonie qui le déguisait assez mal, la méchante mine de son vendeur de billets.

Mais n'était-ce pas la veille plutôt, que le personnage énigmatique s'était déguisé en prenant les habits
d'un pauvre homme ?

Le baron entra dans la salle. Avant le rideau levé, il se mit à chercher « cette quatrième loge en partant de l'entre-colonnement à gauche ; » elle était vide. Mais, après le premier acte, il avait vu s'y asseoir une femme.

La sienne !

Son cœur et sa conscience, son ancienne passion et sa colère la reconnurent au premier regard. Il croyait cette colère mieux assoupie.

— Elle a donc des ennemis maintenant, après avoir eu tant d'amis pour la défendre ! se disait-il. Elle est la victime d'une machination à son tour. On m'a conduit ici ! Ces deux hommes tout à l'heure m'avertissaient encore. Ils ont mis ma revanche sous ma main. A moi de la prendre !

Il songeait à Marguerite, à sa fille, et il se sentait déchiré. — N'est-il pas trop tard ? murmura-t-il.

En ce moment, un jeune homme était entré dans la loge, et, brusquement, était venu s'asseoir derrière Salomé, avec des airs de jeune tyran et de jeune loup. Cinquante lorgnettes à l'orchestre se dirigèrent de ce côté. On souriait, on se montrait sans doute le favori du jour, qui se posait en maître.

— Voilà ce qu'on fait voir à ma fille ! murmura le baron Imbert, — car il pensait que ce jeune vainqueur ne jouissait point de ses droits et de sa puissance, seulement à l'Opéra.

Il sortit; il était allé trouver les magistrats. Le lendemain, il connaissait la demeure de madame de Nertia, ou de la baronne Imbert; le soir de ce même jour, il avait obtenu l'ordonnance du président.

On sait le reste et l'on se rappellera qu'au moment où, conduite dans le logis de la rue de l'Odéon, elle entrait dans ce salon si bien décoré pour la recevoir, Marguerite s'affaissant dans un fauteuil, avait dit au commissaire : « Pourquoi m'avoir ranimée, monsieur? j'étais évanouie. Cela ne valait-il pas mieux pour moi? »

Le baron n'entendit point. Il devina seulement une plainte sur les lèvres de sa fille.

L'émotion le tenait toujours cloué dans l'embrasure de la croisée. Tout à coup il fit un violent effort, et, d'un geste, pria l'officier de police de se retirer, ce que celui-ci fit aussitôt. Sa mission était terminée.

Alors M. Imbert s'avança droit, tout d'une pièce. L'air d'autorité lui était naturel. Marguerite frissonna et se pelotonna instinctivement sur le fauteuil. Le baron se dit qu'il faisait peur à sa fille et le cœur lui manqua.

Adieu les résolutions fermes, la dignité, le langage de la raison qu'il avait médité de parler à cette enfant épouvantée! Il se mit à genoux devant le fauteuil, prit les mains de la jeune fille et les couvrit de baisers.

Ah! l'horrible et amère angoisse! Il ne savait ce qu'il baisait avec ce sentiment pieux et passionné,

4.

avec cette imprudente effusion de tendresse. Marguerite était-elle pure? Mais il vit bientôt qu'il avait été heureusement inspiré en cédant à la nature et à sa faiblesse. Ces caresses eurent un effet merveilleux. La jeune fille surprise et ravie de voir à ses genoux ce père qu'elle avait redouté si fort, inclina doucement la tête et ses yeux se remplirent de larmes.

— Mon père! murmura-t-elle.

Il y a des inflexions de voix auxquelles on ne se trompe point, des accents venus de l'âme, qui l'éclairent et la révèlent. Le baron cessa de douter de l'innocence de Marguerite : « Que cela du moins soit compté à cette femme qui m'a causé tant de mal et de honte, pensa-t-il. Elle a sauvegardé sa fille. »

Peu à peu le joli visage tout en pleurs se rapprocha du sien et bientôt ils se mêlèrent; les lèvres du baron rencontrèrent ces joues en fleur. — Mon père, disait-elle encore, mon père!

— Ma chérie, balbutia le baron qui, maintenant, était plus effrayé qu'elle, je vous ai cherchée pendant dix ans, je ne croyais plus vous embrasser jamais...

— Pourquoi me cherchiez-vous? interrompit Marguerite. Si je l'avais su... Qui donc se mettait entre vous et moi?

Il garda le silence.

— Ainsi, reprit-elle d'une voix tremblante, si je vous avais rencontré, je ne vous aurais point connu?

— Moi, je vous aurais distinguée entre mille, dit le baron, car vous me ressemblez exactement, ma mignonne. Ce n'est pas que par le sang que vous êtes ma fille. C'est aussi par le visage.

L'enfant, d'un geste divin prit la tête de son père entre ses deux petites mains grasses et blanches et le regarda. Comme le jour était décidément entré dans le salon, comme ils se trouvaient placés en face du grand miroir qui surmontait la tablette de la cheminée, elle tourna ses yeux vers cette glace plus éloquente que tous les mots les plus tendres, car elle reflétait la merveilleuse ressemblance.

— C'est la vérité, dit-elle en souriant. J'ai tous vos traits.

— Tu les as jeunes et triomphants, avec la fraîcheur de ton âge et la tranquillité de ton cœur qui vient s'y peindre! dit-il. Je ne les ai plus, moi, que flétris par les chagrins et par les années. Enfant, tu peux bien faire l'aumône d'un peu d'amour et d'obéissance à celui qui s'est vu dépouillé, en te perdant, de toutes les joies et de toutes les espérances de sa vie. Tu ne sais pas au prix de quels sacrifices je t'ai donné mon nom...

Elle avança la main encore et, doucement, la posa sur la sienne.

— Votre nom, mon père, je le sais à peine, dit-elle. Pourquoi n'est-ce pas celui que porte ma mère?

Pourquoi m'avait-elle dit que vous n'étiez plus de ce monde ?...

— Vous a-t-elle dit aussi de prier pour moi, Marguerite ? s'écria-t-il avec un rire éclatant qu'il aurait aussitôt voulu reprendre sur sa bouche, car il vit la jeune fille pâlir et se reculer de nouveau, tout effarée, au fond du grand fauteuil.

— Elle me l'a dit quelquefois, répondit-elle presque tout bas. Et maintenant, je devine tout, mon père. Ma mère et vous qui devriez vous aimer tous les deux....

— Nous devrions nous aimer ! répéta le baron qui se leva brusquement....

— A cause de moi, continua Marguerite d'une voix bien plus ferme. Vous êtes ennemis pourtant. Ma mère a voulu me garder au mépris même de vos droits, à vous, mon père. Voilà pourquoi elle me faisait croire que vous étiez mort depuis longtemps. Oh ! ce n'est pas bien, je l'avoue. Voilà pourquoi vous avez envoyé un vilain commissaire qui m'a enlevée de sa maison par la force... Ah ! je ne dis pas que vous ayez mal fait, puisqu'à présent je vous connais et je vous aime.

— Cependant, murmura-t-il, vous préférerez toujours votre mère.

— Je vous aimerai tous les deux ensemble, dit-elle en se levant à son tour, car je vous réunirai, mon père.

Le baron Imbert sortit de la chambre.

Pourtant, en ayant fermé la porte derrière lui, il revint aussitôt sur ses pas et la rouvrit avec précaution. Marguerite n'avait pas repris sa place dans le fauteuil; elle se tenait devant le miroir de la cheminée, se regardant attentivement; elle avait un nouveau sourire aux lèvres, un sourire confiant, ingénu, qui disait :

— C'est vrai pourtant que j'ai un père, que je lui ressemble et qu'il m'aime ! On m'a bien trompée, mais je me vengerai comme doit se venger une fille. *Ils* ne se haïront plus tous les deux, car je les tiens l'un et l'autre, et ils auront beau me résister, je les forcerai d'être heureux.

Voilà ce que le baron n'avait pas prévu.

Tout à coup Marguerite se mit à faire le tour du salon avec une curiosité tout enfantine. Elle avait arraché d'abord une rose dans les vases préparés pour lui faire fête, et s'en allait, la respirant, s'arrêtant à chaque objet nouveau rencontré sur son passage et l'examinait longuement. Arrivée devant une table qui meublait l'espace compris entre les deux croisées, elle s'arrêta subitement et jeta un cri.

C'est qu'il y avait là un portrait, à la muraille, celui de Maxime Imbert. Elle venait de reconnaître une autre ressemblance, et, s'étant retournée, toute tremblante encore une fois, apercevant le baron sur le seuil, elle courut à lui, se jeta à son cou : J'ai donc aussi un frère ? s'écria-t-ello.

— J'ai aussi un fils, dit M. Imbert, d'une voix grave. Sa mère n'a pas hésité à l'abandonner autrefois, comme elle n'a pas craint de me prendre ma fille !

IX

Le lendemain, au matin, se berçant dans cet heureux état qui n'est plus le sommeil et qui est toujours le rêve, Marguerite Imbert, de son lit tout drapé de grands flots de mousseline, se prit à examiner sa chambre simplement et élégamment ornée pour elle par les soins de ce père, à l'existence duquel depuis bien longtemps elle avait cessé de croire, et dont vingt-quatre heures auparavant, elle ne connaissait pas même le nom.

Ses regards se reposèrent sur des meubles frais et coquets. Il y avait un grand fauteuil de velours bleu qui invitait aux petites paresses ; mais aussi une chiffonnière, un table à ouvrage et un bureau mignon pour écrire, une petite bibliothèque choisie par le baron, avec le goût des lettrés délicats et des honnêtes gens, — l'aliment d'un jeune esprit curieux qu'il s'agit de satisfaire sans risquer de le troubler jamais.

Et Marguerite compara cet ordre, cette paix, cette douce intimité qui l'entouraient à ce qui frappait ses yeux, dans l'autre maison.

Là tout était luxe et négligence à la fois. La chambre qu'elle habitait pouvait passer pour magnifique, mais rien n'y invitait à la vie tranquille et unie : point de recueillement, point de livres, et mille petits objets, précieux à une pensionnaire, s'en trouvaient absents. Elle avait demandé vainement depuis un mois qu'elle était sortie du couvent cette chiffonnière et cette table à ouvrage dont la possession maintenant la charmait. On répondait en souriant à cette fantaisie et les deux meubles convoités n'arrivaient point. Souvent elle avait été tourmentée en pensant qu'elle allait s'accoutumer à demeurer oisive.

Un autre tourment l'agitait encore chez cette mère qu'elle aimait pourtant et qu'elle ne voyait qu'à de longs intervalles, au passage et pour ainsi dire en courant. Étrange mère, toujours en hâte et sur le qui-vive ! Elle entrait, embrassait sa fille avec des élans passionnés, puis n'avait plus l'air que de consulter les horloges. Bientôt après elle sortait ; elle avait des affaires, des visites ; elle n'était point la maîtresse de ses soirées, et ne pouvait dîner à la maison. Alors les longues journées s'écoulaient pour Marguerite dans la

solitude, ou sans autre compagnie que la vieille Carlotta. La duègne regardait avec compassion cette enfant que l'ennui gagnait. Marguerite avait pu l'entendre souvent qui marmottait entre ses vieilles dents :
— Cela n'est pas raisonnable. On laissera le ver se mettre dans la fleur, et le ver la rongera !...

Ce matin-là, au contraire, elle avait entendu déjà depuis une heure, derrière sa porte, son père qui disait à la femme gagée pour la servir : — Elle dort. Empêchez tout bruit dans la maison et avertissez-moi de son réveil.

Quelle différence ! ces tendresses la firent penser naturellement à son terrible réveil du jour précédent, à son effarement, à son épouvante. Elle revit le magistrat, les hommes de police qui venaient pour l'enlever, lui disant que c'était sur l'ordre de son père. Elle ne se connaissait qu'une mère alors et c'était dans son sein qu'elle avait cherché refuge. Ses mains étaient encore toutes meurtries des coups désespérés frappés contre la porte de la chambre de madame de Nertia, qu'elle appelait et qui ne pouvait lui répondre.

La mère n'était pas au logis.

Ah ! oui, le singulier logis ! Ah ! oui, l'étrange mère ! Souvent Marguerite avait eu la bouche entr'ouverte pour demander l'explication de tout ce qu'elle voyait autour d'elle, de cet air de parade, de somptuosité et de trouble, de heurt et de fièvre dans cette retraite opulente; elle n'avait osé. Ce que tout cela lui faisait éprouver, elle n'aurait pu d'ailleurs l'exprimer à sa guise; mais la sensation ne l'en quittait pas, même loin de cette demeure où peut-être elle ne devait pas rentrer. Par exemple, elle n'aurait pu dire pourquoi, la veille, dans ce salon si calme qui avoisinait sa nouvelle chambre, il lui était arrivé de rougir subitement en pensant au salon jaune.

Elle avait aussi bien d'autres pensées : — Celle, par exemple, de ce jeune homme qu'elle voyait sans cesse, du haut de sa croisée, entrer dans la maison et qu'elle n'avait jamais rencontré de plus près; celle encore de ce comte italien, dont la figure jaune et maigre lui faisait peur, en l'honneur duquel on l'avait appelée deux fois, et qui l'avait regardée d'une façon qu'elle n'oubliait point. Le souvenir en amena même sur ses joues une rougeur nouvelle. Quel regard ! et Marguerite ne s'était pas sentie défendue contre lui par la présence de sa mère !

Dans cet appartement silencieux de la rue de l'Odéon, il ne devait guère venir de visiteurs; mais elle verrait son frère !

C'est à lui qu'elle se mit à songer. Elle avait un frère ! Il était charmant, le fidèle et frappant portrait de celle qui l'avait abandonné. Marguerite, de son côté, était tout le portrait de son père.

Le baron et la baronne Imbert avaient bien pu se

séparer, s'oublier jamais. Chacun d'eux gardait devant ses yeux le vivant souvenir qui devait lui rappeler l'autre.

Maxime ! Il était son aîné ! c'était un être vaillant et fort; elle savait aussi qu'il était bon, car elle avait parlé de lui longuement avec le baron, la veille, avant de se mettre au lit. Pourtant, quand elle pensait à lui, une crainte insupportable la visitait. Maxime, en ce moment encore, ignorait qu'il avait une mère, ainsi que le jour précédent, elle-même ne se doutait pas qu'elle eût un père. Jamais on n'avait cessé de dire au jeune homme que la baronne Imbert était morte. En lui apprenant qu'il n'en était rien, il faudrait, en même temps, lui apprendre comment elle s'était conduite autrefois envers lui :

— O ma mère, murmura-t-elle, en se dressant tout à coup, pourquoi aviez-vous délaissé votre fils ? Pourquoi aviez-vous pris votre fille à celui dont elle devait être le bien autant qu'elle était le vôtre ?

Pourquoi ? pourquoi ?

Comment la pureté de ce cœur de seize ans ne se serait-elle point noyée dans les ténèbres de cette triste histoire ? Marguerite, accoudée sur ses oreillers, sa belle chevelure châtain ruisselant sur ses épaules rondes, les yeux brillants et humides, fraîche comme une fleur de mai, rêva bien longtemps encore. Un peu de malice enfantine se mêlait au sérieux objet de cette méditation profonde. Elle souriait d'entendre dans le couloir le pas furtif et impatient de son père, qui attendait son réveil. Elle se reprochait de le faire attendre, elle aurait voulu se lever, s'habiller en hâte et l'appeler ; mais l'attrait de ce grand dessein qu'elle poursuivait avec une ardeur mystique la retenait encore.

Elle sentait bien que pour le tenter elle devait attendre le retour de Maxime ; qu'à eux deux, ils seraient bien plus forts pour ébranler l'âme de leur père et pour effacer ses ressentiments. Mais Maxime voudrait-il l'aider ?

— Il s'agit de sa mère ! se disait-elle. Il ne doit se souvenir que de cela précisément : qu'elle est sa mère. Si elle a eu de grands torts envers lui, c'est son devoir de les oublier.

Et puis elle pensa que si ce frère encore inconnu l'aimait autant qu'elle se promettait de l'aimer elle-même, il ne lui serait pas difficile de le persuader.

Ce pieux roman était digne de la pensionnaire des Carmélites de Bologne et des Ursulines de Paris depuis deux ans. Les unes et les autres l'auraient encouragée en lui disant que les anges font aisément des miracles. C'est même le lot des anges que d'en faire. Marguerite se disait, d'ailleurs, que le baron une fois ému et gagné, lui permettrait de revoir sa mère en compagnie de Maxime. Alors elle se chargerait bien de changer le cœur de cette méchante mère qui avait privé de ses caresses son fils, encore tout petit enfant, et ne lui avait fait connaître à elle-même que de vives mais trop courtes tendresses.

Enfin, elle se laissa glisser en bas de son lit, passa une robe et se mit à prier.

Le baron Imbert n'y tenant plus, entr'ouvrit la porte.

Il s'en fallut de peu qu'il ne se mît à prier, lui aussi. Ce n'avait jamais été un homme pieux. Si ses malheurs l'avaient conduit à la pratique d'une morale assez austère, c'était encore la morale humaine. Mais il voyait quelque chose de merveilleux dans le spectacle de la fille de Salomé, demeurée croyante et naïve. L'enfant d'une pareille mère ! C'est qu'apparemment la main de Dieu était restée étendue sur cette tête charmante.

Il s'avança en étouffant le bruit de ses pas derrière Marguerite qui ne l'entendait point, et prit un long baiser sur ces beaux cheveux flottants.

— Je ne veux pas vous troubler, ma chérie, lui dit-il. Continuez ce que vous faites si bien et de tout votre cœur. Priez pour moi afin que Dieu protége le bonheur que vous m'avez rendu. Priez aussi pour votre mère qui a songé à vous faire donner une éducation pieuse.

Il s'interrompit, en s'apercevant que Marguerite tressaillait. C'est que le sens de ces paroles était trop clair. Cette éducation, madame de Nertia aurait pu ne pas songer à la faire donner à sa fille. Quant à la lui donner elle-même, le baron ne l'en croyait point capable...

Marguerite joignit une dernière fois les mains, leva les yeux vers le dôme de son lit drapé de mousseline blanche sur un transparent bleu et qui figurait assez bien le ciel et ses nuées ; elle demandait une inspiration et un secours efficace pour l'œuvre de réconciliation qu'elle voulait accomplir ; puis elle se leva et livra aux caresses paternelles la fraîcheur matinale de son visage.

En ce moment, un domestique entra portant une lettre. La mémoire des injures est longue ; le baron jeta les yeux sur le pli, reconnut la main qui avait tracé ce billet et devint affreusement pâle. Marguerite ne l'était guère moins. — Ouvrez, ouvrez cette lettre, dit-elle d'un ton suppliant, c'est l'écriture de ma mère.

Le baron fit un terrible effort pour sourire.

— Vous vous trompez, dit-il.

X

Marguerite avait bien vu; mais on lui disait qu'elle se trompait; elle feignit de le croire. La lettre venait en effet de madame de Nertia, elle était signée : baronne Imbert.

Le comte Annibal l'avait-il dictée ?

Au reste, elle était en quelques lignes : « Après la cruelle chose que vous m'avez faite, devez-vous refuser de me voir? Je n'invoque ni votre pitié, ni mes droits. Je ne crois pas à l'une et, quant aux autres, il paraît qu'ils ne sont rien. Vous seul avez des droits ! On ôte une fille à celle qui l'a portée dans son sein. Vos lois le permettent, je dois les subir, et, si c'est mon châtiment, je l'ai sans doute mérité. Je ne vous demande qu'un entretien de quelques minutes, dans votre intérêt, dans celui de cette enfant, votre conquête ! S'il

vous paraissait hors des bienséances de venir chez
moi, j'irais chez vous... Mais peut-être me feriez-vous
chasser ! Je veux vous épargner ce dernier scandale.
Je vous attendrai ce soir. Je ne sais pourquoi j'ai confiance... Vous viendrez !... »

Le baron Imbert contraignit de nouveau sa bouche
à sourire, tandis que son cœur bondissait à rompre sa
poitrine, et que tous les muscles de son visage tres-
saillaient. Il s'assit, attira sa fille sur ses genoux :

— Avez-vous bien dormi, Marguerite ?

Tout bas, il s'adressait à lui-même une autre question : — Que me veut cette misérable ? Qu'espère-t-elle
de cet entretien ?

Ce qu'elle espérait ? Rien, que très-vaguement peut-
être. Mais que coûte une tentative de ce genre aux
femmes comme elle ? Il l'avait tant aimée !... Horreur !... Tout en écoutant Marguerite qui lui disait, la
tête appuyée sur son épaule, qu'elle avait fait d'heureux rêves, le baron repassa mentalement les termes
de cette impudente lettre.

Il y avait de la colère, une sourde colère qui se déguisait, mais qui serait implacable. Il y avait un essai
d'humilité : mais ce sentiment était de tous celui que
Salomé pouvait le moins feindre ; aussi n'y avait-elle
guère réussi.

Surtout, il y avait un piége.

— Je vous ai vue prier tout à l'heure, dit le baron à

sa fille. Il est donc vrai qu'on vous a enseigné la piété?

Marguerite se mit à rire, et son rire s'échappait par grandes ondes sonores et fraîches comme les sources des monts.

— Père, dit-elle, vous n'avez point de mémoire...

— Dis encore ce mot, s'écria-t-il, et redis-le comme tu viens de le dire... avec le même accent : père !

— Père, point du tout de mémoire. Vous ne vous souvenez plus qu'il y a un instant, lorsque vous êtes entré dans ma chambre, vous m'avez fait vos grands compliments parce que j'étais pieuse... comme si ce n'était pas naturel !... Maintenant vous me demandez si l'on m'a enseigné à l'être !

— Je m'en souviens. Il faut m'excuser, Marguerite. C'est que j'ai deux pensées qui se mêlent ensemble, la joie de vous voir et le souci du temps où je ne vous voyais pas. C'est un combat dans mon esprit et dans mon cœur ; parfois, tous les deux s'en égarent. Oui, oui, vous êtes une fille parfaite... c'est l'œuvre du couvent où l'on vous a tenue...

— Huit ans.

Il ne put retenir une exclamation douloureuse. Huit ans de prison pour cette enfant, parce qu'elle avait une mère qui ne pouvait chez elle lui montrer que la honte !... Enfin, il y a de ces malheureuses qui font pis que d'enfermer leurs filles.

5.

— Allait-on vous voir dans votre couvent? demanda-
t-il.

Marguerite hésita. — A Bologne, chez les Carmélites, *on* ne pouvait, dit-elle, puisqu'*on* n'habitait pas la
ville. A Paris, Carlotta venait chaque dimanche.

— Carlotta, c'est cette duègne...

— Qu'est-ce qu'une duègne? dit la jeune fille, qui
se tenait désormais sur la défensive. Carlotta, c'est la
vieille servante qui m'a élevée.

— Et votre mère ! fit le baron.

— Elle venait quelquefois, balbutia Marguerite en
quittant les genoux de son père.

Il se mit à rire bruyamment.

— Quand le temps ne lui manquait pas, dit-il...
Puis il s'arrêta.

Ce que cette femme pouvait faire de plus utile et de
mieux pour sa fille, n'était-ce point de ne pas l'aimer?

— .....Peut-être, se dit-il, ne veut-elle me voir que
pour me proposer un marché !... Elle me vendrait mon
repos... elle renoncerait à sa fille pour une somme
ronde... Oui un marché ! un marché !

Il sortit de la chambre de Marguerite et rentra dans
son cabinet.

En ce moment, il n'avait plus que des pensées violentes : — Je devrais la voir, puisqu'elle ose me le
demander! se disait-il, je devrais purger le monde des

vivants de ce monstre... et faire cela de ma main !

Après tout, il en avait sinon le droit, au moins le pouvoir. La loi ne permet pas ces exécutions par le mari, elle les excuse, à la condition qu'il surprendra la coupable dans le délire de sa faute. Encore peut-il combiner sa vengeance et guetter l'heure. Cela s'appelle toujours surprendre.

Il n'aurait pas été bien difficile au baron Imbert de rendre piége pour piége, si la lettre en était un, et il n'en doutait pas. Il pouvait n'y pas répondre, laisser passer les jours, et après deux semaines, trois semaines écoulées, assisté d'un officier de police, puisque aussi bien il avait appris à se servir de ce secours, qui est la dernière honte et le dernier renfort, s'en aller un soir au hasard, forcer la porte de l'hôtel de l'avenue d'Eylau. La loi serait encore ici pour lui, et probablement elle trouverait à frapper. Alors il serait délivré du bourreau de sa vie, il livrerait aux juges la mère indigne et l'épouse avilie : ils ont des chaînes pour l'adultère.

Oui ! voilà ce qu'il ferait s'il était un homme énergique et impitoyable, un homme de résolution et d'exécution. Seulement il ne l'était pas et le sentait bien.

Il se reprocha de n'avoir point quitté Paris dès la veille avec Marguerite.

N'ayant pas même songé à prendre ce parti, le plus expéditif et le plus sûr, il ne lui restait plus qu'une

chose à faire : donner de l'or à cette femme. Il eut un
sourire de dégoût, car il croyait entrevoir comment
toute cette odieuse intrigue avait été menée. Il ne
pouvait oublier la rencontre faite dans le vestibule de
l'Opéra, de ces deux hommes qui avaient pris un si
étrange soin de le mettre sur la trace perdue. Tout lui
disait que ces deux compagnons suspects avaient été
les instruments de Salomé. C'était elle qui avait voulu
se faire enlever sa fille afin de se faire payer sa douleur hypocrite, et ce faux sacrifice !

Ce pauvre baron Imbert, autrefois si brillant, riche
alors de plus de trois millions, se mit à compter, avec
des angoisses déchirantes, ce qui restait à ses deux
enfants de l'opulence passée, dévorée par leur mère.
Le dernier domaine vendu par Maxime, qui s'y em-
ployait en ce moment même, ce serait cinq cent mille
francs à peine.

Eh ! n'importe, il pourrait s'expatrier avec eux, travailler avec l'aide de Maxime, reconstituer à Marguerite, qui était encore si jeune, une riche dot. Cette
femme dût-elle demander la moitié de ces cinq cent
mille francs, il valait mieux payer.

Payer, acheter à quelque prix que ce fût la sécurité
et la délivrance... Mais qui serait l'entremetteur de sa
nouvelle faiblesse ? car c'était encore une faiblesse.
Qui allait-il envoyer à Salomé pour recevoir ses conditions, pour traiter avec la louve ? Oh ! le marché in-

âme ! quant à lui... oh ! ce n'était pas lui qu'elle avait espéré de voir, quoiqu'en dît sa lettre !... A moins que...

A moins que la première pensée du baron Imbert n'eût été la vraie, à moins que Salomé ne se flattât de échauffer brusquement le passé, de faire voler des cendres éteintes, cendres impures, et d'attiser ce cœur qui avait été si complétement son bien et sa proie. Le baron frémit : — La revoir, la trouver encore belle peut-être, murmura-t-il, me sentir devant elle lâche et tremblant ! Ah ! ce serait mon châtiment à moi, celui que ma mère m'a prédit avant d'expirer :

— « Vous aimez une malheureuse, et, quand je n'y serai plus, vous en ferez votre femme. Quelque jour, elle vous frappera dans votre honneur, sans vous laisser d'autre ressource qu'une extrémité abominable. Elle ne vous permettra pas même de mourir en chrétien ; je m'en vais, mon fils, sans espérer de vous revoir là-haut. »

Il semblait que la prédiction de la morte se fût accomplie déjà pour moitié. Salomé n'avait-elle pas cruellement frappé son mari dans son honneur ? Il se sentit au front une sueur glacée. Allait-il chercher auprès d'elle l'accomplissement de l'autre moitié de sa prophétie ?

Car, au milieu de ces souvenirs menaçants et de ce terrible combat intérieur, il venait de prendre une résolution.

C'était lui qui devait aller trouver *sa femme*.

La veille, il s'était vu forcé de réclamer contre elle un secours étranger. Il n'oubliait point ce que cette démarche lui avait coûté de confessions douloureuses, d'éclaircissements nécessaires en réponse aux interrogations du juge. Assez de honte ! Il reprendrait seul la lutte qu'il avait poursuivie si longtemps tout seul. Il irait ! il se présenterait à l'hôtel de l'avenue d'Eylau les mains pleines. Ces sortes de contrats doivent être conclus et remplis sur l'heure. Car il s'agissait d'un contrat. Le baron retournait à la pensée du marché, il ne voulait plus même envisager l'autre.

— Si elle avait espéré de me reprendre, se disait-il, elle l'aurait tenté plus tôt.

Cependant la prédiction maternelle lui revint sans cesse et tout le jour à la mémoire, et, chaque fois, il se sentit au front cette même sueur froide du matin.

— Mon fils, elle ne vous permettra pas même de mourir en chrétien. Je m'en vais et je n'espère pas de vous revoir là-haut.

La morte *revenait*. Invisible et éplorée, la pauvre âme parlait à ce fils si cher :

— Mon fils, prenez garde !... Si vous couriez à votre destin !...

XI

— Il viendra, dit Salomé.

Voilà ce que la vieille Carlotta ne voulait point croire, et la vieille était opiniâtre : — Tou dis cela ! répliqua-t-elle. C'est qué tou n'as pas dé mémoire !

Ce tutoiement s'expliquait par le cousinage. La vieille Carlotta se nommait Salvi tout comme la belle Margherita, maintenant Salomé, qui avait été, qui était toujours la baronne Imbert. Dans ces grandes occasions, quand elles se trouvaient seules ensemble, la servante ne se contraignait point avec sa maîtresse qui était sa parente.

De temps en temps le tutoiement s'était échappé devant la pensionnaire des Carmélites de Bologne et des Ursulines de Paris. Madame de Nertia jetait alors à Carlotta un regard sévère. Quant à Marguerite, elle se pâ-

mait de rire ; ces familiarités lui paraissaient bien
innocentes !

— Bestia ! reprit Salomé avec impatience. Tu ne
comprends rien. As-tu lu les Écritures ? As-tu entendu parler de la lutte de Jacob avec l'Ange ? C'est
moi qui suis l'Ange et Jacob sera terrassé. Le baron a
lutté en désespéré, j'en suis sûre, et j'ai été la plus
forte. J'ai voulu que ma lettre lui arrivât le matin,
afin qu'il eût le jour tout entier pour ce terrible combat, qui a fini par une agonie. C'est alors qu'on est
faible, et l'on se persuade que la faiblesse est légitime.
Il viendra, et je gagerais ma vie qu'il est sur le chemin
à cette heure. Oh ! je le connais bien !

La duègne réprima un sourire qui dégénéra en une
malicieuse grimace, comme si elle avait eu envie de
répondre : Lui aussi il doit te connaître !

— Tu ne sais pas ce que c'est qu'un homme qui lui
ressemble, si pourtant il a son semblable au monde !
s'écria madame de Nertia. Il peut avoir plus de scrupules
et de bonnes pensées en une heure que tu n'en as eu,
toi, dans les cinquante ans que tu as vécu. Oh ! oui, je
le connais. Il lui a semblé d'abord que ce serait pour
lui une abominable épreuve de me voir, que ce serait
même contraire à son honneur. Il m'a maudite.

— Ouné fois dé piou ! murmura Carlotta.

— Une fois de plus, continua Salomé. Mais bientôt il
s'est dit qu'avant les répugnances, avant l'honneur, il

avait la justice et il s'est déterminé. Il vient!...

Carlotta, pour toute réponse, se mit à hocher la tête et s'éloigna. Non, Salomé n'avait pas de mémoire !

Tout à coup, ramenée par une réflexion subite, la duègne revint sur ses pas. — Annibal ? dit-elle.

Madame de Nertia sourit à son tour, et ce sourire avait une expression cruelle et triomphante, un air de revanche péniblement conquise, mais sûre.

— Le comte Amiati m'a donné l'idée d'écrire cette lettre, répondit-elle ; mais il ne sait pas encore que j'ai suivi un aussi bon avis. Il croit que j'attends et que j'hésite. Quant à lui, il avait son plan formé. Oh ! tout un plan, dont la partie principale était de se présenter chez le baron Imbert, mon mari...

— Eh bien, oui ! ton mari, reprit la duègne, comme tou dis cela !

— Tu ne comprends rien ! Je veux justement te faire bien comprendre qu'il est toujours mon mari... Tandis que le baron, qui devait écouter mon humble prière, — il était convenu que je serais humble, Carlotta, et je l'ai été ; — tandis que M. Imbert serait absent de chez lui, le comte Annibal devait s'y introduire par la ruse et me rendre Marguerite par les mêmes moyens qui ont servi à me l'enlever.

— Oh ! fit Carlotta, té la rendre !

— Je n'ai pas accepté une proposition si désintéressée, continua madame de Nertia avec un geste ironi-

que. Je me repens d'être allée trouver Annibal sans
réflexion, hier matin. Etais-je en état de réfléchir ? Il
faut que je t'avoue la seule chose qui me met encore
en peine. Je lui ai fait des promesses... Oh! je ne rêve
depuis qu'au moyen de les rendre illusoires.

— Diavolo! dit la vieille femme, des promesses ! Il
sé souviendra.

— Eh ! que m'importe! s'écria Salomé. Il ne m'aura
pas rendu le service qu'il avait de si bonnes raisons de
vouloir me rendre, il ne pourra en réclamer le prix !
Ce que nous avions imaginé à nous deux, je l'accom-
plirai seule!...

— Avec Carlotta, dit la duègne, sur un ton inimi-
table de reproche et de caresse. Carlotta seulement né
pourra sé consoler si tou né réoussis pas. Si la pétite
né révient pas dans la maison zé mourrai !

— Écoute, dit Salomé, tu es bien plus incrédule que
le comte Annibal ; il n'a pas douté, lui, de ce que je
pouvais faire. Mais tu ne songes donc pas que le baron
Imbert m'a perdue au moment où il était épris de moi
jusqu'à la démence! Ces blessures faites d'un seul
coup violent et terrible sont toujours sanglantes, la
plaie reste vive, les bords s'en rapprochent et la voilà
cicatrisée. C'est encore l'amour qui a été le médecin.
Je ne veux pas te dire ma pensée...

— Zé la déviné.

— Mon mari n'a jamais connu contre moi d'autre

fuge que le ressentiment et que la haine; il n'y a
ue la lassitude d'où l'on ne revient point. Tu me di-
is que je lui ai donné le droit aussi de me mépriser.
e les attends, ses mépris, je les braverai. Il ne me
s épargnera pas en entrant ici. Je suis sûre qu'il
ent les mains pleines de l'argent qui lui reste. Il va
e l'offrir en retour de ma soumission à l'ordonnance
u juge : — Renoncez à votre fille! et je vous fais in-
épendante et riche. Eh bien! il trouvera le mépris à
n tour! — Qui donc êtes-vous? Quel cœur avez-vous
onc pour avoir pensé que je me laisserais arracher
a fille à prix d'argent? Il me menacera, il me fera
ntrevoir une séparation judiciaire, une sentence défi-
tive qui consacrerait l'iniquité d'hier, qui m'enlève-
ait Marguerite pour jamais. Je lui répondrai que je
eux jusqu'à la fin défendre mes droits de mère, que si
e suis vaincue dans le procès, il en sortira, lui, dés-
onoré par le scandale, que ce sera faire à Margue-
ite un triste présent que celui d'un nom taché. —
a fille! je veux ma fille! je ne sortirai point de là, et
uge si je serai forte, car tu sais comme je suis sin-
ère! Est-ce que j'ai jamais aimé au monde autre chose
que Marguerite?...

La duègne mordait ses lèvres flétries :

— Piou dé mémoire! grommela-t-elle. Piou dé mémoire.

— Alors, continua Salomé, il faudra que je m'humilie encore une fois. Je dirai au baron : Si j'ai commis des fautes, j'en suis punie cruellement, puisque j'ai perdu le droit de réclamer de vous la seule chose juste, le seul parti qui ne nuirait pas à notre fille, qui me rendrait en même temps Maxime, mon fils...

— Tou lui parleras dé ton fils !

— Mais je ne puis, monsieur, songer à un pardon...

— Oune pardon ! c'est la chose jouste que tou voulais dire ? Espères-tou rentrer chez ton mari ? Zé crois rêver.

— Je lui dirai cela... Oh ! je prévois sa colère. Mais je serai calme, forte, je serai belle. Oui, Carlotta, belle surtout par le souvenir du passé. Il croira revoir Margherita Salvi à vingt ans, telle qu'elle était quand il eut la folie d'en faire sa femme. Je te l'ai dit, il y a des sottises incurables !...

— Ze rêve décidément, murmura la duègne. Oh ! quand tou l'as quitté, tou le haïssais si fort !

— La haine n'est plus de mon âge, pas plus que l'amour. Je suis lasse et je veux le repos, je suis battue, je veux la vraie revanche. On m'a pris ma fille, je veux ravoir Marguerite...

— Pas piou que l'amour ? répéta Carlotta, qui n'avait pris garde qu'aux premiers mots de cette déclaration surprenante... Et Maurice ?

Salomé la saisit par le bras et la repoussa loin d'elle :

— Tu aimes Marguerite, lui cria-t-elle, et au lieu de
ssocier à mes desseins qui peuvent nous la rendre,
me railles. Sors d'ici !

La vieille servante, épouvantée de cette violence,
ais plus encore peut-être de tout ce qu'elle venait
entendre, obéit sans répondre et sortit.

Madame de Nertia parcourut deux ou trois fois le sa-
n rouge, les mains crispées, avec des bonds de
nne furieuse :

— Maurice ! répétait-elle, Maurice !

... Ils ne m'épargneront point. C'est elle, après An-
ibal, qui me jette au visage cette dernière faute plus
excusable que tout le reste, puisqu'elle m'a mise à
merci du baron, de *mon mari*, du maître !... C'est
i la cause ! C'est lui que je hais à présent plus que
autre, plus que ce maître devant qui je vais me
ourber et mentir. Mais si je ne réussis pas dans mon
trange et hardi projet, s'il me résiste, s'il me rejette
ux mains d'Annibal, s'il ne me laisse de ressources
our reprendre Marguerite que le secours de ce tyran
t de ce tigre !... Ah ! s'il fait cela, à lui ma haine
out entière, sans pitié, sans peur ! Il l'aura voulu !

Elle se laissa tomber sur un fauteuil, cherchant à
e calmer, s'imposant l'immobilité du corps pendant
n moment, afin d'amener celle des nerfs. — Vieille
maudite ! murmurait-elle encore en regardant la porte
ar laquelle Carlotta venait de sortir. Elle a choisi cet

instant tout juste, l'instant où il vient, où il approche, où je le sens, où je le vois... Elle a choisi ce moment-là pour m'enlever d'un mot mon assurance et ma force... Allons ! baronne, car je suis baronne ou je vais le redevenir, la colère obscurcit l'esprit, la colère n'est bonne qu'à crisper les vieux visages qui ont besoin d'être jeunes. Il me faudrait cinq minutes d'oubli ou de sommeil... Je vais fermer les yeux. Je voudrais ne plus penser !

Ses paupières, obéissant à sa volonté, s'abaissèrent et voilèrent ces yeux d'Orient aux lueurs profondes et menaçantes ; elle poursuivait son rêve dans ces ténèbres volontaires ; mais un autre de ses sens demeurait en éveil. L'oreille tendue, elle écoutait dans l'avenue le bruit des voitures. Il arriva que l'une de ces voitures ralentit sa course aux abords de la maison ; elle tressaillit et bondit encore une fois hors de son fauteuil.

Au même instant, un autre bruit bien différent, un bruit assez lointain de porte ouverte avec précaution, puis de pas étouffés, se fit entendre dans la direction du salon jaune et de la serre. La rue en ce moment était muette. Madame de Nertia, qui venait de courir à l'une des fenêtres, se retourna brusquement et s'élança vers ce salon jaune. Une seule lampe l'éclairait, projetant son reflet tremblant sur les premiers feuillages de la serre.

— Qui va là? cria Salomé d'une voix convulsive. Qui
ι là?

Une ombre se détacha de ces feuillages.

Maurice!...

Non! elle n'avait plus de mémoire, puisqu'elle avait
ublié que Maurice d'Olivaie tenait une clef du passage
ɛcret qui de l'avenue menait à la serre.

XII

Il était neuf heures et demie. Les voitures devenaient plus rares. Quant aux piétons, on en eût rencontré deux dans toute l'avenue. Tous deux avaient dû
suivre d'abord les Champs-Élysées et descendaient du
rond-point de l'Étoile. Le premier atteignit une petite
place au bord de laquelle s'élève une église et que décore un bassin pourvu d'un maigre jeu d'eau; il s'arrêta comme pour considérer le flot ruisselant sous la
lumière blafarde des lanternes. Il avait assez l'air d'un
homme inoccupé qui s'amuse aux incidents du chemin. Pourtant un observateur plus attentif se serait
aperçu qu'il cherchait surtout à se rafraîchir le front à
ce souffle humide.

Il était de haute taille, il avait grande tournure dans
a large pelisse garnie de martre; il tenait une canne

la main, et, quand il reprit sa route, il eut besoin de s'y appuyer de toute sa force.

L'autre compagnon passa près de lui comme un ouragan et le devança. Lui, qui continuait à descendre lentement l'avenue, suivit cette ombre du regard et la vit appliquée contre la porte basse d'une masure qui faisait suite à un élégant hôtel; il s'arrêta de nouveau, ne doutant point que ce ne fût là l'homme qui venait de le dépasser un instant auparavant. Une pensée le traversa, cuisante comme le fer du médecin dans la plaie.

L'homme prit soin de confirmer le soupçon naissant dans l'esprit du baron Imbert; il revint sur ses pas comme un furieux et s'avança contre ce témoin qui le gênait apparemment. Le baron lui demanda de sa belle voix, toujours forte et sonore, malgré l'émotion qui aurait dû l'altérer :

— Que me voulez-vous?

De fait, ce jeune batailleur eût été assez embarrassé de le dire. Il ne reconnaissait point l'ennemi dans celui qu'il avait fait mine d'assaillir, et il fallait que la colère lui eût un moment troublé les yeux pour que même à cette distance, et dans la demi-obscurité, il se fût imaginé d'abord voir en ce personnage haut de cinq pieds et demi et de forte allure, le maigre et chétif Italien qu'il haïssait si fort.

Rien de moins semblable que le baron Imbert au comte Annibal Amidi

I.   6

Le jeune loup tourna le dos sans répondre, se rapprocha de la masure à la porte basse; il était armé d'une clef, sans doute, car il disparut.

Alors le baron se souvint. Ce jeune homme à la figure énergique et encolérée, cette masure avoisinant l'hôtel de madame de Nertia, où il venait furtivement d'entrer, devenaient autant de cruels traits de lumière. M. Imbert était bien sûr d'avoir entendu parler aux gens de justice d'un passage secret qui devait relier l'hôtel à la petite maison; ils avaient même débattu la question de savoir s'il n'y aurait pas lieu de l'explorer plutôt que de se présenter à l'accès principal de la galante demeure. Cette question, le baron Imbert allait se la poser à son tour.

— La misérable! murmura-t-il. Elle n'aura pas eu le temps de l'avertir, ou bien il n'aura pas voulu tenir compte de l'ordre qui l'exilait pour un soir. Il ne sait pas que c'est moi, que c'est le MARI qu'on attend!

A son tour, il arrivait près de la porte basse. Il s'essuya le front, car il le sentait baigné d'une sueur glacée. Un homme d'un si fier honneur, dont il avait toujours été, d'ailleurs, si mauvais gardien, ne touche pas ainsi du doigt, sans éprouver une abominable torture, la preuve de son abaissement et de sa misère.

Il croyait n'avoir point de colère en ce moment et il s'en applaudissait. On frappe d'une main plus sûre quand le cœur est de bronze ou de glace. — Ce n'est pas mon destin qui m'a conduit ici, pensa-t-il, c'est celui de cette femme !

Il hésitait entre cette petite porte et l'autre, celle de l'hôtel. Il pouvait faire sauter la première et prendre l'incorrigible et impudente pécheresse sur le fait ; en se présentant à la seconde, il donnerait à l'amant le temps de fuir. Mais il sourit ! Il venait de le voir, ce favori du jour, il croyait l'avoir déjà vu. C'était le même sans doute qui figurait quelques jours auparavant dans la loge de l'Opéra, un tyran qu'il n'était pas aisé de congédier, car il ne voudrait point céder la place.

Et puis, n'était-ce pas bien mal connaître la maîtresse de cette maison galante? Elle voudrait de son côté jouer jusqu'au bout le jeu qui convenait si bien aux corruptions infernales de son esprit. Courant au devant du mari, le maître de son sort, pour le tromper une fois de plus et d'une façon plus atroce que jamais, elle laisserait dans cette partie de la maison consacrée à cette sorte d'aventures, le nouveau maître de son cœur. Elle le confinerait dans la serre, car le baron se souvenait qu'il y avait une serre, et au devant un boudoir.

Le commissaire le lui avait dépeint ce boudoir jaune, le nid du scandale.

Enfin, M. Imbert répugnait à la violence, toujours

indigne, mais inutile en ce moment, puisqu'il avait la force. Briser la porte de la masure, non ! Il ne voulait point compromettre et rapetisser sa victoire. Il croyait bien tenir désormais dans sa main le bourreau de toute sa vie, il allait écraser la vipère.

— J'entrerai par la grande porte ! dit-il.

Les pensées qui l'agitaient n'étaient que trop naturelles ; il était tout simple que connaissant si bien celle qui avait été sa femme, il la supposât capable de lui infliger le dernier outrage, au moment même où elle feignait de rechercher son pardon. Cependant il était aussi loin de la vérité à cette heure qu'il l'avait été de toute prudence dix-sept ans auparavant en épousant Margherita Salvi.

Madame de Nertia ne songeait point à jouer cette odieuse comédie et à garder son amant caché dans la serre. S'il n'eût tenu qu'à elle non-seulement de le chasser de sa maison, mais de le faire disparaître du monde, elle n'aurait pas hésité.

Son premier mouvement en se trouvant face à face avec Maurice d'Olivaie, avait été de se jeter sur la porte qui faisait communiquer le salon au boudoir. Elle en poussa le verrou et se plaça devant, les bras croisés.

Après la lâche trahison de sa maîtresse au Palais de justice et l'emprisonnement ridicule qui en avait été la suite, après deux jours passés à ruminer contre

Salomé les projets les plus insensés et les plus violents, après le dernier accès de colère qui l'avait saisi dans l'avenue, tout à l'heure, à l'aspect de cet étranger qui semblait épier ses démarches et dans lequel il avait cru reconnaître le comte Annibal Amiati qu'il prenait pour le plus dangereux de ses rivaux, — le jeune homme heureusement était brisé.

— Vous aviez oublié la clef ! dit-il d'une voix sourde, en se laissant tomber sur le divan de satin jaune.... La clef que vous-même m'aviez remise. Vous m'auriez peut-être fait saisir et terrasser une seconde fois par ces misérables soldats, pour la ravoir, si vous y aviez songé !

Salomé ne répondit pas. Elle couvrait le malheureux de ce regard aux menaces profondes qui n'appartenait qu'à elle. Ses pupilles dilatées brillaient comme sous un voile de feu ; le choc et la violence de ses pensées lui rendaient cette beauté sauvage et puissante qui défiait le temps. Ses lèvres s'entr'ouvrirent pour laisser passer le flot de mépris et de haine qui l'étouffait, et firent voir la double rangée de ses dents aiguës, des perles tranchantes.

— Vous me bravez, lui dit-il. Vous me voyez épuisé par la rage et vous avez cessé de me craindre. Peut-être avez-vous raison, car, si indigne que vous soyez, bien que votre cœur soit fait de je ne sais quelle boue vénéneuse, et que je vous connaisse à présent, je

6.

vous aime encore. S'il y a des démons qui soient femmes, on doit les aimer de cette façon, en les maudissant, en désirant de les voir broyés et palpitants à ses pieds. Je vous déteste et je vous aime! Je veux que vous soyez à moi, toujours à moi, ne fût-ce que pour vous faire expier tous les jours, jusqu'à la fin, jusqu'à ce que vous mouriez ou que je meure, le mal que vous m'avez fait!

Salomé, sans quitter l'attitude qu'elle avait prise, toujours gardant cette porte, toujours le dévorant des yeux, leva doucement les épaules.

— Écoutez, reprit-il, vous ne devez attendre de moi ni ménagements, ni prudence. Vous savez d'abord que je n'en suis pas capable. Et puis, pourquoi serais-je prudent? Ai-je rien à ménager? Vous m'avez perdu. Un homme de mon âge, que le sort a fait pauvre, n'approche point des femmes qui vous ressemblent sans risquer une partie de son honneur : cela n'est permis qu'aux riches. Mes amis détournent la tête quand je passe près d'eux. Que croient-ils? Ma mère est avertie de ce qu'elle nomme mon indigne et lâche conduite. Elle a raison d'être si sévère! Ma sœur, à qui l'on a dit seulement que je menais une vie oisive et dissipée, m'écrit pour me rappeler que nous sommes les enfants d'un gentilhomme et d'un soldat. J'ai là leurs deux lettres, je les ai relues vingt fois depuis hier; le sens caché m'en apparaît entre les ignes : « Tu étais notre seul espoir ; tu avais juré, au chevet de ton père mourant, de combattre et de vaincre notre mauvaise fortune, et tu nous trahis ! Achève donc la trahison, ou brise cette femme qui est notre ennemie et la tienne, et reviens à nous. » Eh bien ! je le ferai ! Le ministre, le compagnon d'enfance du colonel d'Olivaie, mon père, qui m'avait ouvert auprès de lui une carrière sûre et brillante, m'a fait appeler ce matin. J'aurais fui devant les paroles sévères qui m'attendaient ; mais je n'en ai pas eu la peine, on ne m'a point rencontré chez moi. J'errais à travers Paris, cherchant ma vengeance contre vous. Je l'ai trouvée !

Salomé fit un geste moqueur. Rien ne pouvait lui arracher un mot.

— Je vous dis que je l'ai trouvée, continua-t-il. Je quitterai Paris et la France, j'abandonnerai ma mère et ma sœur, je serai lâche jusqu'au fond des pires lâchetés ; mais vous me suivrez et vous ne serez qu'à moi peut-être quand je vous tiendrai seule dans le désert que j'aurai choisi ! Je parle l'anglais et l'espagnol, je peux gagner en Amérique votre vie et la mienne... Vous riez. Je ne suis point fou. Vous ne me connaissez pas encore ! je veux que cela soit ou je ne sais ce que je ferai de vous. Prenez garde et répondez-moi... Me répondrez-vous enfin ?

— Je te hais ! dit-elle, va-t'en.

Il se leva, il allait s'élancer vers elle ; mais plus

prompte que lui, elle atteignit d'un bond la cheminée, saisit dans une coupe d'argent un poignard dont il lui était arrivé de le menacer en riant autrefois et regagna son poste devant la porte du salon.

Au même instant, on entendit très-distinctement le timbre qui retentissait à l'entrée principale, dans le vestibule de l'hôtel.

— Va-t'en ! répéta Salomé.

XIII

Mais alors ses genoux fléchirent, un sentiment su-
perstitieux lui serra le cœur. De l'autre côté de cette
porte, c'était *lui*, c'était la victoire, si elle pouvait encore la saisir; c'était le relèvement immérité, inespéré
de toute une vie de souillures, une vie marchande et
infâme; c'était le repos, le sécurité reconquise, c'était
la possession de sa fille.

De ce côté, dans le salon jaune, elle voyait devant
ses yeux l'obstacle vivant et détesté contre lequel allait se briser tout ce beau rêve. De ce côté, c'était la
confusion et la honte d'être prise au piége, c'était la
chute définitive et le coup de grâce, la confirmation de
l'ordonnance du juge; c'était la perte de Marguerite
pour jamais.

Elle demeura un moment en proie à l'une de ces

pensées qui ne s'expriment point d'abord, tant elles sont troubles et contradictoires ; elles ne naissent que dans l'épreuve et la crise des douleurs violentes, elles sont faites à la fois de révolte et de peur, elles s'échappent comme un aveu et un dernier cri de la rage impuissante. La vérité se fit jour sur les lèvres de Salomé dans un blasphème : — Dieu est donc quelquefois juste ! murmura-t-elle.

Mais cette défaillance ne dura qu'un instant. Aussitôt elle se retrouva plus forte, plus résolue. Le courage et la volonté revêtent toutes les formes ; elle comprit que la violence ne pourrait rien contre Maurice, qui, debout devant elle, les bras croisés à son tour, la regardait, partagé entre une folle envie de lui faire expier les cruelles paroles qu'elle venait de lui jeter au visage et l'admiration de la voir si belle, avec le poignard à la main, l'insulte et le défi à la bouche.

— Maurice, murmura-t-elle.

Elle allait imiter les fauves qui feignent de s'apaiser quand ils se sentent vaincus, et qui se roulent aux pieds du dompteur jusqu'à ce qu'un jour enfin ils le dévorent. Il fallait demander grâce à ce tyran et l'éloigner à tout prix. La tâche était presque désespérée ; encore n'avait-elle qu'un moment pour l'accomplir.

— Maurice, reprit-elle, je vous fais le serment que vous me retrouverez ici demain telle que j'y suis à cette heure. Je ne cherche ni à vous fuir ni à vous romper. Mais convenez que la résolution que vous me demandez de prendre est assez grave pour vouloir le la réflexion. Enfant que vous êtes !

— J'étais un enfant quand je vous ai connue, dit-il. Vous avez fait de moi un homme par le désenchantement et par la souffrance.

— Ose dire que je t'ai rendu malheureux ! fit-elle. Tu es fou. Je le sais bien peut-être depuis longtemps, que tu es fou ! Que me demandes-tu ? Là, tout simplement de te suivre au bout du monde ? Au moins me donneras-tu le temps de me replier sur moi-même et de consulter mon cœur. Quand je t'aimerais plus tendrement encore...

— Ne mentez point ! s'écria-t-il. Vous venez de me dire que vous me haïssiez. C'est cela qui est vrai !

— Tu voudrais bien ne pas le croire, dit-elle. Eh bien ! ne le crois donc point ! Tu m'avais menacée, j'ai pris ce poignard pour t'éviter une action qui est toujours lâche et que tu aurais regrettée... Je n'en ai plus besoin, car te voilà redevenu sage.

Elle jeta l'arme sur le tapis.

— Toi qui te vantais d'être gentilhomme, reprit-elle, tu as voulu frapper une femme !

— C'est vous qui m'avez bravé ! dit Maurice. Hier vous m'avez fait infliger un traitement...

— Oh ! n'en parlons plus ! interrompit-elle.

— Si je vous avais rencontrée au moment où je suis sorti de cette prison ridicule...

— Tu m'aurais tuée ?

— Je ne sais ! Maintenant, il faut me répondre. Qu'alliez-vous faire au Palais de justice ?

— Ce que j'allais faire au Palais de justice, répéta-t-elle...

Elle ne l'écoutait plus. Son oreille n'avait jamais cessé d'être tendue vers l'intérieur de la maison. Le timbre avait déjà retenti trois fois. — C'est au moins quelques minutes gagnées ! se disait-elle.

Carlotta qu'elle avait chassée boudait sans doute dans sa chambre ; les autres domestiques étaient couchés, et avant qu'ils ne se levassent... Mais cette fois, sur ce troisième coup, la porte avait dû s'ouvrir... elle l'entendit qui se refermait avec fracas. Cette fois aussi, Maurice avait entendu comme elle. Le jeune homme se trouva penché au-dessus de son épaule, car elle s'était involontairement retournée.

— Si c'est le comte Annibal qui vient ! lui cria-t-il, c'est maintenant que je vous tuerai !

— Ce n'est pas le comte Annibal, répondit-elle. Parlez plus bas, Maurice. Quelqu'un vient, en effet. Si je vous dis que c'est mon mari, comprendrez-vous qu'il faut vous retirer.

— Votre mari ?

— Écoute ! fit-elle, car son parti était pris de tout lui

dire et d'intéresser sa générosité ; elle savait bien qu'il en était capable.

Elle passa un bras autour du cou du jeune homme, dont elle attira le visage près du sien :

— Tu me demandais ce qui m'avait fait courir au Palais de justice hier. Tu ne sais donc pas qu'on m'a pris ma fille ! Marguerite ! Tu n'as pas songé à Marguerite ! Tu ne m'as pas une seule fois parlé d'elle. Eh bien ! oui, ils me l'ont prise et ils ne me l'ont pas encore rendue ! On était venu l'enlever ici sur un ordre de je ne sais quel président. Si j'avais été là !... Mais tu m'avais retenue à ce bal. Aussi, dans mon désespoir, je t'ai accusé. J'ai dit que c'était ta faute ! Je t'en ai voulu cruellement ! Mais je reconnais mon injustice...

— Si je pouvais croire que ce soit la vérité ! fit Maurice. Vous alliez redemander votre fille à ce président ?

— J'avais la tête perdue. Ah ! les juges ! On ne les connaît pas, ces juges que rien ne peut attendrir. Ils ne se laissent pas même voir. Les lois de ton pays, car c'est le tien — je n'en suis pas, moi ! — ces lois sont abominables. Il m'avait atteinte à la fin, je le retrouvais à l'œuvre, ce mari, qui ne cessait de me poursuivre depuis quinze ans et dont j'avais été obligé de te confesser l'existence, quand toi, si jeune, tu devins un jour assez fou pour songer à m'épouser, parce

I. 7

que tu m'aimais... Te souviens-tu, Maurice, que tu as
voulu faire de moi ta femme ?

— Je ne vous ai que trop aimée, dit-il. Mais le nom
de votre mari ? Je me souviens de l'avoir entendu
hier... Depuis, il m'a échappé... Vous n'aviez jamais
voulu me l'apprendre. Redites-moi ce nom. Je le connais peut-être.

— Je vais te le dire pour que tu sois bien sûr que je
ne mens point... Et puis tu prendras pitié de moi,
Maurice, tu t'en iras... Mon mari s'appelle le baron
Imbert.

— Encore un ami de mon père ! murmura le jeune
homme, et un ami du ministre...

— Il faut bien qu'il ait des amis puissants ! il s'en
est servi contre moi. Sais-tu ce que j'ai fait quand
je me suis vue terrassée, quand il m'a fallu choisir
entre ma fille et mon orgueil ? Je me suis humiliée,
Maurice, j'ai rampé ! Oui, j'ai écrit au baron Imbert
pour le supplier de me voir... Ah ! ce soir, je ne t'attendais point... je ne pouvais t'attendre... Il m'a
écoutée, il vient... Et tiens, il frappe... Va-t'en !

Un grand bruit se faisait dans le salon rouge, où le
baron Imbert sans doute venait d'entrer suivi de tous
les domestiques, effarés par la présence du mari
comme ils l'avaient été la veille par l'irruption des
gens de justice. La voix du baron s'éleva : — Votre maîtresse est ici, enfermée dans ce boudoir, et n'y est pas

seule... Je veux que vous le sachiez tous. Et maintenant que l'un de vous aille garder l'issue de la maison
voisine, et je le récompenserai généreusement. Moi, je
vais entrer, c'est mon droit.

Il ébranla violemment la porte.

— Tu ne te laisseras pas arrêter par l'homme qu'on
envoie pour te barrer le passage! dit Salomé à l'oreille
de Maurice. D'ailleurs tu peux sauter par une des fenêtres qui donnent sur le terrain vague et gagner la
campagne... Va.

— Oui, dit-il, mais prenez garde. C'était bien votre
mari qui tout à l'heure était dans l'avenue. Quand j'ai
cru qu'il m'épiait, je ne me trompais point.

— Il t'a vu!.

— Oui.

— Misérable ! c'est donc bien toi qui me perds !

— Oh ! dit-il, vous n'usez plus de feinte à présent ;
vous mentiez donc bien tout à l'heure !

— Crois-tu que je vais continuer l'odieuse comédie
que je jouais pour me délivrer de toi? s'écria-t-elle...
Oui, je te hais !... C'est toi qui me prends ma fille. Ah !
le beau gentilhomme qui ruine les femmes et qui, ensuite, leur arrache le cœur ! Que vais-je faire à présent? C'est toi qui m'auras rejetée dans cette vie maudite que j'avais cru secouer à la fin ! Je n'avais point
songé à cette clef que tu m'as volée ! Rends-moi cette
clef, mendiant et traître ! Il faut que je redevienne

Salomé la courtisane. Je la donnerai à un autre, qui sera riche, qui ne sera point comme toi un loup furieux, et que je mépriserai pourtant comme je te méprise ; mais il saura m'étourdir, le nouveau tyran ! il me fera oublier dans le luxe le désespoir qui me dévorera... Ah ! la belle vie ! la belle vie qui sera ton œuvre. Quant à toi, tu peux attendre la vengeance de Salomé ! tu ne me connais pas !

— Taisez-vous ! dit-il, les dents serrées. J'ai souffert que le comte Amiati fût votre amant et je ne vous ai pas punie !

— Le comte Amiati ! Pourquoi non ? Mais point seul. Je voudrais que le monde entier pût être mon amant sous tes yeux.

— Je vous ai dit que je vous tuerais ! s'écria Maurice en ramassant le poignard sur le tapis...

La lutte fut courte... Maurice fuyait par la serre.

Sans doute, il allait suivre le conseil de celle qu'il venait de frapper, — éviter le domestique qui gardait l'issue donnant sur l'avenue, et gagner la fenêtre de la petite maison, le terrain vague et les champs.

Salomé, s'appuyant à la tablette de la cheminée, porta la main à sa poitrine. Quelques gouttes de sang filtrèrent à travers ses doigts : « De toutes les fins, c'est la meilleure ! » murmura-t-elle.

La porte, poussée de nouveau par le baron, allait céder.

Tout à coup le visage de la courtisane, déjà couvert d'ombres mortelles, s'illumina.

— Je peux garder, en partant, le cœur de Marguerite! dit-elle. Lui, ne l'aura point. Il n'obtiendra jamais d'elle qu'une soumission muette et mêlée de peur. Ah! je serai bien vengée!

Elle se traîna vers la porte, en tira le verrou, et le baron entra; mais ce verrou, elle le poussa de nouveau derrière lui... Ses forces étaient épuisées; elle fit encore deux pas, jeta un long cri déchirant et s'affaissa près du poignard sanglant sur le tapis.

La porte vola au même instant, attaquée par tous les domestiques demeurés dans le salon rouge.

— C'était bien mon mari, dit-elle. Il m'a tuée!

XIV

Aucun obstacle n'avait entravé la fuite de Maurice. Le terrible bond qui, du haut de la croisée de la petite maison, le porta dans le terrain vague, fut étouffé par un amas d'herbes que le propriétaire du champ avait rassemblé là, deux ou trois jours auparavant, et qu'il n'avait pu enlever à cause de la pluie qui le détrempait. Tout conspirait en faveur de L'ASSASSIN. Le domestique que le baron Imbert venait d'envoyer pour garder l'issue du passage sur l'avenue, crut entendre le bruit d'une course précipitée ; mais une cloison de planches bordait ce terrain, et le bruit s'éteignit. Maurice dévora des espaces déserts, des avenues où ne s'élevaient encore, de loin en loin, que de rares villas entourées de leurs petits parcs ; il joignit à son insu le bois de

Boulogne, toujours courant devant lui, sans songer même à choisir les sentiers, laissant des lambeaux de ses habits aux épines des buissons et au bois mort des fourrés, débucha comme un fauve traqué par une meute, dans une large allée qu'il traversa, s'engagea sous l'ombre plus épaisse d'un bouquet de grands pins, et s'arrêta tout à coup devant de l'eau.

Il se trouvait au bord du plus vaste de ces bassins artificiels creusés par l'édilité parisienne, qui les a décorés du nom de lacs. L'eau!... la mort était là. Il ne l'avait point cherchée. C'était elle qui se présentait à lui, — à lui qui venait de la donner. Il lui adressa un effroyable sourire de bienvenue et s'assit sur la berge humide.

Cette masse d'eau, jetant dans la nuit une clarté blafarde et mourante, se balançait avec de lentes cadences et des gémissements prolongés.

Oui, la mort était là!

Une sueur froide inondait le front de Maurice. D'instinct, il y porta la main, puis l'écarta avec horreur. S'il y avait du sang à cette main, elle en laisserait donc l'empreinte sur son visage! Au même instant, le cœur lui manqua; les sanglots qui l'étouffaient se firent jour sur ses lèvres, le secouant et le déchirant; puis les larmes coulèrent, et il les laissa couler, n'osant employer son mouchoir pour en essuyer la trace brûlante, par peur de sa main encore qui allait imprimer une tache à la toile, une tache rouge qu'il verrait quand le jour serait venu.

Mais il voulait donc vivre? il devait donc voir le jour?... Le vent, qui soufflait par rafales, agitait alors plus vivement la surface de l'eau, et le triste clapotement redoubla. Il se dit que, tout à l'heure, son corps, en ouvrant le flot, ferait un bruit bien plus sinistre, et cette pensée lui causa une si atroce épouvante, qu'il se retrouva debout, qu'il recula jusque sous l'ombre noire des pins. La voix de la jeunesse et le charme de la vie lui parlèrent à l'oreille; le sentiment de la conservation de soi-même, si puissant chez les désespérés, lui disait :

—Pourquoi te hâter si fort de te juger ou de te condamner toi-même? As-tu commis un crime sans excuse en tuant cette femme? C'était un monstre dont tu as délivré la terre.

Il répéta tout haut ce qu'il essayait de se persuader tout bas : « Elle m'avait fait souffrir tous les supplices de l'enfer! »

Et il disait vrai. Il n'y a que l'enfer et la jalousie dont les supplices soient si variés. Mais le comble à tant d'outrages, le dernier défi, la goutte enflammée tombant dans cette coupe de fiel, avait été le dernier mot de Salomé : « Je voudrais me donner au monde entier sous tes yeux. Toi, mendiant, je te chasse!... »

Le passé lui apparut. Quelle misère! Il le vit dans sa

vérité toute nue, toute crue. Dans cette vie commune
avec une courtisane, de quoi avait-il surtout manqué?
De prudence ou de délicatesse? de raison ou d'honneur? Il savait qu'il la ruinait en l'éloignant de ceux qui
enrichissent ces sortes de femmes, et au lieu de s'éloigner lui-même, il la liait chaque jour à lui de plus près,
sans cesse serrant sa chaîne. Ses anciens compagnons
l'avaient surnommé le *Des Grieux de six pieds*. Le che-
valier de Manon était un mignon personnage, le commencement, l'ombre d'un homme. Mais lui, que la
nature avait fait bien différent, lui qui avait recueilli
un héritage d'honneur, lui qui avait charge d'âmes, il
lui était arrivé pourtant d'accepter du plaisir ce qu'il
n'avait plus le courage de demander au travail. Il
avait reçu, en rougissant, les dons de madame de
Nertia. La conscience glisse sur cette pente aveugle
de la passion. Ces dons maudits se déguisent sous le
nom de prêts. « Vous me rendrez cela, Maurice. En
ne le prenant point, vous me feriez injure. » — Oh!
l'abîme de la honte!

Mais pourquoi se déchirer ainsi le cœur, puisqu'il
allait se punir de ces bassesses en même temps que du
crime qui les avait couronnées et que tout serait dit?
Alors même que la justice ne le rechercherait point et
qu'il ne serait pas connu pour le meurtrier, pour-
rait-il vivre écrasé sous le poids de tels souvenirs? le
fantôme de celle qu'il avait tant aimée et tant haïe ne

7.

cesserait de le poursuivre, et il sentait la démence au bout du chemin. Il ressemblait à un condamné qui aurait cru se sauver en tuant le bourreau et qui trouverait aussitôt après un autre bourreau dans le remords.

Des remords, il en avait de toute sorte !... Il se mit à rire bruyamment :

— Le seul heureux en ceci, dit-il, c'est le baron Imbert ! Ah ! je l'ai bien délivré !

Les pins s'agitaient au-dessus de sa tête. Ils montaient droits et raides comme des tuyaux d'orgues et rendaient sous le vent les harmonies mystérieuses des orgues dans les églises. Tantôt elles font rouler de longues plaintes, tantôt éclater les joies célestes de l'autre vie, les hurlements des damnés ou les concerts des anges. L'assassin, sous ces rumeurs menaçantes, songea aux quelques mois passés près de Salomé dans un enivrant et exécrable mélange de délices et de dégoûts, d'extase et de fureur.

L'enfer ! Oui, c'était le seul mot qui pût rendre ce que lui avait fait éprouver ce terrible amour ; mais il lui avait aussi fait connaître le paradis ! Il l'avait toujours adorée cette femme, si toujours il l'avait maudite. — Et je n'en finirais point ! s'écriait-il. Je vivrais pour désirer qu'elle revive après l'avoir frappée ! Lâche ! lâche !

Il s'élança vers l'eau, puis reculant encore, et cette

fois bien plus loin que l'abri des pins, se retrouva
sur la route.

— Je ne peux! murmura-t-il... Je n'en trouverai
jamais le courage. Je vais donc essayer de fuir.

Les voix mystérieuses lui dirent : « A quoi bon? nul
ne fuit sa destinée. » Il crut entendre dans ces pins un
éclat de rire. Les voix ajoutaient : « L'eau te fait peur :
c'est par l'eau pourtant que tu périras! »

Il s'arrêta brusquement : « Ai-je ma raison? » se
demanda-t-il.

Au moins il était sûr de posséder encore sa mémoire,
car elle lui retraça tous les exemples de folie soudaine,
suivant les grandes commotions du corps ou de l'âme,
tels qu'il les avait lus dans les journaux ou dans les
livres ; et il continua sa marche ne cessant de se dire :
« Suis-je fou? dois-je le devenir? »

Le moindre bruit dans les taillis dépouillés lui causait des tressaillements convulsifs. Lorsqu'il eut
atteint la ville, et qu'il traversa les rues désertes, si
quelque passant attardé se faisait entendre derrière
lui, il recommençait à courir, il se croyait poursuivi.
Les gens de justice! Enfin, il gagna son logis, se mit
à la croisée, car il ne pouvait supporter l'obscurité de
sa chambre, et n'osait allumer la lumière, il ne voulait
point se voir. Quand l'ombre commença de blanchir,
le jour lui causa plus d'épouvante que la nuit ; il arracha l'un des rideaux et voila le miroir.

Alors, bien sûr de ne pas rencontrer son visage, il ouvrit un meuble, saisit les témoins écrits de son existence dissolue, les mémoires d'abord, les menaces des créanciers, le papier timbré, dernière sommation et dernière injure ; il mit le feu à la montagne accusatrice. Mais il pâlit quand, au fond du tiroir, il rencontra les lettres éparses de Salomé, et détourna la tête tandis qu'il les jetait dans le brasier ; la flamme prit à ses yeux une couleur sanglante...

Il changea de vêtements, il était prêt à tenter le départ ; mais une pensée lui vint... Là-bas, au ministère, dans le cabinet attenant à celui du ministre son protecteur, où, depuis quelques mois, il s'était fait voir si rarement, il y avait d'autres billets de Salomé, qui l'appelaient, quand, d'aventure, il avait préféré son devoir au plaisir, qui parlaient d'amour et de folie ; — d'autres preuves. Il ne devait pas les laisser derrière lui.

Il se mit en route pour le ministère ; c'était tenter le sort une dernière fois.

S'il échappait aux nouveaux périls que cette démarche allait lui faire courir, s'il pouvait ensuite gagner une gare, — et peu importait laquelle, peu lui importait le chemin du Nord ou celui du Midi, — il voyait des chances de salut. Arrêté par ordre même des magistrats, il pourrait se défendre, il pourrait nier, puisqu'il n'emportait rien avec lui qui prouvât qu'il était

Iaurice d'Olivaie. Même il se mit à chercher un nom
qu'il pût prendre. Ces réflexions le menèrent jusqu'au
ut qu'il voulait atteindre. Le factionnaire qui gardait
a porte du ministère l'examina au passage. — Voilà,
e dit-il, un homme malade ! Le concierge le vit s'en-
ager sous la grande voûte et se mit à rire : — Le
rotégé du ministre, pensa-t-il, veut regagner le temps
erdu en venant une fois au petit jour. Dans l'anti-
hambre en haut, il y avait un valet époussetant et
angeant qui leva les épaules : — Quelle mine ! se
lisait-il. Le jeune homme a trop soupé, il est encore
gris. Il va faire de belle besogne !

Maurice entra. La flamme brûlait déjà dans les
grandes cheminées. Au feu les derniers billets de la
morte ! Au feu les dernières traces parlantes de la
passion maudite ! Le cabinet du ministre était ouvert.
Le jeune homme y entra.

Avait-il quelque dessein ? Non. Il ne voulait que saluer le lieu où sa fortune avait commencé, d'où elle
aurait pu partir pour monter assez haut peut-être ; mais
alors il eut un geste de soulagement et de victoire.

Là, sur le bureau, il venait d'apercevoir des pièces
de toutes sortes, fraîchement revêtues de la signature
du ministre, et, parmi ces pièces, deux diplômes de
bachelier en droit.

Il avait brûlé le sien pendant la nuit, il saisit celui-
là. Ce titre de bachelier en droit s'acquiert entre vingt

et vingt-quatre ans d'ordinaire; il tenait donc ce qu'il cherchait. Il avait une pièce qui lui donnait l'identité d'un autre, et un nom.

Lequel? Il y regarderait tout à l'heure.

Il sortit en s'étudiant à ne plus montrer de précipitation suspecte, sauta dans un fiacre, gagna la gare de Lyon. Un train partait.

Quand il se vit en voiture, il tira de sa poche la pièce volée; il eut besoin d'un terrible et suprême effort pour retenir un cri.

Trois personnes assises dans le compartiment le regardaient.

Que l'on nie le destin! Ce diplôme était au nom de Maxime Imbert.

XV

Trois jours après le tragique événement connu le demain de tout Paris, et qu'on appelait déjà l'affaire l'avenue d'Eylau, Maxime Imbert, après dîner, des- dit d'un fiacre devant la maison de la rue de déon. La rue est médiocrement passagère, une voi- e y cause assez de bruit pour attirer les curieux, d'ailleurs, on épiait le retour du jeune homme. Le il des boutiques s'emplit de monde. Maxime n'y t point garde; il entra, et, s'adressant au concierge, pria de se charger de sa valise : — Je n'ai point vu fenêtre s'ouvrir là-haut, dit-il; mon père est-il nc absent?

— M. le baron est absent, répondit le concierge

avec une mine si singulièrement serrée que le jeune
homme en demeura interdit.

Le bonhomme, en même temps, rentrait dans sa
loge et y prenait des clefs.

— Les clefs de l'appartement! s'écria Maxime. Ah
çà! les domestiques sont-ils aussi à la promenade?

— Les domestiques ont été congédiés.

Maxime ne put retenir un nouveau cri de surprise
mais ne voulant pas interroger plus longtemps,
pensa qu'il trouverait dans l'appartement des indica
tions, un billet peut-être, qui éclairciraient ce mystère
Si le baron Imbert avait entrepris subitement quelqu
voyage, il devait avoir laissé des instructions qui per
mettraient à son fils de le joindre. Le jeune homme
monta.

Cependant, tout en gravissant l'escalier, il tressailli
plusieurs fois. Les dernières paroles de son père a
moment où, quelques jours auparavant, il le quittait
lui revenaient à la mémoire : « J'attends notre bon
heur à tous les deux, Maxime, ou bien mon dernie
supplice. »

Il se souvenait aussi des apprêts de fête qu'il ava
alors surpris dans le salon. Il revit en entrant le bou
quet de roses. Les pauvres fleurs étaient fanées. « J'a
tends une personne que vous retrouverez ici au retou
peut-être, avait dit le baron Imbert, et votre surpris
sera bien douce. Peut-être aussi ne la verrez-vou

oint. C'est que mon attente aura été trompée. »

— Quelqu'un est-il venu visiter mon père en mon absence? demanda Maxime au concierge qui l'avait suivi et qui déposait la valise.

— Beaucoup de monde, répliqua le bonhomme en secouant la tête. Et d'abord, il est venu votre sœur.

— Ma sœur! s'écria Maxime... C'est bien, je n'ai plus besoin de vous.

...Mon père n'a pas cessé depuis si longtemps d'être jeune, puisqu'il est convenu que la jeunesse des hommes se prolonge au-delà de quarante ans! se disait-il avec une tristesse amère. Il n'a pu toujours vivre seul. Aussi j'ai une sœur. Le baron Imbert s'est fait une seconde famille.

Mais si le baron avait quitté Paris avec *sa fille,* ce n'était pas apparemment sans esprit de retour.

— ...A moins, ajouta Maxime, qu'il ne soit dans ma destinée d'être abandonné par mon père à l'âge d'homme, comme je l'ai été par ma mère quand je n'étais qu'un petit enfant.

Il se mit à chercher fièvreusement sur tous les meubles, dans le salon, dans la chambre du baron, ce billet qu'il avait espéré trouver, qui lui aurait annoncé le départ et sa cause, ou du moins le but et la durée du voyage. Ces recherches furent vaines : pas une ligne, pas un mot.

Maxime pouvait bien ressembler à sa mère par les

traits. Jusque dans la fermeté du caractère on aurait encore trouvé de la ressemblance ; mais dans la sensibilité du cœur, il n'y en avait point.

Et puis, si comme il se le disait un moment auparavant avec tant d'amertume, son père n'était pas encore très-loin de sa seconde jeunesse, il n'était pas, lui, si loin de l'adolescence. Ce cruel abandon le trouvait sans courage, et il fallait bien qu'il ne fût pas encore tout à fait un homme, puisqu'il se mit à pleurer comme un enfant.

— Me voilà donc seul au monde ! Et je croyais en mon père comme en Dieu !...

Les larmes l'étouffaient. Il rassembla ses forces pour aller ouvrir une croisée en s'essuyant les yeux d'un geste violent, car il s'indignait de la faiblesse de son désespoir ; il n'aurait pas voulu qu'un voisin curieux en surprît les traces sur son visage.

Cette précaution n'avait pas été inutile, car à peine s'était-il montré à cette croisée, que vingt fenêtres en face et à l'entour de la maison s'entr'ouvrirent. Il ne pouvait s'y méprendre. C'était lui qui attirait l'attention, c'était lui qu'on regardait.

— On sait que le baron Imbert a rompu la vie commune qu'il menait avec son fils et qu'il a changé de famille, pensa Maxime. Il faut que ce départ ait fait du bruit dans le voisinage !

Tout à coup, une autre pensée lui vint : — Peut-

re, mon père, n'est-il point parti *seulement avec sa*
le.

Cette nouvelle existence était sans doute plus com-
ète encore qu'il ne l'avait d'abord supposé !... La
ère de cette fille devait être du voyage !...

— Oh ! mon père, ne valait-il pas mieux encore
l'imposer une marâtre que de me quitter !...

... Au moins n'a-t-on point voulu me laisser sans
ssources, aux prises avec la vie, dans mon isolement
encore si jeune ! continua le jeune homme avec une
onie déchirante. Cela c'est de la sollicitude, et je vois
en que le cœur d'un père ne se dément jamais !

Est-ce qu'il n'avait pas là, dans un portefeuille, et
ans sa poche, cent mille francs tout ronds, produit
e la vente des biens de Normandie ? En réfléchissant,
crut apercevoir combien toute cette douloureuse
faire avait été mûrement conduite. Le baron l'avait
uni de sa procuration et envoyé, à sa place, chez le
otaire normand, d'abord afin de se délivrer de sa pré-
nce, qui aurait embarrassé le départ, ensuite pour
ii mettre en main de quoi assurer son existence et
i liberté. Après cela le père s'était tenu pour dégagé
e toutes les autres obligations, et s'était éloigné
ans même laisser derrière lui un regret et un adieu.
yant payé, il se croyait quitte.

— Ainsi ! s'écria Maxime, c'est là le monde et la
amille !

Quelle leçon à vingt-un ans !

La porte du salon, à ce moment, se rouvrit; le concierge introduisait un personnage que Maxime ne connaissait point; il eut seulement comme une vague impression de les avoir vus tous les deux quelques minutes auparavant, descendre de voiture au pied de la maison. Le concierge, apparemment, était allé chercher en hâte ce renfort inconnu. Lui ayant montré le chemin, il s'esquiva.

Le personnage s'avançait; il était vêtu de noir, il avait la lèvre et le menton ras, avec une fort belle et majestueuse paire de favoris grisonnants, les joues rondes, le teint reposé, la bouche fleurie.

— Je suis, dit-il, monsieur Levallon, ou si vous l'aimez mieux, maître Levallon et vous m'attendiez sans doute.

— Nullement. Je vois que vous êtes avocat.

— L'avocat de votre père, ajouta Me Levallon, en s'inclinant; c'est une belle cause.

— Monsieur, s'écria le jeune homme, il y a donc des moments où les plus nobles consciences s'obscurcissent, où les sentiments les plus tendres, les plus fermes, les plus éprouvés s'effacent. On s'affranchit alors de tous les scrupules, on n'écoute plus qu'un aveugle désir...

— Celui de la vengeance, et dans un seul cas, ce désir, avec l'acte violent qu'il entraîne, est sinon jus-

tifié, du moins excusé par la loi. Vous connaissez ce
cas particulier aussi bien que moi-même.

— Pardonnez-moi ! fit Maxime avec hauteur ; mais
je suis peu disposé dans la crise effroyable que mon
père a voulu me faire traverser...

— C'est une crise, en effet, interrompit M⁰ Levallon ;
mais elle doit vous frapper bien moins qu'elle ne frapperait un autre fils. Votre mère n'existe vraiment pas
à vos yeux. D'abord vous ne pouvez avoir conservé
d'elle aucun souvenir ; ensuite, elle a commis autrefois
envers vous une action de telle nature...

— Je suis peu disposé, vous dis-je, aux entretiens
indifférents ; je vois que, d'ailleurs, vous êtes admi-
rablement informé de ce qui me touche. Cela rendra
l'entente plus facile entre nous et plus prompte ; je
n'ai pas, d'ailleurs, l'intention de contredire en rien
ce que mon père aura réglé. Si donc, comme je le
crois, vous m'êtes envoyé par le baron Imbert pour
traiter avec moi de mes intérêts et des siens, puisqu'il s'est affranchi de tous les autres liens qui nous
attachaient ensemble, il vaut mieux les examiner à
l'instant que de parler des torts de ma mère envers
moi, quand j'étais encore au berceau...

— Pas tout à fait. Vous aviez cinq ans.

— Eh ! qu'importe, monsieur ? Encore une fois parlons des vivants. Ma mère a été coupable. Oui, cela est
vrai... mais elle est morte.

— Point du tout. On espère la sauver.

Maxime pâlit :

— Ma mère était encore vivante! On m'avait trompé!

— Vivante, oui-da! Et c'est un hasard singulier qui l'a fait, l'autre jour, s'adresser à moi, — à moi qui devais être l'avocat du mari, quand elle venait au Palais de justice redemander sa fille au président.

— Sa fille!... Ma sœur... Ah! je la tiens donc enfin, cette énigme! C'est là cette sœur dont on vient de me parler, dont je ne soupçonnais pas même l'existence!

— On vous a parlé d'elle? fit l'avocat. — Et des signes d'aise et de soulagement se peignirent sur sa figure ronde. — Que vous en a-t-on dit?

— Qu'elle était venue ici en mon absence.

— Ce n'est point ce qui était entendu entre ce bonhomme de concierge et moi, grommela Mᵉ Levallon. Il devait préparer ma visite. Je lui ai demandé en chemin s'il avait rempli sa promesse, et il m'a dit n'y avoir point manqué. Il s'est dérobé, le vieux poltron!...

— Mais je devine le reste, continua Maxime. Si je vous ai bien compris, mon père était armé d'une ordonnance du président qui lui rendait sa fille. Où sont-ils à présent, tous les deux? Ils auront quitté Paris pour éviter les poursuites de...

Il s'arrêta.

— De votre mère, dit l'avocat. Je vois avec plaisir,

que vous prenez parti, sans hésiter, pour votre père.

— Sans hésiter, oui vraiment ! Et quand je songe que je l'accusais tout à l'heure.

— Mon cher ami, reprit M⁰ Levallon, rassemblez votre courage, car vous en aurez besoin. Je ne dois pas vous cacher que l'opinion n'est pas, en général, favorable au baron Imbert... On dit qu'il a tendu un piége à... votre mère. Je crois, au contraire, que le piége, c'est elle qui l'avait préparé. Elle y est tombée elle-même... Ah ! c'est un miracle et cela ferait croire à la Providence... si l'on n'y croyait pas. Mais après tout que nous importe ? Nous sommes forts ! Nous avons pour nous la triste vie de la baronne Imbert... Nous avons l'excuse légale.

Maxime chancela :

— L'excuse légale ! Mon père a donc frappé ?... Où est-il ?

— Votre père est en prison ; il vous sera permis de le voir.

Le jeune homme se couvrit le visage de ses deux mains :

— Et ma sœur ? demanda-t-il.

— Parbleu ! fit M⁰ Levallon avec aisance, vous touchez le point qui nous met en peine. Votre sœur a été reconduite chez sa mère. Oh ! nous l'y reprendrons.

— Je veux d'abord voir mon père, murmura Maxime... Oui, je le veux... Et, d'ailleurs, je le dois.

XVI

Pour ceux qui seront à peu près sûrement absous par les juges, sur la décision souveraine des jurés, en présence de la foule choisie qu'attirent toujours les causes célèbres, la prison n'a guère de rigueurs. Celle du baron Imbert s'ouvrit aisément devant Maxime, ainsi que le lui avait annoncé Mᵉ Levallon, l'avocat discret et le sceptique fleuri.

En entrant dans la cellule, le jeune homme saisit la main de son père et la porta à ses lèvres.

— Maxime, lui dit le prisonnier, on vous a sans doute appris que j'avais fait une terrible chose !

Le cœur du jeune homme bondissait dans sa poitrine, et tous ses nerfs frémissaient. Cependant il dompta son émotion.

— Mon père, dit-il, vous en aviez le droit.

Le baron l'attira près de l'étroite croisée et le regarda longuement : — Mon fils, dit-il, vous m'êtes resté fidèle. Mais que de changements en vous depuis le jour où vous m'avez quitté, il y a si peu de temps encore ! Ce que vous avez souffert à cause de moi devait achever de faire de vous un homme. Je crois en votre conscience et en votre raison, et je vais vous prendre pour juge.

— Non ! non ! s'écria Maxime. Je vous ai dit : C'était votre droit ! Que voulez-vous de plus ? Celle que vous avez punie a été une mauvaise mère, mais elle m'a porté dans son sein...

— Je n'ai pas frappé votre mère.

Le jeune homme malgré lui recula. Cette dénégation inattendue lui faisait plus de peur que la vérité, et lui causait une surprise plus amère encore que cruelle. Voilà donc ce que le besoin de se défendre peut faire de l'homme le plus sincère et le plus droit ! Son père essayait de se dérober devant la responsabilité de sa violence. Ah ! cela était naturel, trop naturel même !

— Monsieur, dit-il, je ne saurais jamais mettre en doute aucune de vos paroles. Pourtant, s'il en est ainsi que vous le dites, pourquoi vous laissez-vous accuser ?

— Je vais vous le faire comprendre, répliqua le baron. Écoutez-moi, mon fils.

Il raconta cette affreuse soirée qui l'avait vu s'acheminer vers l'hôtel de l'avenue d'Eylau, la rencontre

I. 8

près de la maison d'un homme qui s'était, aussitô
après, glissé par le passage secret que lui avait révélé
le commissaire, tandis que lui-même devait forcer
l'entrée principale défendue par les domestiques ameu-
tés.

Maxime écoutait pâle et retenant son haleine.

— Commencez-vous à croire que le meurtrier, ce
n'est pas moi? lui demanda le baron.

— Ah! fit le jeune homme, je ne sais que penser.
Vous m'imposez une trop grande épreuve. Tout cela
m'obsède et m'étouffe. Ainsi, vous vous présentiez
dans cette funeste maison sans colère...

— Sans colère, Maxime.

— Et ce n'est pas votre faute si vos ressentiments
se sont rallumés. Vous n'étiez pas venu pour faire
cette cruelle justice?

— Pourquoi ne vous confesserais-je pas toute ma
faiblesse? répliqua le baron. Je venais... Ah! savais-
je bien moi-même pourquoi je venais... J'aurais pardonné peut-être.

Le jeune homme reprit cette main amaigrie qui
cherchait la sienne, et y posa de nouveau ses lèvres.

— Mais attendez! reprit M. Imbert, mes dispositions durent se changer en un moment, après ce que
je venais de voir. Je me suis dit alors : c'est la volonté
d'une puissance plus forte que toutes nos prévisions,
que nos passions bonnes ou mauvaises, lâches ou sotte-

ment généreuses, c'est la main cachée de Celui qui peut tout, c'est Dieu même qui me la livre...

— C'était notre destin! murmura Maxime.

— Certes, elle ne l'attendait pas ce soir-là cet homme; elle était occupée d'autres intérêts! Peut-être n'a-t-elle été mauvaise mère que pour vous, Maxime! Elle voulait ravoir sa fille. Dans sa nouvelle passion, elle avait oublié sans doute qu'il tenait cette clef...

— Mais vous, dit Maxime, vous étiez entré?...

— Oui, j'étais entré, malgré les valets; j'arrivai dans un salon, et derrière une porte fermée, masquée par des rideaux, je devinai le lieu où je pourrais les confondre. Tous les domestiques m'entouraient, ils avaient enfin compris qui j'étais et ce que j'avais le droit de faire; la peur les saisissait, ils commençaient à m'obéir. J'envoyai l'un d'eux garder au dehors l'issue secrète et je menaçais, et je frappais à cette porte. J'entendis des éclats de voix, le bruit d'une querelle. Elle reprochait sans doute à ce complice malavisé d'être venu déranger tout l'édifice d'une si belle intrigue, elle sentait bien que si elle m'avait dressé un piége c'était elle qui allait y tomber... Tout à coup la porte s'ouvrit... Maxime, c'est ici que commence le rêve...

— Il l'avait donc déjà frappée! s'écria Maxime.

Le meurtrier, c'est cet homme, je le vois à présent;
c'est bien lui !

— Elle était blessée en ce moment, reprit M. Imbert. Je me souviens de sa pâleur et de cette main
qu'elle tenait sur sa poitrine. Tout cela aurait dû suffire à m'éclairer... La porte qui s'était ouverte se referma derrière moi. Elle ne me dit pas un mot, fit un
pas en arrière, tomba en poussant un grand cri et je
vis un poignard et du sang, sur le tapis près d'elle.
Les domestiques avaient travaillé tous à la fois à faire
sauter les verrous. Ils accouraient. L'un d'eux s'écria :
Madame s'est poignardée...

— Si cela était vrai? dit Maxime.

— Non ! fit le baron en secouant la tête ; elle était
bien assassinée par ce misérable qui avait fui... Oh!
j'aurais dû la connaître et me douter que la vipère
préparait sa morsure. Ne comprenez-vous pas qu'elle
se disait : « Je meurs ; ou si je vis, je suis pour jamais
confondue et domptée, je n'aurai pas Marguerite...

— Ma sœur.

— « Mais il ne l'aura pas plus que moi... On ne
donne point une fille au meurtrier de sa mère, ou bien
il vaudrait mieux qu'on ne la lui donnât pas, car il
n'obtiendra jamais d'elle qu'une soumission tremblante
et de l'horreur au lieu d'amour. Il faut que Marguerite croie que je suis morte de sa main. » Voilà le calcul qu'elle a fait en quelques secondes.

— Et lui ! s'écria Maxime, lui, l'assassin, vous le laissiez fuir !

— Tandis que les valets la relevaient, elle leur a dit en me désignant : « Il m'a tuée ! »

— Mais celui que vous aviez chargé de garder le passage ne l'a-t-il point arrêté ? Ne l'a-t-il pas vu ?

— Heureusement, il ne l'a pas vu.

— Heureusement ! Mon père, avez-vous votre raison ?

— Cela, c'est encore la volonté qui conduit tout à sa guise ; c'est Dieu ou, comme vous le disiez, le Destin. Il doit y avoir une fenêtre qui de la maison où cette issue aboutit donne dans la campagne...

— Les domestiques savaient qu'elle n'était point seule ! Vous le leur aviez assuré ! Vous pouviez en appeler à leur témoignage...

— Je le pouvais, je ne l'ai pas fait. J'ai dit, au contraire, que je m'étais trompé et qu'elle était seule. Elle répétait, en me désignant : « C'est lui qui m'a tuée ! » J'ai répondu : « C'est moi. » Nous avions été enfermés deux ou trois minutes ensemble. C'est plus de temps qu'il n'en faut pour accomplir une vengeance. Ils devaient le croire, ils l'ont cru.

— Mon père, fit Maxime, je vous répète que votre esprit s'égare...

— Si j'ai jamais été ferme et clairvoyant, dit le baron, c'est en cet instant où j'ai pris une résolution

8.

si terrible. Il faut que des motifs bien puissants me
l'aient dictée. Songez que le calcul de la misérable
n'était que trop juste... En me laissant accuser, je
perdais le cœur de Marguerite, de cette enfant que
j'ai poursuivie pendant dix ans, car vous connaissez
maintenant le but de nos voyages... Cependant je
n'ai pas hésité.

— Ah! dit Maxime, avec une ironie désespérée, ces
motifs si puissants, au moins me les ferez-vous connaître.

— Je vous ai dit que je vous prenais pour juge.

— Eh bien! parlez! mon père, j'ose vous dire,
maintenant, que je vous jugerai.

— Un seul mot va suffire à ma défense. Savez-vous
qui est l'assassin de la baronne Imbert?

— Non! mais si je ne le sais point, si les juges
l'ignorent comme moi, c'est vous qui l'avez voulu.

— J'ignore également son nom, continua M. Imbert avec le même calme. Rien ne m'eût été plus aisé
que de l'apprendre. Je ne l'ai pas voulu. A quoi
bon? Sauf ce nom, qui est apparemment bien obscur, je ne devine que trop aisément tout le reste;
et je vous dis, Maxime, que cet amour était le dernier
d'une si lamentable vie, dont ni vous ni moi ne pouvons parler sans rougir. Je vous dis que c'était pour
elle le fond du gouffre et pour nous le fond de la
honte.

— Le gouffre! murmura Maxime. Cette fois vous
lites bien! Oui, c'est une épouvantable honte.

— Eh bien! j'ai pensé que nous n'avions été jusqu'à présent que trop salis...

— Mais, il s'agissait de vous sauver!

— Fallait-il que cette dernière souillure fût étalée
devant des juges et devant le public? Fallait-il entendre les commentaires de tous les journaux de
France cherchant la moralité du « drame de l'avenue d'Eylau » — c'est leur langage — et racontant
la fin de celle qui a été ma femme, qui a été votre
mère, égorgée par un misérable qui vivait peut-être
de ses dons.

— Mon père! ayez pitié de vous-même et de moi.

— J'ai préféré que l'on vît mes mains couvertes
du sang qu'elles n'ont point versé que de faire voir
celles de cette femme tachées de boue.

— Oh! dit le jeune homme, je commence vous
comprendre.

— J'ai voulu épargner au nom que vous portez,
Maxime, cette suprême infamie. Voilà pourquoi je
me suis avoué coupable... Maintenant, mon fils, pro-
noncez!

— Monsieur, dit Maxime, j'ai toujours pensé que
vous étiez un grand homme de bien et un grand cœur.
Je vous demande pardon. Vous avez bien fait.

— Non! répondit le baron, je me suis trompé, puisque celle par qui nous sommes punis est vivante et puisqu'on lui a rendu votre sœur. Maxime, votre mission commence, la mienne est finie. C'est vous qui sauverez Marguerite !

— Vous sortirez bientôt de cette prison ! s'écria le jeune homme. Les jurés vous absoudront tout d'une voix. Le témoignage des gens de la maison et le bruit public, hélas ! vous serviront d'excuse. Toute une vie d'honneur et de souffrance parlera pour vous.

Le baron secoua la tête. — Les jugements de l'opinion sont incertains, dit-il. Dieu me fasse la grâce de ne point m'imposer cette nouvelle épreuve ! Jurez-moi, Maxime, que vous consacrerez toute votre intelligence, tout votre cœur et tout votre courage à l'œuvre que je vous confie, au salut de cette enfant. Vous arracherez Marguerite à sa mère ?

— Oui, dit Maxime, je vous en fait le serment.

XVII

Une heure après, Maxime poussé par une curiosité poignante, s'acheminait vers l'hôtel de l'avenue d'Eylau; il recommença le lendemain et les jours suivants ce cruel voyage.

L'hôtel n'était point désert, on y voyait pourtant la moitié des fenêtres closes. Les domestiques avaient été congédiés; la galante demeure avait acquis en revanche, de nouveaux hôtes qu'elle renfermait au moins du matin au soir.

Encore, si le comte Annibal en sortait à la fin de la soirée, Domenico y passait la nuit.

La maison demeurait alors sous sa garde et celle de Carlotta. La duègne et le seigneur Polichinelle commençaient, d'ordinaire, par se quereller avec fureur.

— Nous sommes les maîtres ici, Annibal et moi, le pauvre Domenico! s'écriait fièrement le valet. Sans nous, piou d'arzent dans le lozis. Annibal mé lé disait hier, et il sé frottait les mains. Il est content, le cer seigneur.

— Piou d'arzent! répétait la duègne vaincue et réduite au silence.

Le comte Annibal était donc intervenu dans la catastrophe à la façon de la Providence qui daigne, à l'occasion, réparer les ruines qu'ont faites les sottises et les passions humaines.

Domenico avait raison de dire que le « cer seigneur » n'était point fâché des causes qui le ramenaient comme un effet nécessaire. Annibal pouvait bien se frotter les mains ; le plus surprenant, c'était qu'il ne sortît point d'étincelles de ces mains sèches et diaboliques.

Il était accouru sur la nouvelle de la mort prochaine de madame de Nertia ; il ne revenait point seul, il conduisait Marguerite.

Rien ne lui avait été plus aisé que de décider la jeune fille à le suivre. Un matin il s'était présenté chez le baron Imbert ; il avait dit à la pauvre enfant :
— Votre mère se meurt, elle a été poignardée cette nuit.

Poignardée. Il aurait pu trouver un autre mot...

Cette brutalité était un calcul. Marguerite trem-

blante, atterrée, regardait autour d'elle. Les domestiques venaient d'apprendre la « tragédie » de la bouche
même du visiteur, et baissaient la tête.

La jeune fille fut informée d'abord que son père
n'était point rentré depuis la veille et l'on était aux
dernières heures de la matinée.

— Poignardée ! répéta-t-elle.

Ce seul mot faisait passer d'effroyables visions devant ses yeux qui se fermaient déjà.

La mort à laquelle on n'a guère pensé à seize ans
lui était apparue quelquefois, — jamais sous cette
forme sanglante.

— Mon Dieu, murmura-t-elle. Quel est donc le
meurtrier?

Annibal Amiati, des comtes de Castel Rosso, vieille
maison, avait alors retrouvé les nobles façons de ses
ancêtres. Il s'inclina, saisit la main glacée de mademoiselle Imbert, y mit un pieux et douloureux baiser.

D'une voix composée avec l'art italien pour la comédie, qui n'a point de rival au monde, il ajouta :

— Mademoiselle, j'ai l'affreux regret de vous dire
que le baron Imbert est en prison.

Marguerite s'évanouit.

La maison se trouvait dans un affreux désarroi. Plus
de maître : en prison ! Le fils du maître ? absent ! — Si
encore M. Maxime était là ! dirent les serviteurs.

Ils étaient trois, deux hommes et une femme qui

n'auraient point manqué de détaler sur l'heure sans
le légitime souci de leurs gages. Qu'allaient-ils faire
de cette enfant qu'ils connaissaient à peine? Annibal
démêla tout ceci avec sa promptitude ordinaire. Tandis que la femme, gagée tout exprès trois jours auparavant pour donner des soins à mademoiselle Imbert
lui portait quelques secours, il s'adressait aux hommes
et la femme ne perdait rien de cette allocution
savante.

Garder cette jeune fille, ce n'allait pas être pour eux
une petite responsabilité, disait le comte Annibal.
Quelle serait la fin de tout ce qui arrivait? Le savaient-
ils? C'est toujours une folie que de raisonner à
l'avance sur ce que prononceront les juges. Le meilleur parti à prendre dans une circonstance si délicate,
n'était-ce pas de reconduire « mademoiselle » chez sa
mère? La baronne Imbert était mourante; mais elle
n'était pas morte, après tout : il y a de terribles blessures qui guérissent plus aisément que les médecins
ne l'espèrent. Tous ceux qui sont allés à la guerre le
savent bien. (L'un de ces deux hommes était un vieux
soldat, ce qu'Annibal avait tout de suite reconnu.)
Quant à lui, il s'offrait à les aider dans cette démarche, parce que c'était la plus sage et la plus humaine. Si la baronne Imbert devait cesser de vivre, ne
serait-il pas bien que sa fille recueillît son dernier
soupir? (Les yeux des domestiques se mouillèrent.)

D'ailleurs, il entendait que toutes les convenances fussent observées. La servante accompagnerait mademoiselle Imbert ; il ne servirait que de guide et d'introducteur. Enfin, il était juste de ne point faire supporter aux gens d'une maison jusqu'alors régulière et de bonne renommée les suites d'un événement qui les privait d'une place excellente. Il prenait donc sur lui, comte Annibal Amiati (il se nommait) de leur payer deux mois de gage.

Voilà pourquoi mademoiselle Imbert, sans être consultée, puisqu'elle était évanouie, fut transportée dans un fiacre, et refit en sens inverse la route qu'elle avait faite trois jours auparavant en compagnie du commissaire. La servante monta seule auprès d'elle à l'intérieur de la voiture ; le comte Annibal prit place sur le siége.

Il tenait fort à ce que son audace n'eût point des airs de rapt ; ce n'était qu'une restitution. Il n'enlevait pas Marguerite, il la ramenait à sa mère, à la barbe du président qui ne pouvait avoir prévu cette violation de son ordonnance.

Il est probablement assez rare qu'un père qui s'est fait attribuer sa fille, pour cause d'indignité de la mère, égorge (ou passe pour avoir égorgé) cette mère le lendemain.

Le comte Annibal, des seigneurs de Castel-Rosso, triomphait donc sur le siége du cocher ; c'était le pavois après la victoire. Il tenait une charmante proie. Il savait que Salomé ne mourrait point, et, en vérité, lui souhaitait de vivre, car il avait besoin de cet instrument pour conduire vers lui le cœur de Marguerite. Il ne se flattait point que le chemin serait aisé, et il n'avait pas lieu de croire que ce jeune cœur le parcourrait de lui-même et se montrerait si docile.

C'était là l'ombre au tableau; mais celle qui avait été la baronne Imbert, celle qui avait été la brillante et célèbre madame de Nertia, qui n'était plus qu'une moribonde, avait-elle désormais d'autres ressources que lui?

Tous ceux qui l'entouraient autrefois, et que la présence incommode de Maurice d'Olivaie avait écartés depuis quelques mois, se garderaient bien de reprendre la route de l'avenue d'Eylau; ces protecteurs utiles mais ombrageux aiment peu ces scandales tragiques qui causent trop de bruit. — Et puis un accident pareil à celui que venait d'éprouver la belle Salomé peut ajouter quelque nouveau piquant, et comme le condiment de la sensation imprévue aux attraits d'une femme de vingt-cinq ans; mais à quarante la souffrance n'est bonne qu'à précipiter la chute de la beauté, comme l'ouragan qui secoue l'arbre et fait tomber le fruit trop mûr.

C'est ce que se disait le comte Annibal. La malade montra bien que son esprit au moins était toujours

vivant, quand du fond de son lit elle vit entrer ce
fidèle ami soutenant Marguerite. Elle ne pouvait parler ; elle ne supporta qu'en fermant les yeux le baiser
de sa fille ; puis ces yeux de velours et de flamme
se rouvrant tout à coup allèrent chercher Annibal et
lui exprimèrent à la fois sa reconnaissance et sa haine.

Il s'était laissé tomber dans un fauteuil, les jambes
négligemment croisées, la tête renversée ; si bien qu'on
ne voyait de son visage que cette menaçante barbe de
bouc qui présentait la fourche satanique. Ses regards
cherchaient pourtant le ciel au plafond. Toute son
attitude disait clairement : « Cette maison est à moi,
avec ce qu'elle contient, y compris les âmes ! »

Il venait d'exécuter ce plan jadis concerté avec madame de Nertia, et qu'elle avait ensuite éludé, se
croyant assez forte pour agir seule et pour ne devoir
Marguerite qu'à elle-même. Annibal jugeait que tant
de présomption était assez punie ; il se sentait tout à
fait disposé à l'indulgence, sous de certaines conditions pourtant. Il était bon prince.

Le valet Domenico exprimait toute la pensée du
« cer seigneur, » quand il disait : — Nous sommes
ici les maîtres.

Des maîtres très-cléments, pour peu qu'ils fussent
bien obéis. Une après-midi, la dispute s'envenima
entre lui et Carlotta. Depuis un moment, ils prépa-
raient de compagnie une tisane pour la malade. Là

duègne armée d'une tasse de vermeil pleine du cordial fumant, gravit en invoquant le diable à la façon italienne l'escalier qui menait au premier étage. Domenico, qui l'avait d'abord suivie, demeura dans le vestibule tout étourdi d'une nouvelle avalanche d'invectives qui tombait sur sa pauvre tête.

Carlotta reparut. Sa colère s'était assoupie pour faire place à un sentiment bien différent ; de grosses larmes roulaient, comme la pluie à travers les sillons, dans les rides de ce vieux visage.

— Bon ! s'écria Domenico, vous né voudriez pas mé faire dé la peine, et mé dire qu'elle va piou mal que ce matin.

— Povera ! dit la duègne, ce n'est pas elle la piou malade !

— C'est votre pétite signora, reprit le valet, z'entends bien. Le chagrin d'avoir oune père si méchant ! Qui aurait zamais crou cela ! Oune baron de ce pays froid qui veut touer sa femme !

Il continua de parler tout seul. Carlotta ne lui répondait point et ne l'écoutait même plus. Domenico s'exclamait, faisait rouler ses gros yeux à l'ombre de ce nez pyramidal qui lui avait mérité le nom de Pulcinello à Bergame. Il compléta la ressemblance par une pirouette.

— Oh ! bien ! dit-il, la pauvre céroubine ! Nous la consolérons peut-être un zour. Zé vous le dis, Annibal est amoureux...

Mais il n'eut point le loisir d'en dire davantage, la duègne marchait sur lui ; la furie le rencogna entre la muraille et la porte :

— Margherita, lui cria-t-elle, il ne l'aura pas !... Zamais ! Zamais. Ze zouis là pour la défendre. C'est moi, entends-tou bien ? qui la consolérai un zour. Zé n'aurais pour céla qu'à loui dire la vérité. Zé la dirai !

Au même instant le timbre retentit. Domenico se dégagea comme il put, et introduisit son maître. Carlotta demeurée seule, marmottait entre ses dents des mots inintelligibles.

Puis elle sortit brusquement de la maison.

La vieille femme traversa l'avenue et la remonta d'une cinquantaine de pas environ sur la droite, jusqu'à la modeste église édifiée à la hâte pour les besoins d'un quartier neuf et qui attend encore d'être remplacée par un monument plus digne des ouailles opulentes d'alentour. Arrivée au pied des degrés qui montaient au portail, elle se prit à hésiter de nouveau, mais rien qu'un moment : — Margherita ! disait-elle, Margherita à loui ! Zamais ! Zamais !

L'église était presque déserte. Aussi le bruit des pas de la duègne, bien qu'assez léger, éveilla l'attention d'un jeune homme qui se tenait debout, les bras croisés, dans une chapelle latérale. Le baron Imbert n'avait pas enseigné la piété à son fils. Maxime savait mal prier. Et cependant son cœur s'élançait vers Celui

dont l'image parait l'autel. Il avait eu plusieurs fois la
pensée de s'agenouiller. Il n'avait osé.

Dieu exauça ce jeune serviteur nouveau dans son
temple, qui n'était pas encore suffisamment brisé par
le malheur pour s'humilier à ses pieds. Le visage de
Maxime s'illumina quand il aperçut la vieille femme.

— Vous avez reçu mon émissaire ? dit-il.

Carlotta le regardait : — C'est elle qué zé vois !

C'étaient tous les traits, les yeux surtout de *la mère*.

— Z'ai trahi l'enfant autrefois pour *elle !* se disait la
vieille femme. Zé vais la trahir à présent pour *loui !* il
m'aidera contre Annibal.

Carlotta, quinze ans auparavant, avait été la complice de la baronne Imbert abandonnant son fils. Maxime
ne le savait pas.

L'entretien eut lieu dans le coin le plus obscur de
l'église. Carlotta avait refusé de sortir par peur de
Domenico qui avait été espion dans son temps, et qui,
d'ailleurs, l'était de naissance. La vieille femme entendait faire ses conditions, — un marché de sentiment,
le premier de sa vie. On ne la séparerait point de
Marguerite, et si l'on réussissait à reprendre la jeune
fille, on lui permettrait de la suivre.

Maxime promit tout ; mais la duègne se montrait
encore bien agitée. — Et loui ! — disait-elle, — loui !

Lui, c'était le prisonnier, le baron Imbert. Oui, elle
avait été autrefois le principal instrument du double

rime de Salomé; elle avait aidé à voler Marguerite.
J'était elle qui, le même jour, avait conduit Maxime
dans le jardin de l'hôtel que le baron, alors absent, et
la baronne Imbert habitaient dans la rue de Varennes.

Il est vrai que le maître du logis ne la connaissait
pas. C'était depuis son départ qu'elle avait été appelée comme parente par la baronne et gagée comme
complice.

Le petit Maxime courait sous les grands arbres et
ne s'effrayait pas de s'y voir tout seul. La mère, dans
la cour de l'hôtel montait en chaise de poste, es-
corté d'un seul domestique gagné à son abominable
projet. Carlotta portait la petite Margot endormie. Et
de l'autre côté de la maison on pouvait entendre le
bruit des jeux du pauvre petit abandonné, ces petits
cris aigus et joyeux qui n'appartiennent qu'à l'enfance
ou bien encore aux oiseaux des bois pendant le printemps, — aux vraies créatures du bon Dieu. Des deux
femmes qui s'enfuyaient, la conscience chargée de
deux méfaits si lâches, une seule était émue, ce n'était
pas la mère! Carlotta, involontairement, tendait l'o-
reille vers le jardin, et ses yeux devinrent humides;
ceux de la baronne demeurèrent secs...

En ce moment, tandis que la vieille femme s'entre-
tenait avec ce petit Maxime, un homme à présent, ce
souvenir l'obsédait comme un remords; elle se mit à
songer à l'insensibilité de Salomé, quinze ans aupara-

vant, à l'heure du départ! — Oui, grommela-t-elle
c'est lé démon! lé démon!

Maxime qui continuait à faire briller à ses yeux les
plus ravissantes promesses, devina que la pensée de
Carlotta s'était échappée dans un retour vers le passé,
il s'arrêta brusquement.

— Parlez-vous... d'*elle*? lui demanda-t-il.

Carlotta ne répondit d'abord que par un signe.

— Ah! vous qui la connaissez si bien, s'écria-t-il,
cédant à un premier mouvement qu'il n'eut pas le
temps de contraindre, ne vous est-il jamais venu de
doutes sur ce qui s'est passé dans cette terrible soirée? Êtes-vous si sûre que la main qui l'a frappée soit
celle de mon père?

— Zé né doute pas, répondit-elle, zé sais! mais parlez tout bas.

— Vous savez?... fit-il, et vous n'avez rien dit à Marguerite.

Les dents de la duègne claquaient à faire pitié, ses
yeux interrogeaient les derniers recoins de l'église,
l'ombre des confessionnaux et des piliers. Cette terreur comique arracha un faible sourire à Maxime; il
obéit aux supplications de Carlotta et la conversation
se poursuivit assez longtemps encore à voix basse;
puis le jeune homme tira des tablettes de la poche de
son habit et traça un billet au crayon : — Pour *elle*,
dit-il, en le remettant à la vieille femme.

Elle, ce n'était plus Salomé, c'était cette fois Marguerite.

Tout à coup il vit la duègne qui, s'étant assurée que l'église, où deux personnes, un moment encore auparavant, priaient dans la nef, était alors entièrement déserte, se laissait glisser à genoux devant lui. La grâce qui souffle où elle veut, l'Écriture le dit, — était descendue dans cette vieille âme obscure. Carlotta confessa tout, ses anciens crimes envers le jeune homme qui l'écoutait et envers le baron Imbert, ses anciennes et lâches complaisances envers Salomé. Jamais on n'aurait cru qu'une telle effusion de larmes pût couler de ces paupières ridées sur le parchemin de cet affreux visage. Maxime la releva ; il avait toujours été bon et généreux ; il portait en ce moment un coin du ciel au fond de son cœur.

— Mon père vous pardonnera comme je vous pardonne, dit-il, quand il sera sûr que sa fille peut encore l'aimer.

Il ajouta en souriant :

— Quant à moi, il faudra bien que j'obtienne aussi son pardon pour l'avoir trahi. Que le monde entier continue donc de croire que le baron Imbert a rendu cette cruelle justice ; Marguerite saura que ce n'est point lui le meurtrier.

9.

XVIII

Il faisait un soleil clair qui riait dans le bleu tendre
du ciel. C'était le premier jour de printemps. Tout en
remontant l'avenue d'Eylau, Maxime se prit à regarder à travers les grilles des jardins les bourgeons qui
se gonflaient aux arbres. On voyait même à la pointe
des hautes branches de petites ailes vertes; là, le
bourgeon avait craqué.

L'air était pur et comme traversé par moments de
chaudes effluves. Le jeune homme pensa que ce serait
pourtant dommage de quitter ce beau pays de France
où les renouveaux sont si doux, où l'hiver a justement
assez de rudesse pour faire sentir le prix de sa fuite,
où l'on goûte le charme des saisons...

Pourquoi partir?... Ah! pour obtenir la sécurité de

ette vie à trois qui devait être si belle. Mais s'il ne
agissait, quand on serait réunis, que d'éviter les pour-
uites de madame de Nertia (Maxime restituait à cette
bominable mère le nom qu'elle avait voulu prendre),
e suffirait-il point de se cacher? Le jeune homme con-
aissait, au bord de ces petites rivières de Normandie
ui s'en vont vers la mer d'un cours si tranquille à
ravers la campagne opulente et les grands bois, plus
'un petit castequel l'on pourrait acquérir.

Marguerite, à la vérité, n'avait que seize ans; ce
'est point l'âge où l'on se plaît loin du monde; mais
ntre ces deux tendresses qui allaient l'entourer, sans
esse penchée sur ses désirs et ses rêves, elle com-
rendrait bien vite que la retraite vaut mieux encore
que l'exil...

Le jeune homme se souvint tout à coup que sa sœur,
— ah! ce mot lui paraissait doux, il le répéta à
demi voix, — il se souvint que sa sœur avait été surtout élevée en Italie. Là se voient d'autres beautés qui
peut-être retiennent encore plus fortement les cœurs;
on n'a point la verdure légère, mais on a les ciels res-
plendissants. L'Italie! Justement, elle devait être fermée aux trois voyageurs : c'était le pays de madame
de Nertia.

Plus Maxime y réfléchissait, plus il s'attachait à la
campagne normande. Le tout était d'apprendre à Marguerite à l'aimer en même temps que la vie paisible et

bornée. Eh bien! il l'instruirait par son exemple, il lui dirait : « Et moi ? Et mes vingt ans ? Ne pourrions-nous aussi regretter Paris et le monde ? Mais, entre notre père et toi, je ne peux connaître de regrets. »

Cependant, plus il avançait dans la longue course qu'il avait à faire, plus il sentait que, prêchant ainsi d'exemple, il lui arriverait quelquefois de prêcher seulement du bout des lèvres. Le spectacle de Paris en rumeur et en gala par ce temps radieux sollicitait ses vingt ans bien plus vivement qu'il ne voulait se l'avouer. Des troupes de cavaliers, de longues files d'équipages sillonnaient les Champs-Elysées. On monte à cheval en Normandie, mais pour galoper sur les routes ; on a le plaisir de la course comme les centaures ; on n'a point la fête des yeux.

Des femmes d'une élégance souveraine passaient dans de grandes calèches qui sortaient de la remise pour la première fois depuis l'automne. Maxime vint à penser, malgré lui, qu'il était né pour vivre dans cette atmosphère brillante, que sans les fautes de son père, il y serait connu, recherché peut-être.

Mais arrière ce rêve qui sentait l'ingratitude ! il sourit, il se dit que les malheurs de celui qu'il allait accuser lui épargneraient à lui-même de grandes épreuves et, avant tout, le péril des passions que le prisonnier avait si cruellement appris à connaître. Ces malheurs ne lui laissaient que des devoirs à remplir ; ces de-

irs, grâce surtout à cette sœur encore inconnue et
jà tant aimée lui semblaient sans rigueur. Ce jeune
mme avait vraiment la grande jeunesse, la triple
reté de la conscience, de l'imagination et du cœur.
lui suffisait pour se trouver heureux de se sentir
n, intelligent et fort.

C'est pourquoi il continua sa route, sans se laisser
ésormais surprendre par des pensées qu'il aurait re-
ettées aussitôt conçues, tout entier au contentement
e la démarche qu'il venait d'accomplir, et à l'impres-
on de cette belle journée ensoleillée, qui mettait au-
ur de lui du plaisir sur tous les visages. Il suivit l'in-
rminable et superbe voie des quais, sans éprouver
ucune lassitude, sans songer même à la longueur du
hemin. Arrivé à la hauteur du pont d'Austerlitz, il
engagea dans une avenue transversale et vit se dres-
er devant lui de hautes murailles aux étroites fenê-
res grillées, avec leur couronnement de toits sombres.
'est là qu'il allait. Il apportait de quoi illuminer aux
eux du prisonnier ce séjour maudit. Et pourtant il
vait réfléchi..... Allait-il dire qu'il avait écrit à Mar-
uerite?

Non, car le baron Imbert refuserait peut-être de
roire à la réponse qu'il attendait lui, pour le jour
uivant, et dont il se croyait aussi sûr que de sa
propre vie. Il valait donc mieux ajourner ce beau
coup de théâtre, arriver le lendemain. — Oh! l'heu-

reux lendemain! — avec cette réponse tout embaumée de soumission, de tendresse, et d'espérance, au bas de laquelle le prisonnier lirait ces trois mots magiques : Votre fille, Marguerite !

Le baron, quand Maxime entra dans la cellule, se tenait assis, suivant sa coutume, près de cette ouverture jalouse et morne que dans ces tristes lieux on ose bien nommer une croisée. Le jeune homme courut à lui, cherchant un baiser, un gros baiser, comme autrefois, quand il n'était qu'un enfant. Le baron le serra dans ses bras d'un mouvement passionné, puis se prit à le regarder, avec étonnement d'abord : jamais il ne lui avait vu si joyeux visage.

— Ah! oui! murmura-t-il, la jeunesse, le printemps, le soleil! Et il a raison. La vie, après tout, peut être une belle chose, et je ne veux pas avant de la quitter lui apprendre à la maudire.

Maxime, de son côté, songeait : « Comme il reprendrait du goût à vivre, si je lui disais !... Mais, non, il ne me croirait pas. Il me ferait de cruels reproches pour lui avoir désobéi, et pour avoir révélé la vérité à Marguerite. Demain, je lui apporterai cette réponse. Quand il l'aura lue, il ne pensera plus à me chercher querelle, il n'aura de plaisir qu'à se trouver heureux. »

— Mon fils, lui dit le baron d'une voix étrange et si souverainement indifférente que ce n'était presque

is un accent humain, je viens d'apprendre que je
·ai jugé dans quatre jours.

— Jugé et absous, ce sera tout un, mon père. Dans
atre jours nous partirons...

Il allait ajouter : — Et nous ne partirons pas seuls !
is il se contraignit encore au silence.

Le baron détourna la tête, mit le visage à la croisée,
parlant tout bas à l'air qui passait, à l'espace qui
t le chemin des âmes, il dit : « Je partirai plus
t.

— M'avez-vous apporté, reprit-il, ce petit écrin de
ir que je vous avais demandé ?

Maxime tira l'écrin de sa poche ; il était de cuir de
assie, fermé par un ressort à secret, et n'offrait rien
frappant que sa délicieuse odeur. — Cet étui, dit-il,
ntient sans doute un bijou précieux auquel vous te-
z fort, et que je ne connais pas.

— Oui, oui, répliqua le baron, un bijou très-pré-
eux... Je le crois d'un prix inestimable ; mais parlons
affaires, Maxime.

— J'ai suivi vos ordres, mon père.

Ces ordres, c'était d'employer les cinq cent et quel-
ues mille francs qui restaient pour tout avoir au ba-
n Imbert, riche autrefois de plus de trois millions.
axime lui montra deux titres de Rente française au
orteur de douze mille francs chacun. Quant aux cent
ille livres provenant de la vente de la petite terre en

Normandie, le jeune homme en avait acheté pour une
partie do la Ronto italienno.

— Remportez ces titres, dit le baron. Les deux premiers constitueront votre fortune et celle de votre
sœur; le troisième, une légère réserve que je vous
confie et qui peut être utile à tous les deux.

— Mais, mon père, il me semble que cet argent est
à vous.

— Il est encore à moi, reprit M. Imbert avec un
douloureux sourire; mais je vous en établis dès à présent le maître pour une part, et pour l'autre le gardien. Sait-on ce qui peut arriver demain?

— Est-il possible que vos pensées vous obsèdent et
vous tourmentent à ce point? s'écria Maxime. Ah! je
conviens que ce jugement sera, malgré tout, une
cruelle épreuve!...

— Souvenez-vous de ce que fit le Christ sur la
croix, quand on lui présenta une coupe de fiel, interrompit M. Imbert. Il détourna les lèvres.

— Il souffrait comme vous pour des crimes qu'il
n'avait pas commis. Oui, mon père, vous êtes le mar-
tyr de notre honneur. Mais nous vous ferons bientôt
oublier ces cruels moments à force d'amour. Le passé
ne vous apparaîtra plus alors que comme un mauvais
rêve, quand vous vivrez paisible entre votre fille et
votre fils, car je vous rendrai Marguerite.

— Bien, Maxime! dit le baron avec effort, vous ne

rdez point de vue votre premier devoir et votre ser-
ent. Oui, j'ai la confiance que vous reconquerrez Mar-
uerite. Allez, mon fils! Embrassez-moi.

— A demain! mon père.

Le baron lui saisit le bras.

— A demain!..... Oui, répéta-t-il d'une voix plus
rme, à demain!

Maxime s'éloignait sous le poids d'un sentiment
u'il ne pouvait vaincre. — Quelle tristesse! se di-
ait-il. N'aurais-je pas mieux fait de braver ses re-
roches et son incrédulité même et de tout lui dire
ujourd'hui?

Le baron, demeuré seul dans sa cellule, ouvrit l'é-
rin de cuir, en tira une perle de cristal. C'était là ce
ijou sans prix à ses yeux...

— J'ai pourtant eu la folie d'espérer que Maxime me
ésobéirait, dit-il... Ah! s'il avait pu voir cette enfant
t lui apprendre la vérité qui l'empêcherait de me
aïr!... Encore un rêve!

... Comme toute ma vie, reprit-il. J'ai cru mériter
l'amour et la reconnaissance de la basse créature que
j'avais élevée jusqu'à moi... Un rêve! J'ai cru remplir
un grand devoir en assurant à mes enfants un nom
qui n'était pas sans gloire, un nom qui était l'honneur
même... Un rêve! J'ai cru échapper aux prédictions de
ma mère mourante... Ah! cela surtout c'était un rêve!...

... Et si maintenant je lève les yeux vers le ciel, si

j'interroge celui qui règne là-haut, si je lui demande ce que doit faire un homme qui a vécu plus d'un demi-siècle et qui n'a jamais su vivre !...

La perle était creuse et contenait un liquide in-colore, une goutte seulement comme la dent de la vipère. Le baron la présenta au jour alors embrasé par un beau soleil couchant. La perle se colora des feux du prisme et le malheureux murmura : « Je savais bien que la mort m'apparaîtrait plus brillante que la vie ! »

XIX

— Pourquoi n'ai-je point vu Marguerite, ce matin ?
manda madame de Nertia.

Carlotta, qui allait et venait dans la chambre, feignit
abord de ne pas avoir entendu. La blessée s'agita
ins son grand lit doré. Elle se rappelait les rêves
i'elle avait faits pendant la nuit :

— Carlotta ? dit-elle.

— Qué veux-tou ?

— Te souviens-tu de cet étui de cuir parfumé et de
l perle de cristal qui contenait du poison ?

— Oui. Zé mé souviens aussi qué tou me réprochas
l'avoir oublié l'étoui, quand nous partîmes, il y a
uinze ans.

— C'était un présent qu'on m'avait fait, murmura
nadame de Nertia. Le baron l'aura trouvé sans doute ;

mais le poison doit avoir perdu sa puissance. Ah ! j'ai fait un singulier rêve.

Le silence se rétablit un moment ; puis madame de Nertia s'adressa de nouveau à la vieille servante : — Marguerite ?

Carlotta répondit' du bout de la chambre, sans regarder sa maîtresse : — Elle dort.

— Qu'elle dorme donc ! fit la blessée. Qu'ici du moins, elle ait une douce vie !

Un moment après elle appela Carlotta près du lit : — Sais-tu, lui dit-elle tout bas, qu'il faudra partir avec le comte Annibal.

— Zé sais, répondit la duègne, que tou n'as pas de couraze. Veux-tu que zé gagne ta vie et cellé de la pétite. Zé travaillérai pour vous deux.

Madame de Nertia eut un geste douloureux et moqueur : — Approche encore, fit-elle. Annibal m'a dit que le baron allait être jugé. Tu veilles à ce qu'il n'entre point de journaux dans la maison ?...

Carlotta fut frappée d'une idée subite. Son infidélité pouvait être découverte, et l'occasion était bonne pour jeter le soupçon sur un autre.

— Oh ! grommela-t-elle, Domenico aime à lire.

— Domenico craint son maître... Approche ; mais approche donc ! Et... lui ?

— Loui ? répéta la duègne.

— Maurice ? n'es-tu pas allé chez lui comme je te

vais ordonné ?... Mais si... Tu m'a rendu compte de première démarche. Tu devais en faire une seconde. as-tu faite ? A-t-il reparu ? A-t-on trouvé sa trace ?

— Non, dit Carlotta. Sa mère le fait rechercher.

— Il sera donc passé tout seul en Amérique ! reprit adame de Nertia avec un cruel sourire... Va... arguerite viendra m'embrasser peut-être quand elle ra éveillée.

Elle ajouta, lorsque la duègne fut sortie :

— Je lui ai dit hier que mon seul bonheur désormais rait de me sentir aimée d'elle. Jamais elle ne saura e que ce bonheur me coûte.

Il lui coûtait d'abord la perte définitive de sa puis-ance. Ce regard, qui en avait été la source la plus ive, retrouverait-il son merveilleux et menaçant éclat ? e teint chaud et doré, un défi naguère à la nature, vait pris une couleur livide qui semblait ne devoir lus s'effacer ; l'aridité de la bouche, sous l'empire de a fièvre, était devenue plus choquante.

Madame de Nertia fit un grand effort pour saisir un miroir caché sous les coussins qui la soutenaient : — Annibal me l'a présenté hier en l'absence de Margue-ite, murmura-t-elle. Il savait bien ce qu'il faisait !

Elle retomba épuisée, deux larmes roulèrent sur ses oues amaigries : la belle Salomé se pleurait elle-même.

Le sommeil opiniâtre de Marguerite se prolongea usqu'à midi. La blessée commençait à ne plus y

croire. Elle réussit à se soulever de nouveau et prêt
l'oreille ! Plusieurs fois elle entendit Carlotta qu
entrait dans la chambre de la dormeuse.

Fallait-il donc que la vieille servante allât réchauf
fer le tendre zèle si subitement refroidi de Marguerite
Pourquoi ce changement ? Un souvenir tout à cou
éclaira madame de Nertia.

Dans la soirée de la veille, Marguerite, agitée par l
regard du comte Annibal, assis en face d'elle, auprè
du lit, s'était penchée vers la malade :

— Mère, ne serons-nous donc jamais seulé
ensemble ?...

A cette heure encore matinale, elles se seraien
trouvées justement toujours seules; mais madame d
Nertia pensa que l'enfant lui en voulait.

— Oui, se disait-elle, la mignonne m'en veut ! ell
ne me pardonne point de ne pas la défendre contr
cet homme dont l'attitude la trouble. Elle ne sait pa
qu'il est notre maître.

Madame de Nertia ne se trompait point sur la résis
tance de Marguerite à se rendre à son devoir accou
tumé qui jusqu'alors lui avait été si cher. Seulemen
elle était bien loin d'en deviner la cause. La jeun
fille se refusait énergiquement aux prières de Carlott
qui la suppliait de passer enfin chez sa mère.

— Non, disait-elle, je ne peux. Elle lirait sur mo
visage que je sais tout à présent !

— Mon Dieu! murmura-t-elle en se laissant tomber
ir une chaise, il y a d'abominables mensonges! Peut-
re aurait-il mieux valu que ce billet n'arrivât pas
isqu'à moi.

Puis elle se releva brusquement :

— Qui donc a frappé celle auprès de qui tu veux me
onduire ? s'écria-t-elle en saisissant le bras de la
ervante. Qui donc, si ce n'est pas mon père?...
éponds-moi!... Tu le sais!

... Tu ne me diras rien, reprit-elle avec décourage-
hent. Va, je devine que ce ne sont pas des choses
ont on parle... Crois-tu que je n'aie pas remarqué
epuis longtemps ce qui se passe dans cette maison ?
lle était déjà toute pleine de mystère... J'y ai tou-
ours senti, là, comme un poids insupportable.

Elle porta la main à son cœur :

— Oh! fit-elle, le plus horrible de tous les mystères,
'est celui-ci. Il m'étouffe.

— Ma chérie, dit Carlotta d'un ton suppliant, tou
mé perdras, moi qui souis ta bonne amie, si tou n'es
pas sage. Tou mé féras repentir de t'avoir donné le
billet... Viens... Ta mère té demande depouis lé pétit
zour.

— Ce n'est pas elle que je voudrais voir, répondit
Marguerite, c'est mon père. On l'a mis en prison pour
un crime qui a été commis par un autre. Il souffre; il
est si bon, lui! En prison! mais c'est une grande

honte ! Il en mourra peut-être... Qui l'a accusé ?
Carlotta, qui a menti pour le faire condamner par des
juges ?...

— Oh ! dit Carlotta, il ne sera point condamné.

— Pourquoi ? répondit la jeune fille, en la regardant aux yeux. Qu'avait donc fait la baronne Imbert
pour que son mari eût le droit de la punir sans s'exposer à être puni à son tour ?... Je devine pourquoi elle
a dit : c'est lui ! L'*autre* fuyait pendant ce temps...
Elle a donc voulu lui donner le temps de fuir ?

— Non, non ! dit la vieille femme, elle a voulu
seulement sé venger de ton père qui t'avait reprise...

— Oh ! fit Marguerite, comme elle m'aime ! Elle
me l'a toujours bien montré depuis que j'ai quitté le
couvent. Son temps ne lui appartenait jamais... Elle
m'embrassait en courant !... Je veux sortir de cette
maison, Carlotta. Où est mon frère ?... J'ai un frère
pour me défendre de tout ce qui me fait peur ici... Je
ne le connais pas, mais je crois en lui et je l'aime... Il
m'a écrit qu'il viendrait, qu'il me rendrait à mon père.
Il devait passer ce matin sous les fenêtres de l'hôtel...
Et tu me dis que tu ne l'as point vu !

— Non.

La duègne ne comprenait pas que Maxime eût manqué à ce rendez-vous. Il avait été pourtant convenu
que lorsqu'il se montrerait, Carlotta appellerait Marguerite à une croisée pour que le frère et la sœur

apprissent enfin à se connaître tous les deux; puis la vieille femme porterait à Maxime la réponse de Marguerite dans l'église.

— Et moi aussi je lui ai écrit, dit Marguerite, en tirant de son sein un pli tout préparé ; mais il ne viendra point chercher ma lettre.

— Qué s'est-il passé? grommela la duègne. Ils attendront, pour essayer dé la reprendre, qu'Annibal l'ait emmenée bien loin d'ici.

— Que dis-tu ? s'écria mademoiselle Imbert.

La servante secoua la tête : — Zé dis, reprit-elle, qu'il faut aller voir ta mère, ma chérie, ou bien que tou ferais soupçonner ta vieille Carlotta. On la chasserait et tou resterais toute seule ici avec Domenico, lé vilain Poulcinelle ; c'est l'âme damnée d'Annibal.

La jeune fille frissonna. Carlotta venait de trouver le meilleur argument pour la décider à reparaître dans la chambre de la blessée.

Mais avant de sortir de chez elle, Marguerite saisit de nouveau le bras de la servante. — Réponds du moins à ce que je vais te demander, lui dit-elle tout bas. Pourquoi ne voit-on plus ici ce jeune homme qui ne manquait jamais d'y venir tous les jours ?...

— Zé ne sais pas ! dit la vieille femme...

Quand mademoiselle Imbert entra dans sa chambre, la malade oublia son anxiété depuis le matin pour lui adresser un tranquille et caressant sourire, qui n'ob-

I.   10

tint point de réponse ; les lèvres de Marguerite demeurèrent froides et serrées. Pourtant elle demanda comment sa mère avait passé la nuit. La question et le
souci étaient également tardifs ; l'après-midi commençait. Mademoiselle Imbert s'assit à la tête du lit. Madame de Nertia soupira, voyant bien qu'il faudrait
pour la première fois mendier le vrai, le tendre bon-
jour qu'on ne songeait pas à lui donner :

— Tu ne m'embrasses pas, ma chérie, dit-elle.

Marguerite se leva, se pencha sur le lit. La malade
tressaillit de surprise et de crainte sous ce baiser rapide et glacé.

Au même instant, le comte Annibal entra. Madame
de Nertia retint sa fille près d'elle. — Tu viens trop
tard, enfant ; tu as trop longtemps dormi, lui dit-elle
à l'oreille avec une nouvelle caresse. Nous avons un
témoin à présent.

— Ma mère, dit Marguerite, je n'avais rien à vous
dire. Je ne dormais point, je priais pour mon père, in-
justement accusé peut-être...

— Marguerite !...

La jeune fille se dégagea et sortit. Madame de Nertia demeura un moment immobile, écrasée sous ce
coup plus sanglant que celui dont l'avait frappé Maurice d'Olivaie. Tout à coup elle se jeta sur le cordon
de la sonnette supendu au fond du lit. Carlotta accourut.

— C'est toi, misérable, lui cria la blessée, c'est toi,
âche, qui lui as tout dit !

Le comte Annibal était allé prendre sa place accou-
née dans un fauteuil, au pied du lit.

— Avez-vous quelque nouveau sujet d'alarme? de-
nanda-t-il de sa voix brève et métallique. Du moins,
vous êtes libre à cette heure. Les journaux viennent
le m'apprendre que le baron Imbert était mort subite-
nent, hier soir, dans sa prison.

XX

Marguerite, enfermée dans sa chambre qui s'ouvrait sur l'avenue, passa les trois jours suivants à
sa croisée. L'espérance ne la quittait pas. Toutes les
fois qu'elle apercevait un homme jeune, de belle et
vive tournure, tel que Carlotta lui avait dépeint son
frère, elle se disait : C'est lui ! Il arrivait que les regards du promeneur se levaient naturellement vers
cette fenêtre, attirés par ce frais et charmant visage,
et l'illusion de la pauvre enfant prenait alors quelque
durée ; le plus souvent il passait indifférent et Marguerite, rentrant dans la chambre, éclatait en sanglots et
se disait : « Pourquoi m'a-t-il trompée ? Pourquoi ma
destinée veut-elle que tout le monde me trompe, que
je ne puisse plus croire en personne, et qu'il ne me
reste rien à aimer ? »

Carlotta frappait à la porte. Parfois, Marguerite cherchait un refuge dans ses bras, et laissant aller son visage sur l'épaule de la vieille servante, pleurait jusqu'à ce qu'elle ne trouvât plus de larmes; d'autres fois elle la renvoyait avec colère :

— Va t'en ! tu l'as aidé à me mentir ! tu savais peut-être qu'il me mentait !

La duègne se rendait dans l'appartement de madame de Nertia, qui avait quitté son lit et qui, chaque jour, reprenait des forces. Le mal avait décidément exercé sur la beauté de la baronne Imbert des ravages que le temps aurait été impuissant à faire si vite. Le comte Annibal les avait bien prévus.

La douleur morale achevait le travail de la souffrance physique et de la fièvre ; ces yeux d'Orient autrefois si fiers et si brillants, maintenant si sombres, se tournaient vers la servante :

— Eh bien ! lâche, as-tu réparé ton ouvrage ?

... Ce n'est ni Maurice d'Olivaie, ni le baron Imbert qui m'auront tuée ! s'écriait-elle. C'est toi, hypocrite et méchante ! Cette enfant pour qui j'avais tout sacrifié, tu me l'as reprise ! Elle souffre. C'est ta faute ! Elle me hait ! C'est toi qui l'as voulu !

Le quatrième jour, comme le comte Annibal se présentait à son heure accoutumée, il la trouva agenouillée au pied de son lit. Elle frappait le bois de ses deux mains amaigries qui se rejoignirent et se croisèrent.

10.

Annibal reconnut que celle qui avait été Salomé s'essayait à prier. Pour lui il n'eut pas besoin de s'essayer à sourire. Elle ne l'avait pas entendu, il lui toucha le bras.

— Rien n'est irréparable, dit-il. On peut toujours reprendre une âme de seize ans. Qu'a-t-on dit à votre fille ? Que ce n'était pas son père qui vous avait frappée... Elle le croit...

Madame de Nertia se retrouva debout, retranchée contre la colonne du lit, sous l'ombre du rideau :

— Et vous dit-elle, le croyez-vous ?

— Moi ! fit-il, en levant les épaules. Vous ai-je interrogée ? Je n'ai jamais de curiosité sur les choses qui me sont indifférentes ; j'ai pensé que ce pouvait, en effet, n'être pas votre mari. J'ai appris que Maurice d'Olivaie avait disparu. Que m'importent ce vieil agneau et ce jeune loup ?...

— Le baron est mort, balbutia-t-elle. Épargnez-le.

— Ce n'est pas d'eux qu'il s'agit. Carlotta peut défaire ce qu'elle a fait si elle y trouve de l'intérêt ou si vous savez lui inspirer de la peur.

— Pensez-vous que je ne lui en aie pas arraché déjà la promesse ?

— Mais cela ne suffira point. Il faut que vous trouviez autre chose pour frapper l'imagination de Marguerite et pour vous assurer à jamais ce jeune cœur...

— Et c'est vous qui me parlez ainsi ? dit-elle.

e comte Annibal Amiati, des seigneurs de Castel
sso, un véritable Italien dont la vanité dérangeait
lquefois la politique, passa complaisamment ses
gts dans sa barbe fourchue; ses yeux bleus, aigres
violents s'illuminèrent.

— Oui, répéta-t-il, pour vous assurer ce jeune
ur, dont j'ai promis de ne vous prendre que la
itié.

Madame de Nertia frissonna : — Que trouverais-
murmura-t-elle. Que pourrais-je dire à Margue-
e?

— Je n'ai pas d'autre conseil à vous donner, dit le
nte en se préparant à sortir. Je crois que vous aimez
tre fille de toutes vos forces, car le chagrin de ne
s en être aimée vous rend bien inférieure à vous-
me. Je vous ai connu plus d'invention et de cou-
ge. Ce que vous trouveriez ?... Et bien cherchez !

Le lendemain Carlotta, dès le matin, se glissa chez
arguerite. La jeune fille dormait, mais d'un sommeil
uloureux, agité par des rêves plus accablants que
nsomnie. La vieille servante la considéra un mo-
ent : « Zé lé loui avais bien dit, murmura-t-elle,
'elle mé férait chasser si elle n'était point saze.
aintenant pour né point la perdre tout à fait, zé vais
ui faire oune diabolique mensonge ! »

Marguerite s'éveilla.

— Que veux-tu ? s'écria-t-elle. As-tu quelque chose d'heureux enfin à m'apprendre ?

— Ils t'ont trahie, les méchants, dit Carlotta d'une voix tremblante. Ils sont partis. Tou ne les reverras zamais !...

L'épouvante de ce qu'elle venait de dire, le remords de déchirer le cœur de cette enfant qu'elle aimait, ne lui donnaient en ce moment qu'un accent trop naturel la vieille femme n'avait pas besoin de feindre l'émotion pour se rendre persuasive.

— Partis ! répéta la jeune fille en fermant les yeux ... Mon frère ! reprit-elle... Ah ! ce frère que j'ai aimé sans le connaître !... Et mon père ?... Mais tu me trompes encore ! On devait le juger !

— Il a été jugé, répondit Carlotta...

... Oui, ajouta-t-elle tout bas, ne se parlant plus qu'à elle-même, par le souverain Zouze !

Elle avait beau être Carlotta Salvi, née avec une conscience obscure, et avoir commis bien des méfaits dans une vie déjà si longue, jamais on ne lui en avait commandé d'aussi abominable que celui-là ; elle se faisait horreur.

— Ils l'ont donc absous ! s'écria Marguerite ; ah ! je savais bien que mon père était innocent.

— Absous, répéta la duègne... Alors ni loui ni to frère n'ont piou pensé à la pétite qui se mourait de çagrin dé né pas les voir... Ils sont bien loin main

nant tous les deux. Voilà cé que la pauvre Carlotta
ait à té dire, et ce qu'elle a appris cé matin.

Mademoiselle Imbert, enfin, ne doutait plus de son
alheur. Elle se dressa pâle et les mains crispées. A
ize ans, elle accusait la Providence. Cette enfant qui
ait à peine vécu, se disait que la vie n'est que
ouleurs, lâchetés et mensonges. Ce pauvre jeune
œur était pris au lacet comme un oiseau et se débat-
ait contre ces mailles cruelles. Ce fut à ce mo-
ent que madame de Nertia entra dans la cham-
re.

Elle se pencha sur le lit à son tour comme la duègne
n moment auparavant. — Ma mère! s'écria Margue-
ite, ma mère, je n'ai plus que vous!

L'affaire avait été bien conduite, Carlotta gagna la
orte en se cachant le visage dans ses mains.

— Tu n'as jamais eu que moi! répondit madame de
Nertia en couvrant d'avides caresses le front et les joues
le Marguerite. Moi seule je t'aimais! Songes-y donc,
ma chérie, est-il possible qu'un enfant soit aimé jamais
autant que par sa mère! Ils le savaient bien, ceux qui
ont voulu me noircir à tes yeux! ils ne m'ont épargné
aucune calomnie en retour de tout le mal qu'ils m'a-
vaient fait... Si tu connaissais ma vie!...

La jeune fille rendait baisers pour baisers. Par un
mouvement d'une mutinerie charmante, elle prit entre
ses mains le visage de sa mère, et la regardant les yeux

dans les yeux : — Pourquoi ne me raconteriez vous pas votre vie? lui demanda-t-elle.

— Impossible! balbutia madame de Nertia qui frémit. Oh! ne me demande pas cela! Il y a des choses qu'on ne peut dire à une enfant, et tu n'es encore qu'une enfant... Et puis une fille ne confesse pas sa mère. C'est moi plutôt qui devrais t'interroger, mais je n'ose. Je devine que l'on m'a faite devant toi si lâche, si abominable. Et tu le croyais!...

— Ma mère! murmura la jeune fille.

— Mais tu ne devines donc pas, à ton tour, que l'on avait enveloppé Carlotta. Ce n'est qu'une servante. On l'a séduite, on l'a payée pour te remettre ce billet maudit et menteur...

— Payée! dit Marguerite.

— Heureusement, le repentir l'a saisie... Elle est venue se jeter à mes pieds, elle m'a tout avoué. Alors, j'ai su pourquoi j'avais perdu ton cœur...

— Payée! répéta mademoiselle Imbert. Elle!

— Ne l'accuse pas! Ce n'est peut-être pas seulement l'attrait du gain qui l'a fait agir. Elle t'a élevée, songes-y bien! l'amour que tu me portais lui semblait un bien que tu lui volais, à elle! Carlotta est jalouse!...

— Mère, si j'ai été instruite faussement, ce n'est pas par elle!

— C'est par le billet! Ma chérie, je ne l'ai point lu. Ne devrais-tu pas me le faire lire?

— Non! non! dit Marguerite. A votre tour, ne me
mandez pas cela, ma mère.

— Veux-tu seulement répondre à une question que
vais te faire?... Va!... je te la ferai bien bas, à
oreille... Écoute!... Ne t'avait-on pas dit?...

Et sa voix se perdit dans l'oreille de la jeune
lle.

— C'est vrai, balbutia Marguerite, on me l'avait dit.

— Que ce n'était pas ton père...

— Qui vous avait frappée... Oui.

Madame de Nertia éclata de rire, et ce rire nerveux,
garé, n'était pas une feinte :

— Tu l'as cru! dit-elle. Tu l'as cru!

... Vois un peu comme cette horrible invention est
ourtant vraisemblable! reprit-elle. Un autre m'aurait
ssassinée!... Et lui, il se serait laissé accuser sans
ien dire! il se serait exposé à comparaître devant un
ribunal, à être condamné!...

— Vous avez raison! s'écria Marguerite. C'est cela
ue je ne pouvais comprendre... Mais je veux aussi
ous faire une question, ma mère. Est-il vrai qu'à cette
eure il soit jugé?...

— Non! fit madame de Nertia d'une voix sourde, il a
chappé au jugement. C'est ce que Carlotta sait mal...

— Il est parti, il s'est évadé, peut-être?

— Oui, oui, parti...

— Avec Maxime, avec mon frère?

Madame de Nertia fit un terrible effort, car il fallait achever de gagner cette bataille.

— Et si l'on vous avait trompée jusqu'au bout, Marguerite, dit-elle. Si ce jeune homme n'était pas votre frère !

XXI

— Écoute une histoire, ma chérie, reprit madame de Nertia en couvrant la jeune fille de nouvelles caresses. Oh! ce n'est pas la mienne! Non! non! ne le crois point!... il s'agit d'une pauvre fille qui commit une faute. Elle n'avait pas de mère pour veiller sur elle!

Salomé commençait par renier les vieux Salvi, ces bons parents qui, naguère, la destinaient à l'Opéra.

— Un homme beau, riche, qui occupait un rang élevé dans le monde, qui était jeune alors, entreprit de la séduire...

— Ma mère, continuez, je vous en prie, dit Marguerite, qui la regardait, qui était tout entière attachée à ses lèvres.

— Pourquoi n'irais-je pas jusqu'au bout! se disait tout bas madame de Nertia...

Elle réfléchit un moment; elle suivait son raisonnement infernal : Peut-on nuire à ceux qui ne sont plus? Il n'y a point de calomnie envers les morts. On parle toujours de leur mémoire; mais leur mémoire est insensible. Elle voulait achever à tout prix de regagner le cœur de Marguerite; elle voulait l'enchaîner au sien par toutes les ruses, et, s'il le fallait, par toutes les audaces.

— Cet homme riche ne réussit que trop bien dans cette entreprise détestable, reprit-elle. Il donna à cette pauvre pécheresse le luxe, les plaisirs, et un jour il la rendit mère...

— Oui, dit Marguerite haletante, d'un fils...

— D'une fille, interrompit brusquement madame de Nertia. C'est lui qui déjà avait un fils !

— Ah! murmura Marguerite, ils n'en étaient donc pas moins tous deux frère et sœur...

— Cet homme dit à la mère : Je veux donner un nom à cet enfant qui vient de naître. Et la mère se jetant à ses pieds, lui répondit : Vous êtes le plus généreux des hommes! Ah! ma chérie, l'on ne trouve donc point de générosité entière! Il fit ses conditions. La mère crut voir que son enfant à elle n'était pas le principal souci du père; il songeait surtout à *l'autre* et il voulut qu'en l'épousant, elle les reconnût tous les deux.

— Mais, dit Marguerite, c'était un mensonge.

— Un mensonge toléré, un mensonge légal. Pouvait-elle s'y refuser? Elle devait tout à cet homme qui l'élevait jusqu'à lui. Et puis, le prix de sa complaisance était assez beau! Tu allais avoir un père aux yeux du monde...

— Vous voyez bien, s'écria la jeune fille, que c'est votre histoire et la mienne!

— Non, non! répliqua madame de Nertia, c'est mon récit qui m'a trompée... Il ne s'agit pas de moi!

L'erreur n'avait pas été involontaire, mais elle était habile.

— Celle dont je te parle eut donc deux enfants. A cette heure encore elle ne pourrait prétendre devant des juges que l'un et l'autre ne lui appartiennent pas également et qu'ils n'ont pas les mêmes droits sur son cœur. Au reste, elle aima d'abord l'enfant étranger presque autant que celle qui avait été formée de son sang. Mais il n'en fut pas de même du père. Il n'aima que son fils.

— Ne dites point qu'il n'a pas aimé sa fille! s'écria Marguerite, car je me souviens, ma mère, je ne pourrais plus vous croire.

Madame de Nertia se mordit les lèvres : — Oh, fit-elle, plus tard, ses sentiments auront changé, sans doute. La nature doit avoir son tour. Va, je sais ce que m'a confié la mère indignée! Tous ses chagrins, elle me les a dits. Toutes ses pensées, je les ai connues. Je sais

ce qu'elle a souffert, ce qu'elle a pleuré, jusqu'au jour
où, dans la révolte de son cœur blessé, elle a préféré
tout quitter, rang et fortune, plutôt que de supporter
une abominable injustice. Alors elle a rompu le contrat qui la liait à ce mari, à ce bienfaiteur, qu'elle
aurait détesté ; elle a fui, emportant son enfant dans
ses bras, son enfant à elle !...

— Et en abandonnant l'autre ! murmura Marguerite.
O ma mère ! lui aussi, il aura pleuré...

— Ce n'était pas son fils ! s'écria madame de Nertia.

Elle sortit précipitamment. On eût dit que ce nouvel
et effroyable reniement la remplissait elle-même d'une
sorte de terreur sacrée. Un instant auparavant, ne venait-elle pas de dire : La nature doit avoir son tour !...

Cependant la victoire lui restait et cette fois la victoire définitive, si chèrement qu'elle l'eût achetée ! De
tous les nuages qui pouvaient demeurer encore sur
l'esprit de Marguerite, celui qu'elle venait de déchirer
eût été le plus dangereux !... Maintenant la jeune fille
allait se dire : L'enfant que ma mère a abandonné, il y
a quinze ans, ce n'était pas son fils !

Seulement, il ne suffisait pas d'avoir reconquis de
haute lutte cette âme de seize ans. Il fallait qu'elle ne
pût lui échapper désormais. Il fallait prévoir l'avenir et
se mettre en mesure de le défier. Tout disait à Salomé
que le baron Imbert en mourant avait confié à son fils
Maxime le soin de lui arracher Marguerite.

A ce fils qui était aussi le sien, à ce fils renié !...
Seule, enfermée dans sa chambre à son tour, comme
Marguerite les jours précédents, elle examina la nouvelle situation hérissée d'écueils et de périls contre
lesquels la suite de cette comédie diabolique allait
l'exposer à se débattre. Il y avait une chose qu'elle
craignait avant toutes les autres.

C'était de se trouver en face de Maxime, c'était de
le voir.

— Oh ! murmurait-elle, on dit qu'il me ressemble.
S'il a mes traits, il a peut-être aussi ma volonté indom-
ptable. Ce serait entre nous un affreux combat !

Elle ne songea plus qu'à un prompt départ, le plus
sûr moyen d'échapper à une effrayante rencontre.
Maxime en ce moment ne se montrait point : il était
accablé sans doute par la mort de son père ; mais il
retrouverait ses forces, Alors, il essaierait d'agir.

Le comte Annibal étant revenu le soir, à l'hôtel,
madame de Nertia eut avec lui un long entretien.

Le matin qui suivit, elle alla réveiller Marguerite :

— O ma chérie ! lui dit-elle, tu as souffert et désespéré, et ton cœur a été malade. N'aimerais-tu pas à le
changer de soleil ?

— Mère, voulez-vous me proposer un voyage ?

— Un grand voyage... Que dirais-tu d'une belle

promenade en Suisse, qui nous conduirait, à travers les Alpes, jusqu'en Italie ?

— En Italie ! répéta la jeune fille qui la regarda fixement, car elle pensait au comte Annibal. Voyagerons-nous seules, ma mère ?

— Seules et libres toutes les deux comme l'air des montagnes... Pourtant nous emmènerons Carlotta qui te donnera des soins. Penses-tu que la baronne Imbert et sa fille aient besoin d'un autre Mentor ?

— La baronne Imbert ? dit Marguerite, qui ne put cacher sa surprise et sa joie. Vous reprendriez votre nom ?

— Mon nom, le tien ; il nous appartient à toutes les deux peut-être. Tu sais pourquoi je l'avais quitté... Je n'en porterai plus jamais un autre.

— Mère, dit Marguerite en l'embrassant, partons donc bien vite.

Le comte Annibal parut peu les jours suivants, qui furent consacrés aux préparatifs du voyage : ce grand politique s'effaçait. Il dîna seulement à l'hôtel au moment du départ, prit congé de l'air le plus naturel du monde, et ajourna jusqu'à l'automne le plaisir de revoir la baronne Imbert et Marguerite.

Une heure après, les trois femmes, — Carlotta étant du voyage, — arrivaient à la gare du chemin de fer de Lyon. Le fiacre avait suivi la ligne des quais. La baronne, en apercevant, sur la rive opposée du fleuve, les bâti-

nents de la gare du chemin de fer d'Orléans, se sentit
un moment oppressée au milieu de son triomphe et
de sa joie. C'était là que Maurice d'Olivaie avait dû passer, quinze jours auparavant, s'il avait vraiment choisi
la route de Saint-Nazaire ou de Bordeaux... et d'Amérique.. La baronne voulut couper court à ces pensées
incommodes et s'adressant à sa fille :

— J'aimerais à te voir sourire, ma chérie, lui dit-elle.

Marguerite obéit sans contrainte. Son cœur était
comme la rose printanière, toute formée au bout de la
tige. Un retour subit de froidure l'a forcée de demeurer close, l'air devient plus doux, la belle fleur s'épa-
nouit. Une larme brille encore au fond du calice, mais
le soleil va la boire.

Un reste de tristesse, le poids léger du regret près
de s'envoler, de petits retours d'amertume, un peu de
houle grondant encore au fond de sa pensée, voilà
l'état de Marguerite. Ce n'est jamais impunément
qu'on a seize ans.

La baronne Imbert n'oublia point qu'elle avait été
Salomé. Le chemin de Lyon et celui de la Suisse est
celui où les *deux mondes*, le galant et l'élégant se
croisent à chaque pas. Elle usa de prudence et fit
choix de la voiture réservée aux dames.

Cette voiture ne contenait encore que deux voyageuses, une vieille dame et sa fille. Celle-ci était une
admirable personne de vingt ans environ, grande et

fort blonde, mais avec des yeux bruns et le teint mat,
ce qui aurait suffi à donner un caractère particulier à
cette physionomie saisissante. Les traits étaient d'une
correction et d'une fermeté rares, la bouche pourtant
d'une finesse et d'une fraîcheur exquise. L'expression
qui régnait alors sur ce beau visage ne le déparait
point. Ces beaux yeux parlaient le langage de la tristesse indignée. La jeune fille se pencha vers sa mère
et lui dit à demi-voix :

— Être parti sans un mot !... S'il n'avait manqué à
ce devoir qu'envers moi !... Je ne suis que sa sœur.
Mais vous êtes sa mère. Allons ! mère, un peu de courage ! Oublions-le, si ce n'est qu'un ingrat.

La baronne Imbert placée près d'elle ne perdit aucune de ses paroles et tressaillit...

Si elle était montée 'dans ce compartiment, c'était
pour éviter les rencontres. La destinée lui avait-elle
ménagé la plus écrasante de toutes ?

La vieille dame n'avait pas répondu ; elle paraissait
absorbée dans sa douleur. La baronne Imbert l'examinait sans pouvoir vaincre son agitation et cherchait
une ressemblance.

Marguerite, de l'autre côté, se mit à lui parler tout
bas : « Ma mère, dit-elle, ne trouvez-vous pas que
cette jeune fille est bien belle et qu'elle a l'air bien
triste ? Il me semble que je l'aimerais. »

Le voyage continua. Comme on arrivait à Dijon, le

train ne devant s'y arrêter que cinq minutes, on ne descendit point; mais un homme d'extérieur distingué et d'allures militaires, qui se trouvait sur le quai, s'approcha de la voiture avec empressement :

— Je ne me trompe point... C'est madame d'Olivaie! dit-il; puis s'adressant à la jeune fille blonde : — Eh bien, mon enfant, lui demanda-t-il, sait-on enfin ce qui est arrivé de Maurice ?...

11.

XXII

Mademoiselle d'Olivaie remercia cet ancien ami du colonel, son père, et lui répondit que l'on avait, grâce à Dieu, des nouvelles de l'absent...

La baronne Imbert frémit de nouveau; elle se laissait prendre au ton naturel que la vaillante fille donnait à son récit. Mademoiselle d'Olivaie avoua que Maurice avait été coupable. Ayant trouvé subitement une occasion sûre de faire une prompte fortune à l'étranger, mais craignant de rencontrer dans la volonté de sa famille un empêchement à son départ, il n'avait consulté ni averti personne. A peine en mer, — car il s'était embarqué, — le jeune homme avait éprouvé beaucoup de repentir et de regret, et il s'était hâté d'écrire une lettre datée du premier port de relâche.

— Quel est ce port, ma mère ? ajouta l'héroïque con-
teuse, les yeux fixés sur la vieille dame assise en face
d'elle. Ah ! je me souviens, c'est Sainte-Hélène.

Madame d'Olivaie inclina la tête pour appuyer la
pieuse invention de sa fille ; il eût été impossible de
lui arracher une parole. La baronne Imbert ne perdait
rien de ce qui se disait. — Maurice n'a pas écrit, pensa-
t-elle ; il a disparu, et l'on n'a point retrouvé sa trace.

— Vous le voyez, monsieur, reprit mademoiselle
d'Olivaie, notre voyage à Paris n'a pas été inutile,
puisque cette lettre nous attendait dans les mains du
ministre.

L'officier s'inclina ; il ne paraissait pas persuadé. Le
train, au même instant s'ébranla, les deux femmes
échappèrent enfin à ce supplice. Madame d'Olivaie alor
joignit les mains :

— Merci, dit-elle, merci, ma bonne Edith.

— .... Disparu ! pensait la baronne Imbert. Il a
échappé à toutes les recherches. Mais, échapperai-je
aux siennes, moi ?

Marguerite se pencha pour la seconde fois à l'oreille
de sa mère :

— Votre voisine se nomme Edith, lui dit-elle plus
bas. Vous trouverez peut-être que c'est un nom pré-
tentieux ; mais je vous assure qu'il lui va bien.

— Tais-toi ! répondit la baronne sur le même ton.
Tu ne vois donc pas que je souffre.

Elle ne disait rien de trop. Le supplice, c'était elle à présent qui l'endurait et bientôt il devint atroce. Ses regards qui s'éloignaient instinctivement de sa fille, rencontrèrent ceux de Carlotta, muette depuis le commencement du voyage. Les yeux de la duègne parlaient si sa bouche demeurait close, et ils brillaient d'un feu moqueur.

De l'autre côté la baronne voyait ces deux femmes écrasées sous le poids de cette douleur immense qui était son ouvrage.

Une sorte de folle terreur superstitieuse s'empara d'elle à la pensée qu'une volonté cachée, que la justice souveraine peut-être avait amené cette rencontre.

Elle fit signe à Carlotta de laisser tomber la glace de la portière : — J'étouffe ; murmura-t-elle, je ne pourrai continuer le voyage.

— Mère, fit Marguerite avec inquiétude, vous dites que vous souffrez. Qui nous empêche de nous arrêter quelques heures dans la première ville sur notre passage ?

— Qui nous empêche ! murmura Carlotta mécontente, c'est que nous perdrions le prix dou chémin.

Mais la baronne n'entendit pas même cette réflexion si sage ; elle jeta ses bras autour du cou de sa fille : — Ah ! dit-elle, tu seras désormais mon bon ange. Quelle est cette ville la plus proche ?

Mademoiselle d'Olivaie, de sa belle voix pure et
ḥore, répondit : C'est Dôle, madame.

— Mère, dit tout bas Marguerite, elle vous a parlé,
ḅe m'aiderait à vous soigner si, avant d'arriver à
ḷe, vous vous trouviez plus malade.

— Tais-toi ! Tais-toi ! balbutia la baronne.

Elle se retrancha derrière les coussins ; elle aurait
ẏé d'une année de sa nouvelle vie auprès de cette
fant dont la possession lui avait coûté tant de
ṛtures, le pouvoir d'abréger les trente minutes qui
vaient s'écouler avant qu'on touchât à cette sta-
ọn, la terre promise.

Enfin le sifflet retentit.

Elle se trouva debout, et, pour sortir de la voiture,
ṣsa, frissonnante et fermant les yeux, entre
ạdame et mademoiselle d'Olivaie, ses deux victimes,
ịi, si elles l'avaient connue, seraient devenues ses
ḡes.

La baronne Imbert, sa fille et cette étrange servante
ḷaspect si peu rassurant qui les suivait, se firent con-
ḥire à l'hôtel des États. Dans tous les pays du monde,
ḷs hôteliers abritent volontiers leur commerce sous
ḷes souvenirs historiques dont ils n'ont jamais eu la
ḷef ; leur enseigne se dresse devant eux comme une
ḥigme.

Les deux terribles compagnes de voyage continuè-
ịnt leur route. La baronne per se rocha d'avoir trop

tôt manqué de courage. Elle retrouva la mémoire en
même temps que l'apaisement et se souvint que l[a]
mère et la sœur de Maurice devaient descendre d[u]
train montant vers Neufchâtel, à cinq ou six lieues jus[-]
tement au delà de Dôle pour joindre la petite ville d[e]
Mirey, qu'elles habitaient.

Si cette pensée lui était venue, elle aurait eu la forc[e]
de ne pas interrompre le chemin, sûre d'être délivré[e]
au bout d'un moment.

Mais à présent elle se sentait épuisée de fatigue e[t]
d'émotion. Marguerite, d'ailleurs, la suppliait avec de[s]
paroles si tendres de se donner quelques heures d[e]
repos, qu'elle voulut en croire « son bon ange. » I[e]
sommeil sera toujours le meilleur refuge pour le[s]
consciences malades ; heureuses si elles pouvaient con[-]
duire leurs rêves ! La voyageuse se mit au lit.

Marguerite, penchée à la croisée, examinait curieu[-]
sement la ville, la première de l'ancienne comté d[e]
Bourgogne, en marchant vers les monts ; elle gard[e]
l'empreinte de la conquête espagnole.

L'église, une vaste construction massive, avec s[a]
haute tour carrée, projette sur toute cette partie d[e]
la vieille cité son ombre colossale. Dôle est mal bâti[e]
mais, de distance en distance, au bord de ces rue[s]
étroites, au pavé glissant, apparaît un vieux nid d'an[-]
ciens castillans, race intrépide et hautaine, qui eu[t]
l'orgueil et la férocité des aigles. Ces maisons de pierr[e]

aille, précédées d'une sorte de péristyle formé de
des arcades au cintre surbaissé, conservent le ca-
ère même de l'Espagne, quelque chose de seigneu-
et de monacal.

côté de ces voûtes sévères, d'horribles masures
vent, et plus loin des constructions neuves, presque
lentes mais plus choquantes encore et sur les-
lles n'a point passé l'empreinte harmonieuse du
ps. La ville est pourtant toujours pittoresque,
ce à ses longues rues obcures qui descendent toutes
là même pente rapide vers le même point lumi-
ix, une belle promenade plantée d'arbres, bordée
des terrasses au-desus de l'eau, d'où l'on jouit
ne vue prodigieuse, quand les brumes se déchirent,
que dans l'immensité céleste on peut voir au sud
me des nuées solides cerclées d'or, nageant dans
vapeurs empourprées : ce sont les pics du Mont-
nc.

Marguerite s'amusait à suivre les personnes affairées
la ville, — car il n'y a de promeneurs qu'à Paris, et
mme est ainsi fait que partout où la promenade est
ile, il vit sans sortir de chez soi. Ces abeilles de la
che sombre descendaient la rue, à pas pressés,
ns les demi-ténèbres qui la couvrent sans cesse, et
t à coup arrivées au bas de la pente, se détachaient
pleine lumière. Le temps était très-pur, le soleil
prochait de son déclin, il était six heures. La jeune

fille appela Carlotta à voix basse pour ne pas réveill
sa mère.

La duègne s'était postée dans un coin de la chamb
justement de façon à ne point perdre des yeux la t
du lit. Si ceux de la dormeuse se rouvraient, ils allai
rencontrer les siens, toujours parlants, tout pleins e
core de pensées ironiques et du souvenir de la terri
rencontre à laquelle la baronne Imbert avait échap
par la fuite. Ce langage muet troublerait son réveil;
duègne y comptait bien, elle voulait prendre sa r
vanche.

Aussi ne répondit-elle pas à l'invitation de Margu
rite. Elle trouvait bien plus de plaisir à guetter l'à
de sa maîtresse qu'à passer la revue des Dôlois
Dôloises qui cheminaient sous cette fenêtre ; mais to
à coup l'appel de mademoiselle Imbert devint pl
pressant; en même temps elle se retira de la crois
La vieille femme la vit si pâle qu'enfin elle se leva
accourut.

— Regarde! lui dit Marguerite... Là bas... au bo
de la rue... c'est ce jeune qu'on avait cessé de voir à
maison...

Carlotta suivit la direction indiquée :

— Tou né té trompes pas, dit-elle; c'est loui !

Puis elle saisit le bras de Marguerite qu'elle reti
un moment; c'était une précaution inutile : Mad
moiselle Imbert n'avait aucune envie de se montre

elle avait été seule, elle aurait plutôt obéi à un sentiment contraire et se serait réfugiée au fond de la chambre.

— Maintenant, tou peux té remettre à la croisée, rit Carlotta. Il né pourrait piou te voir. Mais né dis pas un mot à ta mère !

Encore une recommandation superflue. Ce jeune homme était la dernière personne au monde dont Marguerite aurait voulu parler à la baronne Imbert.

— Je ne dirai rien, répondit-elle, mais il faut réveiller la dormeuse et partir sur-le-champ,

— Pourquoi? demanda Carlotta.

— Ah ! reprit Marguerite, en baissant encore la voix, tu oublies la lettre que m'avait écrite mon frère Maxime. Je te disais alors : — Qui donc a frappé ma mère ?

— C'est toi, répliqua la vieille femme avec un affreux sourire, c'est toi qui oublies ! Tou né crois donc piou à qué ta mère t'a dit ensouite... Qui l'a frappée ?... Tou ne crois donc piou que c'était ton père ?

Marguerite baissa la tête, et, la redressant tout à coup :

— N'importe ! dit-elle, je veux partir.

La baronne, à ce cri, s'éveilla :

— Que dis-tu, ma chérie? demanda-t-elle. Tu t'ennuies dans cette chambre d'auberge. Va je me sens

remise, et tu as raison. Nous allons reprendre notre
route.

Mais Carlotta envoyée aux renseignements, revint
avec une fâcheuse nouvelle. Il ne devait plus y avoir
de train montant qu'au milieu de la nuit.

XXIII

Le jeune homme que mademoiselle Imbert n'avait
apercevoir sans émotion du haut des croisées de
ôtel, descendit vers la belle promenade élevée en
rrasse au-dessus du Doubs. Il était à Dôle depuis
ne semaine, jamais il n'avait parlé à personne. On se
sait, en le voyant passer : Voilà l'original! ou bien :
oilà le fou! Un solitaire de vingt ans éveillera tou-
urs moins de méfiance que de pitié.

Chaque jour, avant le déclin du soleil, il sortait de
misérable chambre garnie qu'il avait louée dans
ne masure contiguë justement à l'hôtel des États, où
eposait en ce moment la baronne Imbert.

Seulement, il ne se doutait guère qu'elle fût si près
e lui; il la croyait endormie bien loin de là, et peut-
tre pour jamais.

Si Marguerite ne l'avait pas aperçu plus tôt, c'es
qu'il s'en allait, d'ordinaire, rasant de près les maison
jusqu'à cette promenade déserte au-dessous de laquelle
s'étendaient de vastes prairies et qui n'était presque
plus la ville. L'heure qu'il avait choisie faisait encore
partie du jour, mais c'était déjà le soir; la lumière
s'éteignait lentement, la nuit approchait.

La nuit, c'était la fuite ouverte.

Le jeune homme avait appris à connaître les chemins à travers ces grands prés; ils étaient coupés de
fossés profonds que des cavaliers ne se seraient point
hasardés à franchir dans les ténèbres; des piétons
pesamment équipés, ne l'auraient pas essayé même
en plein jour. Quand il était arrivé là, il se sentait
fort! Dans le voisinage de sa demeure, toujours muet
mais toujours en éveil, la bouche scellée, mais
l'oreille ouverte, il avait recueilli une légende : celle
d'un meurtrier réfugié dans ces prairies, où les gens
de justice n'avaient point tardé à le poursuivre.

Le misérable volait par-dessus les fossés; la passion
de vivre et la soif désespérée de la liberté lui donnaient
des ailes, et l'on avait renoncé à le saisir...

Quant à lui, il aurait pu gagner la frontière. Pourquoi ne l'avait-il pas essayé? C'est que son cœur et sa
volonté demeuraient attachés à ce pays si près du coin
de terre natal. En ce moment, encore, ses yeux ne se
dirigèrent pas vers le sud où brillent les sommets des

pes; ils ne suivirent pas le flot impétueux et pro-
d du Doubs, mais remontèrent vers l'est et les
utes collines boisées qui forment la première chaîne
Jura; et, dans l'étendue de la campagne, cher-
èrent une autre rivière, une autre vallée.

Là-bas, il voyait une route neuve, longeant des
ux plus alertes encore, courant à travers les longues
trées déjà verdoyantes, au-dessus des vignes encore
pouillées dans les combes rocheuses, où le soleil
rse du feu qui reste dans le foyer pour chauffer plus
rd la grappe naissante, — là-bas, il voyait deux
mmes cheminant en silence, avant le triste repas
i les attendait à la maison.

Elles avaient cessé de l'appeler, de parler même
lui... Peut-être avaient-elles appris ce que lui-même
savait point, ce qu'il brûlait et ce qu'il tremblait de
voir... S'il n'était coupable à leurs yeux que d'un
rusque départ et de l'oubli, elles essayaient d'effacer
ingrat de leur cœur .. S'il était poursuivi comme le
isérable dont il allait retrouver les traces dans ces
rairies où il s'apprêtait à descendre...

S'il était poursuivi, les journaux n'avaient point
anqué de le dire. A l'Olivaie, près de Mirey, dans la
aste maison, dernier débris de l'opulence relative
l'autrefois, il n'entrait guère de journaux; mais la
ouvelle du crime avait dû se répandre dans la petite
ille et arriver jusqu'à la paisible demeure. La mère

alors, s'abîmant dans son désespoir et sa honte, avait
dû s'écrier :

— J'ai gâté ce fils qui était mon orgueil et mon espérance, et voilà mon châtiment !

Elle avait dit cela et il crut entendre, comme si elle
s'élevait à deux pas de lui, la voix sonore et claire
d'Edith qui répondait : « Je vous avais avertie, ma
mère ; mais vous m'accusiez de vouloir détruire l'a-
mour que vous lui portiez. Vous me reprochiez d'avoir
toujours été jalouse ! »

Poursuivi? L'était-il? L'avait-il jamais été?

Il chercha une fois de plus à se retracer toutes les
circonstances de cette nuit abominable qui d'une
conscience déjà troublée avait fait une conscience sanglante, et du fils égaré, décrié, du colonel d'Olivaie,
un assassin, le dernier des hommes.

— L'espoir de l'échafaud ! dit-il en éclatant de rire.

Aussitôt il prit peur comme toujours quand il lui
arrivait de penser tout haut, gagna précipitamment
une brèche qu'il connaissait dans le mur de la ter-
rasse, et la sente rapide qui conduisait aux prés, franchit le premier fossé et ne s'arrêta que de l'autre côté,
derrière cette ligne de défense, sous un bouquet de
saules.

— Personne pourtant ne m'a vu entrer ce soir-là par
le passage secret, se disait-il ; personne, si ce n'est le
baron Imbert qui me suivait dans l'avenue...

Le baron ignorait entièrement son nom. La victime
ait-elle pu le dire ?

Il mit sa main devant son visage, ce qui ne l'empêcha
int de revoir le tableau de sang et d'épouvante ;
is il essaya de se raidir encore une fois contre le
ntiment de sa lâcheté et l'horreur qu'il se faisait à
-même :

— Le baron Imbert se sera bien gardé de me trahir,
-il, et de mettre la justice sur mes traces. Je l'avais
bien délivré... Oh ! ce n'est pas un ingrat.

Mais, à défaut du baron, si pourtant c'était un
mme capable de couvrir un crime parce qu'il y
uvait son profit, il y avait les domestiques de la
aison, il y avait Carlotta.

Les premiers autrefois feignaient d'ignorer le pas-
ge secret, et sans doute étaient bien plus éclairés
'ils ne voulaient le paraître. Pour ne point con-
ître la figure du favori de leur maîtresse, il aurait
llu qu'ils prissent un soin discret de fermer les yeux
and il rôdait à toute heure du jour devant l'hôtel.

Sur cette figure encolérée qui eût attiré l'attention
plus rebelle, leur curiosité n'avait pu manquer de-
is longtemps de chercher à mettre un nom.

Carlotta, d'ailleurs, savait tout. Elle le connaissait
e nom ; elle savait que le jeune homme tenait une
ef de la maison basse.

Tout le désignait pour le meurtrier. Le crime n'ayant

eu pour cause que la colère et la vengeance, le sou-
çon ne pouvait s'attacher que sur un seul homme :
monde. Lui! Pourquoi donc les gens de la maiso
n'auraient-ils point parlé?

Tout à coup il chancela, il fut obligé de s'appuyer :
tronc de l'un des saules. Toutes ces questions, il se l
était posées cent fois, mille fois depuis la terrible nui
depuis sa fuite. Et toujours la même réponse se dre
sait dans son esprit : C'est qu'*elle* n'est point mort

C'est que voyant qu'elle ne mourrait point, les gen
sur le conseil de Carlotta, avaient attendu qu'el
pût parler, *elle!* Ils lui avaient laissé le soin de jug
elle-même si elle devait accuser ce meurtrier, qu
était son amant, ou si l'intérêt et la prudence ne l
feraient pas une loi de se taire. L'occasion, en effe
avait pu leur paraître délicate. Le mari était là! I
comptaient bien faire payer chèrement leur silenc

Mais lui, il ne se faisait point d'illusion sur le par
qu'elle voudrait prendre, quand elle aurait recouvré l
parole et la volonté. Il n'y avait point de mari, il n'
avait point de loi qui pût conseiller à Salomé de n
pas rechercher la vengeance. Il la connaissait,
croyait qu'elle serait implacable.

— Ce n'est qu'un répit de quelques jours que le des
tin et son impuissance à elle m'ont laissé, se disait-il

Cette pensée lui fit retrouver quelque force; il tra
versa la seconde prairie, franchit le deuxième fossé

Iais une violente impression de froid l'avait saisi,
t, ne voulant point reconnaître qu'elle avait pour
ause la peur qui recommençait à l'étreindre, il aima
nieux l'attribuer à la rosée qui trempait les grandes
ierbes, et au souffle de la nuit près de tomber.

Il gagna donc le chemin de halage bordant les prés,
t il s'en allait, regardant l'eau courir sous l'ombre
laissante, — terne et sinistre quand une nuée venait à
bscurcir l'air, — avec des reflets d'argent, lorsque le
iel se dégageait, mais toujours avec des lamentations
irofondes, qui redoublaient son épouvante.

— Quinze jours ! se disait-il. Deux semaines écou-
ées ! Les blessures se guérissent bien plus vite que les
naladies...

Il tressaillit, car il se souvenait de celle qu'il avait
aite ; celle-là devait être horrible :

— Elle aura raison de me rendre vengeance pour
rengeance, pensa-t-il.

Son parti était pris ; ces pensées et ces terreurs qui
e présentaient à lui ce soir-là avec une force nouvelle
nui semblaient autant de présages : il ne rentrerait pas
i Dôle. Il allait suivre la rivière, gagner l'autre bord,
grâce à un pont jeté sur le Doubs à la distance de
moins d'une lieue. Il le franchirait à la nuit noire. Non
ioin de là s'ouvrait une vaste forêt qui marque la li-
mite des deux anciennes provinces de Bourgogne, la

Duché et la Comté ; il la traverserait, et, remontant encore vers l'Est, joindrait enfin la frontière.

Là, il serait en paix pour un moment; il aurait cessé de craindre la justice, non la revanche de Salomé. Cette revanche prendrait sûrement une autre forme :

— Elle m'atteindra! murmura-t-il. C'est un duel entre nous si elle est vivante...

Et quelque chose lui disait : Un duel où tu périras !

Mais il ne pouvait penser que l'heure était si proche... Il entendit un bruit de pas derrière lui, et il se retourna comme un fauve acculé, pour faire tête à cet ennemi inconnu.

Ce n'était rien : deux hommes sortant des prairies et s'acheminant sans doute vers le village assis sur l'autre rive à la tête du pont que le fugitif ne voyait pas encore; mais il commençait à percevoir la plainte de l'eau se brisant contre les piles.

La nuit était close et assez obscure.

Il reprit sa marche. Ces deux hommes le suivaient.

Il ne croyait plus avoir à les craindre ; pourtant cette compagnie qu'ils lui faisaient à distance, et malgré lui, l'incommodait ; il eut comme le pressentiment que sans le vouloir, ils allaient lui nuire, et pensa un instant à les attendre au passage et à les laisser s'engager avant lui sur le pont.

Puis il leva les épaules, et voulut sourire de ses folles terreurs.

Cela était plus aisé que de les vaincre. Son cœur battait à grands coups pesants et sourds, et il ne savait pourquoi.

Enfin il se trouva sur le pont, il en avait franchi déjà la moitié, il passait au-dessus de la deuxième arche, quand soudain il s'arrêta...

Sur la route, à l'entrée du village, il venait d'entendre distinctement le pas de plusieurs chevaux, avec un bruit d'armes, un cliquetis de sabres battant sur des selles ferrées. La nuit était calme et sonore, et bien que les deux hommes qui marchaient derrière lui eussent à peine atteint le pont, la voix de l'un d'eux arriva jusqu'à son oreille.

Il disait : « Ce sont les gendarmes ! »

XXIV

Ceci se passait dans le « quartier de l'Idée », — ou le quartier latin, suivant les temps.

— ... Messieurs, dit un lecteur...

Des *chut!* énergiques s'élevèrent de tous les points de la salle ; il y avait là des jeunes gens perdus dans de grands livres de médecine illustrés d'horribles images qui représentaient au vif nos misères humaines ; d'autres qui se tenaient assis en face du Digeste, mais qui dévoraient le roman en vogue à l'ombre d'un vénérable in-quarto. Tout ce monde voulait avoir l'air recueilli ; c'était le ton de ce lieu d'étude. La maîtresse du cabinet de lecture dit, en prenant des airs très-secs : — Je vous prie, monsieur, de parler bas.

Celui que l'opinion publique et l'autorité, d'accord ensemble, — ce qui est rare, — venaient ainsi de rappeler à son devoir, reprit donc à demi-voix, mais sans se troubler : — Messieurs, on aura beau dire, la *Gazette des Tribunaux* sera toujours la feuille judiciaire la mieux informée. Elle contient ce matin la chose la plus curieuse. Voyez ! c'est le dénouement de l'affaire de l'avenue d'Eylau.

Il s'adressait au voisin assis à sa gauche devant la grande table, qui était de ses amis, et lui passa le journal sans prendre garde au redoublement de pâleur qui couvrait le visage de son voisin de droite ; il ne l'avait pas même vu. C'était pourtant un admirable visage aux traits réguliers et fiers, mais déjà fatigués et comme creusés par une maladie récente ou par de vifs chagrins. Ce triste et charmant jeune homme paraissait avoir de vingt à vingt-deux ans.

— Monsieur, murmura-t-il, après vous et votre ami...

Puis il se ravisa, se leva avec effort et s'avança, en s'appuyant aux chaises, jusqu'au comptoir derrière lequel se tenait assise la maîtresse diserte de céans.

Qui n'a connu ce cabinet de lecture ? De nombreuses générations d'étudiants y ont dépensé la meilleure et la moins folle partie de leur jeunesse ; dès qu'ils en avaient dépassé le seuil, la folie reprenait ses droits. Il était situé dans un passage obscur, l'un des rares débris du vieux quartier latin, qui d'un côté s'ouvrait sur la rue de l'Ecole-de-Médecine, de l'autre sur la rue Saint-

12.

André-des-Arts, si riche en traditions et en souvenirs. La cour intérieure, sur laquelle prenaient jour deux des quatre salles toujours remplies de liseurs, regardait la façade postérieure de la maison célèbre où la main inspirée d'une femme fit naguère justice de Marat.

La dame du cabinet de lecture aimait à rappeler ce grand drame, tout à l'honneur de son sexe. C'était une imposante personne, solennellement pénétrée de la dignité de ses fonctions. Le commerce des choses de l'esprit relève l'âme. La dame avait beaucoup péroré en sa vie. Pour cette raison et pour d'autres, elle n'était pas bien sûre que son comptoir ne fût pas une chaire, et volontiers en laissait tomber l'enseignement.

— Monsieur, dit-elle, en regardant fixement ce jeune client malade, permettez-moi de vous dire que vous auriez besoin d'autres exercices que l'étude et d'une autre nourriture que les livres. Ce n'est point qu'il y en ait de plus belle ; mais elle convient ou ne convient pas...

— L'étude n'est interdite à personne, répondit le jeune homme avec son douloureux sourire ; il n'en est pas de même des amusements.

— Je ne vous engage pas à mener une vie dissipée, je pense, reprit la dame indignée. J'ai seulement voulu vous donner à entendre que l'air de la campagne vous ferait beaucoup de bien. Au reste vous me pardonnerez ces bons conseils. Je n'ai peut-être pas le droit de vous en donner, monsieur; car, enfin, je ne vous connais pas. Vous payez en sortant, après chaque séance. Vous n'êtes point de mes abonnés, je ne sais pas même votre nom.

Impossible de dire plus clairement que ce nom elle ne serait nullement fâchée de l'apprendre, et que les convenances même auraient dû commander depuis longtemps à celui qui le portait de se faire mieux connaître.

Il sourit encore. Ce sourire était sa défense; mais la dame, à l'instant, observa sur cette belle physionomie quelque chose de plus que l'expression de tristesse accoutumée, — comme un air d'agitation et d'égarement qui expliquait l'étrangeté de ses réponses, quand elle avait ainsi la bonté de lui parler en amie. La curiosité de cette personne entendue en ressentit un nouvel aiguillon.

— Dois-je vous inscrire, monsieur? reprit-elle. Cela me permettrait de vous faire passer des livres si vous vous déterminiez, comme vous le devriez, à partir pour la campagne. Je connais à Fontenay aux Roses une petite maison, tout près d'une autre plus grande. Elle appartient à des gens qui sont, jusqu'à un certain point mes parents très-éloignés (ce certain point n'était pas pour ces gens-là un petit honneur!); elle a été habitée par un membre de l'Institut dans sa jeunesse.

— Je vous remercie de tant de bienveillance, dit le

jeune homme, mais si je me décidais à quitter Paris, ce serait pour aller si loin que votre excellente bibliothèque ne pourrait m'y suivre.

— Comme il vous plaira, monsieur.

— Pour le moment, j'ai un service bien différent à vous demander. Ne pourriez-vous me procurer un second numéro de la *Gazette des Tribunaux* du jour ?

— Un second numéro ! mais je n'ai qu'un abonnement.

— Il serait peut-être facile de le trouver dans le voisinage, reprit-il d'un ton suppliant ; je le payerais bien cher !

— Il paraît, dit la dame, que la *Gazette* d'aujourd'hui contient des choses qui vous intéressent fort?... Serait-ce l'*Affaire Imbert* ?

— Quoi ! balbutia-t-il, vous avez lu...

— Monsieur, j'ai l'habitude de parcourir mes journaux avant de les déposer tout ouverts sur les tables. C'est mon devoir. Et puis il faut se tenir au courant. Vous connaissiez peut-être la famille Imbert?

Le jeune homme tressaillit :

— Je la connaissais, dit-il avec un nouvel effort... Madame, je vous serais plus obligé que vous ne le pensez, si votre complaisance pouvait m'obtenir ce numéro. S'il était nécessaire de l'envoyer chercher au bureau du journal, je récompenserais largement, comme je viens de vous le dire, la personne qui ferait la course.

Il déposa un louis sur le comptoir.

— Il ne sera pas indispensable d'aller si loin, répliqua la dame. Je prends tous les journaux en double pour en faire la collection. Mais vous pensez bien que je m'en cache. C'est de la prudence et de la bonne administration. Voici ce que vous désirez.

Elle n'eut qu'à étendre l'une de ses mains vers les profondeurs du comptoir ; son autre main saisissait le louis, l'enfouissait dans un tiroir qu'elle referma. Cette bonne commerçante des choses de l'esprit ne rendit point la monnaie.

Enfin le jeune homme la tenait cette précieuse *Gazette !* il regagna sa place de son même pas faible et chancelant, et se plongea dans la terrible lecture.

Son deuxième voisin, à droite, la faisait en même temps que lui, le premier l'ayant achevée. Mais il y avait là toute une jeune bande d'amis qui perdit patience ; une tête, puis deux, puis trois vinrent se pencher par-dessus l'épaule du liseur. — « Moi, dit l'un des jeunes gens, sur le ton discret commandé par les règles du lieu dont la sévère maîtresse ne souffrait pas qu'on se départît ; — je l'aimais ce baron Imbert ! C'était un galant homme, et il a eu cent fois raison...

— Il a eu raison de tuer sa femme ! interrompit un autre. Vous admirez ces lois barbares qui tolèrent ce genre de meurtre, si elle ne le justifient pas. Vous croyez encore à l'excuse légale! Vous ne serez jamais de votre temps.

— Là, là, dit un troisième, il est parti!...

— Tout ce monde ne m'intéresse guère, reprit ce jeune ami des principes nouveaux. Que voyons-nous, ici? Les passions criantes des hautes classes et leurs insolentes misères. C'est une absence complète de morale.

— La morale gît dans le peuple, dit ironiquement celui qui ne paraissait point tout à fait gagné aux « idées modernes. » Toutes les fois qu'il a tenu le gouvernement des choses, il l'a bien montré!

— Moi, fit le conciliateur, je crois qu'il en est de la morale comme de l'esprit, suivant les Écritures; elle souffle où elle veut. La première condition pour la pratiquer, c'est de ne point la trouver incommode...

— Ici, que voyons-nous? reprit sans se troubler le jeune prêcheur. Un homme qui n'a pas craint d'épouser autrefois une fille de basse condition...

— Oh! oh! vous admettez donc des classes? Vous n'êtes guère logique.

— Cette femme lui donne deux enfants. Elle vole l'un, abandonne l'autre. Quant à lui, il a recours aux magistrats pour ravoir l'enfant volé...

— Ce qui est toujours un indice de faiblesse d'esprit, de corruption et de complicité avec la tyrannie des abus sociaux, reprit le jeune ironique. S'adresser aux magistrats, songez-y donc ! Mais c'est reconnaître le pouvoir judiciaire. Alors, on n'est pas du tout de son temps !

Le jeune malade ne perdait pas un mot de ce plaisant débat, bien qu'il se poursuivît à demi-voix. Le premier qui avait parlé intervint heureusement pour le clore.

— Au fait, dit-il, quelle est la victime en tout ceci ? c'est le fils du baron Imbert. Il n'a pas été heureux, il finit mal. Ceux qui ont eu la bonne fortune d'avoir des parents étrangers aux passions doivent peut-être s'en applaudir. Pauvre garçon ! Quelqu'un de nous ne l'a-t-il point connu ? Pour moi, je ne me souviens pas de l'avoir jamais rencontré aux cours de l'école.

— C'est que tu n'y vas guère ! dit le chœur en riant. Au reste, personne ne le connaît. Il devait vivre chez son père...

Le jeune homme malade relisait pour la troisième fois l'article de la *Gazette*.

« On nous écrit de Dôle que cette petite cité, si honnête et si paisible, est grandement émue en ce moment par la plus triste découverte. C'est à Dôle que devait se terminer le drame si sombre commencé, il y a une quinzaine de jours, dans l'avenue d'Eylau, et qui occupa tout Paris. On se souviendra que la baronne Imbert n'a pas succombé à la blessure qu'elle avait reçue ; le meurtrier, — le mari, a échappé par la mort

dans sa prison à un jugement qu'il ne paraissait pas
devoir craindre. La jeune fille a été rendue à sa mère;
toutes deux sont sorties de France. Mais il y a des ha-
sards cruels : un de ceux-là les a conduites justement
à Dôle dans la soirée du 7 avril.

» Le même soir, à la nuit close, la brigade de gen-
darmerie du canton passant sur le pont de Ronceray,
entendit le bruit de la chute d'un corps dans l'eau
profonde du Doubs ; le brigadier fut averti par deux
habitants du village qui abordaient au même instant
l'autre côté du pont, qu'un homme marchait devant
eux, et qu'ils avaient cessé de le voir. On mit des bar-
ques à l'eau, toutes les recherches furent inutiles : on
ne retrouva le cadavre qu'aux premières heures du
matin à Vouzerolles. Le noyé, qui était un fort beau
jeune homme, de vingt à vingt-cinq ans, ne portait sur
lui d'autre papier qu'un diplôme de bachelier en droit,
au nom de Maxime Imbert. L'un des gendarmes avait
appris que le nom de la baronne Imbert figurait la
veille sur le livre d'entrée de l'hôtel des Etats, à Dôle.
On y ramena le corps du jeune homme; la baronne et
sa fille l'avaient quitté à minuit pour prendre la route
de Suisse. Il sera fait de ce côté les démarches nécessaires. Le jeune Maxime Imbert était peut-être à la recherche de cette mère qui eut tant de torts, et il ignorait qu'elle fût alors si près de lui; le chagrin l'aura
déterminé à se donner la mort dans un instant d'éga-

rement. Il a été enseveli à Dôle par les soins de la pitié publique. Une souscription a été ouverte pour lui élever un tombeau... »

Maxime, — on l'a déjà reconnu, — le véritable Maxime, — rejeta le journal, laissa tomber sa tête dans ses mains appuyées sur la table :

— Ainsi, se disait-il, je suis mort!

XXV

L'article de la *Gazette des Tribunaux* racontait des
faits arrivés à Dôle le 7 avril, et le journal qui les renfermait était daté du 11. Il y avait alors justement trois
semaines que le baron Imbert avait été trouvé mort
dans sa cellule, tandis que, le même matin, dans
l'avenue de la rue d'Eylau, Marguerite, armée depuis
la veille de la lettre de son frère, attendait Maxime
qui n'était point venu.

Quant à cette fin subite du prisonnier, il n'y a point
d'effet sans cause. Les médecins cherchèrent donc la
cause, et s'accordèrent à la reconnaître dans la rup-
ture d'un anévrisme. La chose même fut établie si
clairement, qu'on se dispensa de faire l'autopsie. On
avait trouvé aux pieds du comte un peu de cristal
brisé : c'étaient les débris de la perle fatale. Les gar-

çons de salle les recueillirent, les portèrent au gardien-
chef, qui les remit au directeur, qui ne manqua pas de
les présenter à ces médecins ; ceux-ci répondirent :
« Que pouvons-nous faire de ce verre cassé ? »

Nous vivons dans un temps où beaucoup d'esprits,
qui se croient sages, ont repoussé la religion parce que
les mystères leur en paraissent inexplicables ; ils l'ont
remplacée par la science, parce qu'elle est infail-
lible !

Maxime, en arrivant le lendemain à la prison, reçut
ce coup suprême ; il avait perdu son père et son ami ;
le courage ne l'abandonna point. La fièvre le dévorait,
tandis qu'il rendait les derniers hommages à celui qui
avait été à ses yeux le plus parfait et le plus malheureux des hommes. Cette tâche accomplie, le mal l'avait
cloué dans son lit pendant quelques jours ; il lutta en
désespéré pour trouver la force d'en sortir. Un autre
devoir l'appelait au secours de l'enfant, pour la seconde
fois volée, qui n'avait plus de refuge qu'en lui. Marguerite continuait sans doute de l'attendre.

On se souviendra que la baronne Imbert n'avait que
trop habilement mis à profit, pour agir sur l'esprit de
la jeune fille, cette absence forcée, inexplicable à ses
yeux.

Maxime pendant ce temps examinait, dans le lit funeste d'où il ne pouvait encore s'arracher, la nouvelle
situation que lui créait la perte du baron : il était seul

désormais pour reconquérir sa sœur et pour garder sa conquête; mais il ne cessait de penser à sa dernière entrevue avec le prisonnier par ce beau soir de printemps tout rayonnant de lumière et d'espérance. C'était dans cet entretien suprême qu'il devait trouver l'enseignement de sa conduite à venir.

Le baron, ce soir-là, avait réellement pris ses dispositions en homme qui sent autour de lui l'aile de la mort et qui ne veut point donner à ses dernières volontés de caractère funèbre, de crainte d'éclairer et d'affliger les siens.

Maxime se disait qu'il était obligé d'obéir en tout et à la lettre. La première et la plus significative des prescriptions paternelles lui commandait de quitter la France dès qu'il aurait pu reprendre Marguerite.

— Grâce à Dieu, pensait-il, de ce côté tout est bien préparé. Que je retrouve seulement la force de me lever et Marguerite est à moi !

Une chose pourtant le désespérait et le déchirait cruellement au milieu de ses souffrances physiques, qui lui paraissaient surtout insupportables parce qu'elles enchaînaient son impatience : c'était la pensée que cette grande revanche, cette pieuse victoire, il aurait pu les annoncer au mourant ; car il s'en croyait sûr dès lors pour le lendemain.

Le mourant !... Mais savait-il que son père le fût ? Ah ! s'il avait parlé ce soir-là !

— Si tu avais parlé, lui disaient son cœur et sa conscience unis contre lui pour achever ses tourments, si tu avais parlé, le prisonnier aurait peut-être trouvé la force d'ajouter un jour à sa vie !

Il ne pouvait donc se pardonner le sentiment de prudence et de crainte qui lui avait alors tenu la bouche close. Il se trouvait affreusement puni de n'avoir point bravé les reproches même de son père, quand il s'agissait de le rendre heureux. Le baron lui avait interdit de révéler la vérité à Marguerite, et la jeune fille ne devait pas savoir que ce n'était point lui qui avait frappé madame de Nertia. Mais aux plaintes du prisonnier, parce que ses ordres avaient été violés, il aurait pu répondre : « Quelle faute ai-je donc commise ? je vous ai ramené le cœur de votre fille en lui apprenant que vos mains étaient pures du sang versé. Vous exprimiez vous-même la crainte de causer désormais de l'horreur à cette enfant, et plus que jamais c'est de l'amour que vous lui inspirez. Punissez-moi donc, si cela vous plaît, mon père. Quant à moi, je crois avoir bien fait. »

Hélas ! voilà ce qu'il aurait dit, s'il avait écouté son cœur, ce cœur de vingt ans, si plein de chaleur et de tendresse, qui maintenant lui reprochait d'avoir gardé un silence cruel ! — « Mon père serait mort également peut-être, se disait-il ; mais j'aurais mis devant lui un flambeau dans le chemin de ténèbres ; il s'y serait avancé à la lueur de l'espérance, il aurait su ce que j'avais déjà fait pour tenir mon serment, il aurait été sûr que sa fille était sauvée. »

Le huitième jour enfin, il put sortir, se jeta dans un fiacre, se fit conduire à l'église de l'avenue d'Eylau, dans laquelle avait eu lieu son entrevue avec Carlotta. Le marché qu'ils avaient passé tous les deux était bon, et la vieille femme devait être impatiente de le remplir.

Sa faiblesse l'obligea de s'asseoir en entrant ; la fraîcheur du lieu et cette vague et douce lumière tamisée par les vitraux le remirent un peu ; il ne perdait pas son temps, car il épiait une jeune fille qui sous la conduite d'un servant de l'église et d'une religieuse, aidait à parer un autel. Une idée touchante lui était venue. Il pensait qu'il avait trouvé là une messagère digne de la mission bénie qu'il voulait lui confier. C'était cette jeune fille qu'il se proposait d'envoyer à Marguerite pour l'avertir de sa présence. Sa tâche accomplie, elle demeura seule dans la chapelle ; l'église paraissait déserte, l'heure des messes étant passée. Maxime s'avança ; il marchait encore avec bien de la peine.

La jeune fille, effarouchée de se voir abordée tout à coup par un étranger de cet âge et de cette figure, lui jeta un regard de reproche et fit mine de s'esquiver ; il la retint par sa robe. Il n'avait pas interrogé d'abord l'ombre d'un confessionnal placé dans la chapelle. Un prêtre y confessait une femme; tous deux se levaient, le pieux devoir étant rempli. Ils entendirent le faible cri poussé par la jeune personne. Maxime eut à l'instant derrière lui le confesseur et la pénitente, et ce fut celle-ci, tout échauffée de zèle, qui l'admonesta.

— Dieu de bonté! dit-elle, les libertins ne respectent plus même les églises.

— Monsieur, dit Maxime, s'adressant au prêtre, regardez-moi, je vous prie, et dites si je vous parais mériter la leçon que l'on m'adresse?

— Non, répondit le prêtre, votre visage parle pour vous; mais il dit aussi que vous n'avez pas les biens de votre âge, le bonheur et la santé.

— J'allais demander à cette jeune fille un service; je ne sais plus qui peut me le rendre. Monsieur, je voudrais vous entretenir en particulier.

Le prêtre, d'un geste, congédia les deux femmes. La plus âgée ne manqua point de chapitrer la plus jeune en s'éloignant avec elle.

— Voyez les dangers que court la jeunesse! Vous l'avez échappé belle, ma chère enfant, avec ce mauvais sujet! A-t-on idée de l'indulgence de M. le vicaire? Ce n'est pas de la bonne charité.

— Monsieur, reprit Maxime, mon nom va vous éclairer à l'instant sur la démarche que je viens tenter ici, car il n'est malheureusement pas possible que les

tristes événements qui en sont la cause ne soient pas
arrivés jusqu'à vous, si près du lieu où ils se sont passés. Je suis le baron Imbert.

— Le baron Imbert ! répéta le prêtre, qui tressaillit
légèrement et le regarda... Vous voulez dire que vous
êtes son fils...

— Mon père est mort, et ce titre est devenu le mien,
reprit le jeune homme. Je le porterai avec orgueil, car
il fait partie de l'héritage d'honneur que je prétends
avoir reçu. Monsieur, je n'ai pas à vous déguiser la
vérité. Le caractère dont vous êtes revêtu m'assure
votre discrétion... et votre approbation même... Je
viens conduit par la volonté de celui qui n'est plus
pour reprendre dans cette funeste maison que vous
connaissez, ma sœur, mademoiselle Marguerite Imbert...

— Vous vouliez envoyer un message à votre sœur
par cette jeune fille ?

— Mademoiselle Imbert ne doit plus avoir d'autre
guide et d'autre défenseur que moi. C'est le dernier
vœu de mon père qui m'a fait prêter le serment de lui
consacrer ma vie...

— Vous avez bien fait de jurer, murmura le prêtre,
mais ce serment, comment le tiendrez-vous ?

— S'il faut malheureusement employer la ruse pour
l'accomplir...

Le vicaire l'arrêta : — La mort de votre père vous

aura frappé trop cruellement, dit-il. Quand l'âme est déchirée, le corps devient malade.

— Oui, dit le jeune baron, j'ai été enchaîné huit jours par la fièvre,

— Il ne faut donc pas sonder les volontés d'en haut ! reprit le vicaire. Vous venez trop tard, vous trouverez la maison close.

Maxime chancela : — Parties ! balbutia-t-il. *Elles* sont parties ? On m'a prévenu, on a enlevé Marguerite !

Le prêtre, sans répondre, le prit par le bras et, le soutenant de son mieux, le conduisit sous le porche de l'église. Maxime reconnut de l'autre côté du chemin la maison maudite.

Elle était bien close. Au-dessus de la porte, se balançait un écriteau : A louer.

— Les meubles ont été vendus il y a deux jours, dit le vicaire. Je crains donc que celle qu'on connaissait dans le quartier sous le nom de madame de Nertia, et la pauvre jeune âme qu'elle vous dérobe ne soient parties sans esprit de retour.

— Vous connaissez Marguerite ? demanda Maxime d'une voix éteinte.

— Elle était ma pénitente. On l'avait élevée pieusement.

— Monsieur, s'écria le jeune baron se ranimant tout à coup pour un instant, vous me parlez d'une

13.

vente. Quelqu'un y aura présidé, vous pouvez me donner un indice précieux peut-être...

— Je ne sais, dit le vicaire ; je crois avoir entendu dire que cette vente a été faite par les soins d'un certain comte... Amiati, je crois, que je ne connais pas...

— Amiati, répéta Maxime qui perdait ses forces. Priez, monsieur, pour que ma mémoire ne s'évanouisse pas tout à fait et que je me souvienne de ce nom.

Il eut une défaillance. Le vicaire lui donna quelques secours et le reconduisit à sa demeure de la rue de l'Odéon.

Maxime avait horreur de ce logis désert, où tout lui parlait du passé ; il en sortait de grand matin et n'y rentrait qu'à une heure avancée de la nuit ; il dépensait les longues heures du jour, acharné à l'étude dans ce cabinet de lecture où nous l'avons retrouvé, et où maintenant après avoir lu l'article de la *Gazette*, il se disait : Je suis mort !

XXVI

Être mort ou passer pour l'être, ce n'est point sans attrait pour des malheureux. Ils ne sont pas délivrés du poids de l'existence, puisqu'ils continuent à se souvenir et à penser ; mais ils ont comme l'avant-goût, comme l'illusion de la véritable délivrance.

Il y a des exemples d'une situation si extraordinaire dont on peut tirer parti pour s'affranchir du passé et pour se tracer dans le présent une conduite nouvelle. On ne sera point responsable de ses actes désormais ; on n'est plus soi, on est un autre ou l'on est *personne*. Être mort, ah ! la singulière vie !

Si l'on était auparavant embarrassé de ses fautes ou de celles d'autrui, qui empêche d'en secouer la chaîne ?

On souffrait de l'éclat funeste que des proches

avaient répandu autour d'un nom autrefois sans tache. Eh bien ! ce nom a cessé d'être une gêne, on en est ainsi délivré. On *n'est plus*, on ne se *nomme plus*.

Amis et ennemis ne sont plus à craindre ; d'abord, ils sont avertis que leur amitié comme leur aversion n'a plus d'objet. S'acharneront-ils contre une ombre?... Si l'un d'eux, opiniâtre ou incrédule, vient aborder *celui qui est mort*, il peut répondre : « Que me voulez-vous? Ce n'est pas moi. »

— Cependant...

— Ce n'est pas moi !

Qu'une erreur consacrée et surtout un acte public soient là pour appuyer cette dénégation, l'importun sera bien obligé de se rendre à l'évidence ; ce qui prouve que l'ancienne philosophie avait raison quand elle disait que l'existence est trompeuse. Et il dira :

— C'est vrai. Pardonnez-moi. J'étais certainement le jouet d'une vision ou d'une ressemblance. Aussi bien, ma mémoire se réveille. Je me souviens à présent que celui à qui je croyais parler a été enterré le mois passé. Les journaux l'ont dit.

Être mort ! Ah ! cela tentait Maxime. Et d'abord le jeune baron Imbert avait bien pu dire dans un généreux mouvement au vicaire de la petite église qu'il porterait avec orgueil l'héritage d'honneur qu'il avait reçu. Maintenant, il était plus calme, il envisageait plus froidement la réalité des choses. Hélas ! cet hé-

itage était un fardeau plus lourd qu'il ne l'avait cru;
et honneur était mélangé : la couronne d'épines.

Il rêvait profondément :

— Pourquoi revivrais-je ? se demanda-t-il tout haut.

Son voisin de droite, à la table du cabinet de lecture, qui ne s'était nullement intéressé au récit con-
tenu dans la *Gazette des Tribunaux*, et qui, plongé dans
un commentaire d'Hegel n'avait pas même levé la tête
malgré le bruit indiscret fait auprès de lui, entendit
pourtant cette étrange question que s'adressait
Maxime : — Il y a beaucoup à dire sur ce problème de
la seconde existence, répondit-il. J'ai composé sur ce
sujet un manuscrit de six cents pages que je livrerai à
l'impression quelque jour... Vous le lirez.

Celui qui parlait était un vieillard vêtu d'habits
rapiécés qui avaient presque son âge, et cette double
circonstance expliquait les six cents pages et leur sujet.
Ce vieil homme aussi n'était point fâché de penser
qu'il peut y avoir une seconde vie, plus agréable que
la première. Maxime sourit, mais il était désormais
averti de la nécessité de penser tout bas.

— Quel peut être ce jeune homme qui a cédé à la
singulière fantaisie de mourir sous mon nom ? se
dit-il.

Et la preuve que ce nom lui paraissait désormais un
embarras et une cause de faiblesse plutôt qu'un
secours et un renfort, c'est qu'il ajouta :

— Mourir sous mon nom... cela est certainement plus facile que d'y vivre !

Plus il s'interrogeait, plus il cherchait, plus il ne rencontrait que ténèbres. Quel pouvait être ce fou ? Un malheureux comme lui. D'où venait-il ? Qui était-il ? Comment cette pièce qui l'avait fait reconnaître pour Maxime Imbert se trouvait-elle en sa possession ? L'administration de l'École de droit la lui avait envoyée sans doute par méprise : c'était une substitution involontaire. Mais alors le vrai Maxime Imbert aurait dû recevoir la pièce adressée au nom du mort.

Il ne l'avait point reçue, il s'y perdait.

L'idée ne lui vint pas qu'elle pût avoir été volée. C'eût été, en effet, un maigre larcin dans des circonstances ordinaires. En le supposant même, en eût-il été plus éclairé ? Comment aurait-il soupçonné dans le voleur du diplôme le véritable assassin de madame de Nertia ?

On se souviendra qu'il ne savait rien, absolument rien de Maurice d'Olivaie. Son père lui avait bien révélé l'existence d'un favori de la dernière heure dans la maison de l'avenue d'Eylau et lui avait dit : « Ce doit être le meurtrier. » Mais comme Maxime lui reprochait de n'avoir pas cherché, du moins, à connaître le nom de cet homme, le baron avait répondu : « Ce nom je pouvais l'apprendre, je ne l'ai pas voulu. »

Il se mit à relire pour la quatrième fois l'article de

la *Gazette des Tribunaux;* la lumière ne jaillit point de ces lignes énigmatiques. Pourtant une chose l'y frappa qu'il n'avait pas remarquée d'abord et détourna le cours de ses pensées. Il y était question du passage à Dôle de la *baronne Imbert* et de sa fille, alors que le jeune baron Imbert, à une lieue de la ville, se préparait à finir ses chagrins par le plus affreux suicide.

Ce ne fut point à ce rapprochement moral et littéraire que Maxime s'arrêta, mais à la façon dont on désignait les deux voyageuses : madame de Nertia avait donc repris son véritable nom ?

Aussitôt il songea que lui, ne reprenant pas le sien, trouverait bien moins d'obstacles à la poursuivre, et qu'il mettrait de son côté bien plus de chances de l'atteindre.

Ni celle qui avait été sa mère, — il protestait qu'elle ne l'était plus, — ni Marguerite, l'enfant arrachée à son dévouement et à sa piété, ne connaissaient son visage. Il était probable que la baronne Imbert avait emmené cette vieille servante qu'il avait vue à Paris, dans la petite église. Carlotta le connaissait, elle ; mais il ne craignait pas qu'elle le trahît, puisqu'il avait su la gagner à ses projets.

Et ce n'était pas tout : les journaux français arrivent en Suisse où la baronne Imbert avait emmené sa fille. D'ailleurs, les autorités de Dôle et les parquets de la justice française ne manqueraient point de faire leur

devoir et de la rechercher pour l'informer de la mort
de son fils, si ces journaux ne la lui avaient déjà pas
fait connaître. Que ce fils fût son ennemi, la justice
ne devait pas le savoir. Quant à elle, certes, elle allait
se sentir bien rassurée !

Eh bien ! cette confiance même devait la lui livrer.
Tout lui donnait à croire qu'en abandonnant si brusquement Paris et la pensée même d'y revenir avec
Marguerite, c'était lui qu'elle fuyait. Elle allait maintenant cesser de fuir et se laisser prendre aux charmes
du repos dans la première ville d'eaux peut-être, en
cette saison naissante.

Il la joindrait là sans méfiance, jouissant de sa
victoire définitive, penchée sur la jeune âme de Marguerite, afin de la captiver sans retour, de l'enchaîner
à elle pour jamais. Oh ! l'œuvre abominable ! Mais il
arriverait encore à temps, il la surprendrait en pleine
illusion de l'avenir, en plein bonheur volé. Il appro-
cherait sans se faire craindre. Son nom l'aurait trahi ;
ce nom était enseveli avec le suicidé mystérieux du
pont de Ronceray, dans la tombe élevée à Dôle par la
pitié publique. Maxime se leva tout à coup :

— Décidément, se disait-il, je *reste* mort.

Sa résolution avait été soudaine, et maintenant il
allait la suivre avec cette froideur opiniâtre dans
l'action qui devait être désormais le trait principal de
son caractère. Le baron Imbert, dans sa prison, avait

eu bien raison de lui dire : « Les fautes d'autrui et les souffrances que vous avez endurées pour les vôtres auront achevé de faire de vous un homme. »

Il plia le journal et le glissa dans la poche de son habit. La dame ratiocinante et diserte qui trônait au comptoir ne lui en fit point de reproche quand elle le vit sortir : il l'avait assez bien payé !

En descendant la rue Saint-André des Arts il réfléchissait profondément, ce qui n'était pas superflu, quand il s'agissait de combiner un plan si extraordinaire. Le premier résultat de ses réflexions fut qu'on ne saurait être mort à demi et seulement pour la moitié du monde. Il fallait que la nouvelle de sa fin imprévue arrivât à son logis de la rue de l'Odéon, et, tout d'abord, il lui était interdit d'y rentrer ; mais l'absence ne suffirait point. Il se mit à chercher le moyen d'égarer la mémoire du concierge de la maison, le seul être vivant avec le médecin qui l'avait soigné et le vicaire de l'église de l'avenue d'Eylau, à qui il eût adressé la parole depuis deux semaines. Le médecin avait d'autres clients et ne songerait plus à lui ; d'ailleurs, quel médecin peut s'étonner que son malade soit mort ! Quant au prêtre, il habitait un quartier lointain. Restait ce concierge qui l'avait vu le matin même, 11 avril, alors que la lettre de Dôle annonçait le drame, comme s'étant accompli le 7 de ce mois.

Mais il eut une illumination subite : cet homme était

vieux, et, apparemment, peu enclin à fixer dans sa mémoire des dates précises; de plus, il savait mal lire. Maxime vit dans ces deux circonstances la première base d'exécution de son plan. Il entra dans un café du boulevard Saint-Michel, car il avait continué son chemin tout en rêvant. Il demanda ce qu'il fallait pour écrire, déplia sa *Gazette*, et se mit en devoir de corriger les chiffres qui l'embarrassaient. Il dessinait à merveille, et sa tâche ne fut qu'un jeu. Ce 7 avril devint un 9 sous sa plume légère et bien conduite; le numéro 11, qui figurait en tête du journal, devint un 13.

Des yeux exercés auraient peut-être encore aperçu cette surcharge, mais les yeux du bonhomme qui devait lire les nouveaux chiffres en ânonnant ne l'étaient guère. Il y avait aussi l'écart des deux jours. Le jeune baron Imbert pouvait malaisément s'être noyé le 9 dans l'eau profonde du Doubs, puisqu'il avait couché le 11 sur les bords de la Seine, dans la triste maison de la rue de l'Odéon; mais il comptait n'expédier la gazette au bonhomme destinataire qu'après quelque temps écoulé, et de Dôle même, où il allait se rendre. Cet envoi semblerait venir alors de quelque ami discret voulant avertir les personnes intéressées d'un malheur qu'elles ignorent et qui lui-même a ses raisons pour ne point se faire connaître.

Maxime pensa que la différence de quarante-huit heures entre le dernier jour où il s'était fait voir et lui que la *Gazette des Tribunaux* amendée et redressée par son artifice indiquait pour le jour du suicide échapperait au concierge. Le bonhomme s'écrierait : « C'est vrai ; mon locataire a disparu d'ici depuis longtemps déjà. » Et sans y regarder de plus près il s'en ait courir le quartier pour répandre la nouvelle. Le quartier serait ému ; la pitié publique prendrait encore parti pour Maxime Imbert, le vrai cette fois et non plus l'autre. Et tout serait dit. Maxime aurait cessé d'être de ce monde dans son voisinage, à Paris, comme ailleurs. Il ne voulait pas autre chose.

Enchanté de son ouvrage, le jeune homme sortit du café. Rien ne l'embarrassait plus. Il avait sur lui sans cesse les deux titres de rente de douze mille francs chacun, achetés sur l'ordre de son père, et qui représentaient sa fortune et celle de sa sœur, de plus le titre de rente italienne, la réserve. Il portait en outre une assez forte somme, en billets de banque et en or. Son premier soin fut d'acheter une malle.

Après quoi il se rendit en fiacre dans un quartier plus élégant, fit emplette de linge, d'objets de toilette et de deux habits de deuil et de voyage ; puis il entra dans un restaurant, car la journée s'avançait, et pour la première fois depuis bien longtemps, dîna de bon appétit. Son repas achevé, il médita sur son voyage. Il

se disait : « La comédie vient après le drame. Quelqu'un est mort pour moi, et je peux vivre comme si
j'étais un autre ! Oui, c'est une singulière façon d'exis-
ter que d'être mort ! »

XXVII

Il aurait pourtant aimé à revoir et à saluer d'un triste adieu bien doux ce vieux logis de la rue de l'Odéon, tout plein de regrets, mais aussi de souvenirs. Il aurait voulu baiser, sur le fauteuil où son père se reposait, les traces de cette tête si chère, s'agenouiller au bord du lit de celui qui n'était plus, comme pour recevoir sa bénédiction avant la grande entreprise, avant le départ.

Son cœur saignait à la pensée qu'il laissait derrière lui les objets familiers au milieu desquels ils avaient vécu tous les deux. Qu'allaient-ils devenir ces muets témoins des heureuses années? La baronne Imbert informée du *décès* à Ronceray près de Dôle, du jeune baron, ne renoncerait peut-être pas à l'héritage de son fils comme elle avait renoncé à son amour depuis quinze ans.

Peut-être même concevrait-elle un terrible dépit en s'apercevant que la meilleure partie de cet héritage lui avait été soustraite. La loi lui en réservait la moitié; l'autre moitié appartenait à Marguerite qui était mineure. Ne trouvant plus que ces meubles, dont la valeur matérielle était assez mince, elle les ferait sans doute vendre à l'encan. Maxime apprendrait qu'on avait dispersé le musée de ses souvenirs et le foyer de sa jeunesse.

Mais il secoua fièrement la tête : — J'arriverai à temps pour empêcher cela comme le reste, dit-il.

Un instant après il partait.

En arrivant à Dôle, il se fit conduire à l'hôtel des États. Une vague espérance le guidait. Peut-être allait-il trouver là quelques vestiges des deux voyageuses, et tout d'abord en entrant, il se mit à chercher un détour qui lui permît de parler d'elles. L'hôte ne lui parut pas engageant. C'était un grand montagnard malade, au visage osseux, à la mine serrée.

Il allait et venait dans le salon où la table était servie, car l'heure du déjeuner avait déjà sonné, et il s'occupait à chasser à grands coups de serviette les mouches impudentes qui en voulaient aux confitures. L'hôtesse, quant à elle, s'appliquait de tout son cœur à nouer derrière sa tête, de peur des sauces, les grands

rubans jaunes de son bonnet. C'était une dame cor-
pulente. En ce moment elle avait assez l'air d'une
frégate qui amène ses pavillons. Maxime préféra s'a-
dresser à l'hôte.

— Monsieur, lui dit-il d'une voix qu'il cherchait à
raffermir, mais qui tremblait encore malgré lui, les
journaux ont assez parlé depuis quelque temps de votre
maison!

— Hum! fit ce Cerbère des montagnes, ils auraient
bien fait de parler contre les impôt!

— Le sujet est assez différent, reprit Maxime. Je
suis d'avis, comme vous, que les impôts sont lourds...
Aussi tout ce qui peut achalander votre établissement
et le faire connaître doit vous paraître bon. Pour ma
part, je vous avoue que c'est la curiosité qui m'a conduit chez vous...

— Il vous en prend bien d'être curieux, riposta l'hôte
avec plus d'orgueil que d'urbanité, car vous n'auriez
pas trouvé ailleurs un gîte honnête et un bon repas.

— Là, là! Jacques, que faites-vous à *muser* et à babiller avec des gens que vous ne connaissez point! cria
l'hôtesse.

Maxime vit la frégate, — c'est-à-dire la grosse
dame, — qui arrivait tout droit de l'extrémité de la
salle, comme si elle avait eu le vent debout.

— Je gage, dit-elle, qu'on vous parle encore du
noyé! Vous vous y laisserez toujours prendre. Faut-il

qu'il y ait du monde désœuvré pour s'occuper d'une histoire si ordinaire ! La semaine passée, c'était ici comme une procession. D'autres auraient été contents, mais vous savez bien que, moi, je n'ai point que le commerce en tête... Je tiens une honnête maison, je n'aime pas tout ce bruit et ces grands hélas !... Si ce garçon a voulu se jeter à l'eau, c'est qu'il avait ses raisons. Cela ne regarde personne.

— Ouais ! grommela le mari, tout le monde s'en mêle.

— C'est un tour que les autorités nous ont joué de faire transporter le corps chez nous, quand on aurait pu l'envoyer tout de suite en terre, reprit l'hôtesse. Je vous ai toujours dit que vous nous feriez tort. On sait que vous n'êtes pas pour le gouvernement ! Tenez ! cela fait pitié de voir les gens si sots ! Est-ce qu'il n'y en avait pas qui me disaient : Les journaux ont aussi raconté que la mère était descendue dans la maison. — Eh bien oui ! elle y est descendue avec sa fille et une vieille sorcière de servante, la soubrette du diable ! Après ? — Dans quelle chambre ? — Pardié ! au numéro 10. — Et voilà que le *monde* voulait voir le numéro 10. Allons ! Jacques, dépêchez-vous. Le voyageur à qui vous avez justement donné cette chambre-là hier soir va partir. C'est bien heureux que j'y pense ! Vous ne songez qu'à faire la causette, vous avez toujours eu la langue trop longue. Le voyageur demande sa note.

L'hôte sortit pour aller dresser cette note. L'hôtesse se remit aux prises avec ses rubans jaunes, qui s'étaient dénoués dans le feu de cette réprimande conjugale. Maxime avait écouté avec attention, bien que sans pouvoir s'empêcher plusieurs fois de tressaillir. Il était assez content de ce premier succès de son voyage.

— Madame, dit-il, la procession dont vous parliez tout à l'heure ne me paraît pas avoir continué, car je me vois tout seul à cette table. Vous plairait-il de me faire servir à déjeuner ? Vous me donnerez ensuite le numéro 10. Je séjournerai quelque temps à Dôle.

L'hôtesse ne dit mot, la frégate vira de bord et disparut. Seulement, quelques minutes après, comme Maxime attaquait une pièce de bœuf placée devant lui, l'hôte rentra. Il avait une plume derrière l'oreille et tenait un gros livre tout ouvert ; il vint s'asseoir au bord de la table, en face du chaland, et lui dit de son air rogue et composé :

— S'il vous plaît, quel nom dois-je inscrire sur mon registre ?

Quel nom ? Maxime demeura court. Mais il n'avait plus de nom !... Voilà pourtant à quoi il n'avait pas songé !

L'hôte l'examinait, ses petits yeux caves, formant comme deux trous lumineux dans la boîte osseuse de son visage, brillaient de méfiance et de malice. Maxime chercha dans sa mémoire et se souvint que l'un des noms de son père était Louis. Ayant un choix si brusque à faire, il n'y en avait point de meilleur.

— Inscrivez monsieur Louis, dit-il.

— Louis ! répéta l'hôte. Après ? Louis comment ? Ce n'est pas un nom de famille, cela. C'est votre petit nom.

Maxime vit bien qu'il n'avait point réfléchi suffisamment et qu'il venait de commettre un enfantillage. Le seul moyen d'en diminuer le fâcheux effet, c'était d'y persister résolument.

— Vous vous trompez, dit-il, Louis est bien mon nom de famille. Si vous voulez aussi faire figurer mon prénom sur votre registre écrivez Charles.

— Charles Louis ! fit l'hôte en secouant la tête.

Il écrivit, puis se leva en poussant un gros rire qui se termina par un sifflement aigu, comme la bise de ses montagnes natales.

— Vous êtes heureux ! dit-il. Tout le monde doit vous aimer et vous faire la cour.

— Pourquoi me ferait-on la cour ? demanda Maxime.

— Dame ! il n'y a qu'une seule chose que tout le monde aime ; c'est un louis d'or. Vous avez un joli nom.

— Je me suis sottement baptisé moi-même, se disait Maxime. Ce n'est pas irréparable. Mais il faut que j'apprenne à ne jamais manquer de présence d'esprit. J'en aurai besoin là-bas, en Suisse, auprès de celles que j'y vais chercher.

CHARLES LOUIS acheva son déjeuner; il avait assez envie de s'égayer, car il entendait l'hôte et l'hôtesse, — ces deux bonnes âmes que *sa* mort avait trouvées si sensibles, — chuchoter maintenant tous les deux sur le seuil des cuisines et ne doutait point qu'il ne fût l'objet du mystérieux colloque. Une servante s'étant approchée pour lui verser du café, il demanda si ce n'était pas elle qui allait être chargée de le conduire au numéro 10.

— Pourquoi non? répondit la fille.

Comme il montait derrière elle, un escalier assez obscur, il s'informa si elle avait bonne mémoire : — Ne pourriez-vous me parler, demanda-t-il, des personnes qui ont occupé cette chambre le jour même où Maxime Imbert est mort au pont de Ronceray ?

— Pour cela, oui! dit la servante, je me souviens comme si je la voyais de la vieille qui accompagnait la dame et sa fille. Oh! le vilain museau!...

... Et puis, ajouta-t-elle à demi-voix, elle m'a dit une chose que je n'oublierai point.

— Que vous a-t-elle dit? s'écria Maxime.

— Bon! je n'ai pas envie de le répéter pour que la justice me tourmente. Le lendemain, quand j'ai vu rapporter le corps du jeune homme, j'ai eu grand soin de me clouer la bouche. Ce n'est pas vous peut-être qui me la déclouerez !

Charles Louis tira plusieurs pièces de sa poche. — Pourtant, dit-il, avec ceci ?

La servante rusée hésita ; elle épiait ce voyageur depuis son arrivée dans l'hôtel. Elle avait certainement un secret à vendre et commençait à croire qu'elle avait trouvé l'acheteur ; mais il faisait assez noir dans cet escalier, elle ne voyait point la couleur des pièces.

— C'est de l'or, dit Maxime.

— Oh bien ! reprit-elle en baissant encore la voix, j'ai confiance en vous, parce que vous avez une figure honnête. Sachez donc que la dame en débarquant ici s'était mise au lit. La demoiselle était à la croisée avec la vieille, quand le jeune homme qui s'est noyé vint à sortir de chez lui. Il habitait à peu près en face de l'hôtel...

— Il habitait Dôle ! murmura Maxime. Depuis combien de temps ?

— Depuis trois semaines.

Ce chiffre le frappa. Trois semaines, à la date du 7 avril, c'était justement le temps écoulé depuis le meurtre de l'avenue d'Eylau. Mais quel rapprochement à établir entre le meurtre lui-même et la présence à Dôle dès le lendemain du faux Maxime Imbert ?

— Continuez, dit-il.

— Voilà! reprit la fille. J'étais sur la porte de l'hôtel. La vieille descendit en courant, et, me montrant le jeune homme qui s'en allait vers la promenade, me demanda sous quel nom il était connu dans la ville. Son nom, personne ne le savait en ce temps-là. C'est ce que je lui dis. Alors...

— Mais parlez donc!

— Vous ne direz point que c'est moi qui vous ai instruit. Je ne veux pas que les juges m'interrogent. Dame! quand même on n'a point fait de mal, ils vous font encore peur. Mais cela me pèse, voyez-vous. Je pensais bien que je trouverais à me soulager un jour, et qu'il viendrait quelqu'un ici que cette histoire-là intéresserait plus que tous les autres. Vous avez peut-être été aussi, vous, le bon ami de la dame, quoiqu'elle ait passé le temps des amourettes...

— Que vous a dit la vieille servante? demanda Maxime d'une voix sourde.

— Elle me tenait par le bras et le serrait bien de toute sa force; elle m'a dit dans son vilain patois : « Vous appellérez le zeune homme quand il répassera. Vous loui direz qu'il n'a pas besoin d'avoir des rémords, qué Salomé n'est pas dou tout morte et qu'elle n'est pas loin d'ici... » Oh! je me rappelle ce drôle de nom : Salomé... Eh bien! monsieur, qu'avez-vous? Cela vous fait donc quelque chose... on dirait que vous allez tomber.

14.

— Je n'ai rien. Seulement je change d'avis, je n'entrerai pas dans cette chambre. Je vais quitter l'hôtel et la ville.

Il savait à présent que celui qui s'était tué sous son nom, c'était le meurtrier.

XXVIII

Maxime sortit sans interroger davantage la servante de l'hôtel, sans vouloir connaître le reste de son entretien avec Carlotta. Désormais il savait que la vieille femme avait tout fait pour *renouveler le crime;* s'il elle n'y avait pas réussi, ce n'était pas sa faute. Il voyait à quel point elle haïssait sa maîtresse, et comprenait qu'elle n'eût pas hésité naguère à essayer de la trahir pour lui. — Mais cette maîtresse, se disait-il, c'est pourtant ma mère !

Il ne voulait plus qu'être seul, et jamais n'avait si cruellement senti le poids de sa destinée; c'est que jamais, avant cette nouvelle découverte, il n'en avait si bien envisagé l'horreur ainsi toute nue, face à face. Il se demanda en frissonnant s'il n'y avait point dans son histoire et dans celle des siens comme un reflet de

ces grandes fatalités antiques dont les tragédies et les
légendes nous ont transmis le terrible tableau d'âge
en âge; sa raison l'abandonnait à la pensée de ce
meurtrier qui dormait là-bas sous la terre à sa place,
et plus que jamais il se perdait dans les ténèbres.

Comment cet homme avait-il pu se procurer ce do-
cument authentique, ce diplôme qui lui avait permis
de se substituer à Maxime Imbert jusque dans la mort?
Était-ce pour porter un dernier défi qu'il avait voulu
mourir justement sous ce nom?

Le malheureux! Le baron Imbert, du moins, avait
bien démêlé sa main dans le meurtre mystérieux dont
il s'était résolu à porter la responsabilité pour épargner aux siens le dernier degré, le fossé de la honte;
il avait bien deviné que la rage de quelque passion
abominable inspirait l'assassin du boudoir jaune et de
la serre, et que c'était un amant qui avait frappé.

Un amant!...

Maxime descendit la rue principale de Dôle, en
marchant vers la promenade. Si quelqu'un le croisait
au passage, il rougissait et il lui semblait que tout le
monde allait lire sur son front l'infamie qu'y avait
mise celle à qui pourtant il devait la vie. Il arriva sur
cette promenade, vit se dérouler devant lui le tapis
sans fin des grands prés, et la rivière profonde courir entre ses berges vertes :

— C'est là-bas, se disait-il en suivant la direction de

eau, c'est là que *j'ai* résolu de mettre un terme à
mon déshonneur, c'est là que *j'ai* pris le parti de mourir pour me dérober à *mes* chagrins. Voilà ce que dit la
pitié publique... Si je ne la faisais pas mentir !...

Il y aurait le lendemain une bien autre émotion à
Dôle, et les journaux auraient d'autres récits à faire si
l'on trouvait un second Maxime Imbert dans les flots
du Doubs. Ce serait une nouvelle et plaisante et atroce
comédie.

Oui, mais Marguerite !

— La mort, c'est-à-dire le repos et l'oubli sont pour
ceux qui ont commis les fautes, pensa Maxime. Moi,
qui suis innocent, je suis condamné à vivre et à continuer le combat. Voilà pourtant la justice !

Comme il était en veine de révolte et d'ironie, une
idée piquante lui vint : aller voir *sa* tombe.

Une femme qui passait lui indiqua la direction du
cimetière, et à l'instant, il la suivit. Il souriait en songeant qu'il allait juger si les Dôlois, dont la pitié lui
avait été si favorable et si humaine, — sauf pourtant
les maîtres de l'hôtel des États, — avaient du moins
bien fait les choses. En entrant dans le cimetière, il
s'écria :

— Qu'on dise maintenant que les morts ne revien-
nent point !

Les vrais morts, heureusement, ne purent l'entendre. Sans retard, il se mit à chercher au milieu des

sépultures la seule qui l'intéressât et n'eut pas de peine à la trouver : elle était en belle place. D'ailleurs, on l'avait voulue modeste et d'une exécution facile et prompte : une simple pierre plate. Il y lut son nom : Maxime Imbert.

Mais il s'aperçut aussitôt qu'il avait bien d'autres choses à y lire. Si le goût sévère des Dôlois avait choisi la forme du monument, la tendre piété des Dôloises avait voulu l'embellir ; une guirlande de petits rosiers hâtifs courait à l'entour ; ils avaient été arrosés le matin. Les boutons, maintenant, s'entr'ouvraient sous le clair soleil d'avril.

— Ces belles fleurettes sont pour *moi !* dit Maxime.

Il cueillit une de ces roses-pompons, fraîche et mignonne comme le visage peut-être de celle qui avait planté les rosiers.

La pierre était couverte d'inscriptions tracées pour la plupart au crayon blanc. Il se figura les jeunes ménagères romanesques cachant, avant de sortir de chez elles, un morceau de craie dans leur gant : elles se glissaient dans le cimetière dès les premières heures de la matinée qui sont ordinairement libres et solitaires, et venaient là déposer l'hommage de leurs pensées nocturnes. Que faut-il donc pour devenir populaire et pour prendre place dans tous les cœurs ? Mourir tout simplement. Maxime sourit encore !

— Lisons donc ce qu'elles *me* disent, pensa-t-il.

La première lecture ne fut pas heureuse : cette inscription partait d'une imagination trop philosophique, gâtée par les théories nouvelles et la manie déclamatoire du jour.

« O Maxime, que penses-tu de la famille ? N'est-ce pas de toutes les chaînes la plus barbare ? Elle t'a étouffé, pauvre victime ! »

Il effaça avec indignation cette sottise cruelle, tout en songeant que celle qui l'avait écrite devait en être fière, qu'elle reviendrait pour contempler son œuvre, et ne manquerait pas de la rétablir. Il aurait aimé à lui dire du moins ce qu'il en pensait.

A quoi bon ? S'il avait mieux connu les femmes, il aurait deviné tout de suite que celle-ci avait toujours été laide ou que c'était une grande raisonneuse de cinquante ans. Il passa distraitement à la deuxième inscription, qui n'avait rien de remarquable : c'était la même pensée, exprimée sans prétention et sans effort.

« Maxime Imbert, victime des passions d'autrui, je te plains ! »

Mais la troisième !

Ah ! celle-là était bien différente !

« Et moi aussi, je te plains, Maxime Imbert, je t'avais vu, et je t'aurais aimé ! »

XXIX

Maxime pâlit et recula : ce qu'il venait de lire lui avait fait subitement comprendre l'horreur du jeu qu'il poursuivait près de cette tombe et des sensations qu'il y venait chercher. — Pauvre femme ! murmura-t-il. Elle ne sait point ce qu'était le véritable mort qui repose sous cette pierre. Elle l'aurait aimé !...

C'était bien au meurtrier que s'adressaient ces paroles trop claires : *elle l'avait vu*. Ainsi la physionomie de cet homme, que le remords avait poussé là-bas dans le gouffre du Doubs était encore intéressante et belle. Elle l'aurait aimé !

— C'est à *lui* qu'elle parle, bien à *lui*, pensait Maxime. Il occupera longtemps, toujours peut-être, son cœur sous mon nom. Si c'est encore un caprice de ma destinée, c'est le plus inique. Elle aurait aimé le faux

Maxime Imbert... Et moi, moi, le vrai Maxime, qui m'aimera?...

Il sortit précipitamment du cimetière où il était venu puiser comme à plaisir de nouvelles angoisses et le germe de nouveaux regrets. La dernière pensée qu'il avait eue en lisant l'inscription romanesque le poursuivait, il ne pouvait plus s'en défendre.

— Le mort, se disait-il, c'est bien moi autant que l'autre, puisque toutes les joies me seront fermées, puisque tout m'est interdit de ce qui peut vraiment s'appeler vivre!

C'est pourtant une chose amère de penser qu'on a vingt ans et qu'on porte un fardeau plus lourd que d'autres qui ont vécu la moitié d'un siècle, qu'on est enchaîné à un devoir et qu'on a perdu les droits de son âge : Qui m'aimera? répétait le jeune homme. Celle-là même, si je la rencontrais, je serais obligé de la fuir. Elle se jetterait dans mes bras que je devrais encore la repousser et lui dire: je ne suis point de ceux qu'on aime; il m'est défendu de me laisser aimer !

Ce devoir, c'est-à-dire la recherche et la conquête de Marguerite, — il s'y sentait moins bien préparé qu'au moment où il avait quitté Paris.

Il comprit qu'il avait besoin d'apaisement et de réflexion après les nouvelles émotions inattendues qu'il venait de rencontrer à Dôle; il devait faire, avant de tenter l'entreprise sacrée, à laquelle il s'était engagé par serment, une courte retraite, comme les religieux avant la sanctification solennelle, ou comme les anciens chevaliers, une sorte de veillée des armes.

Aussi se promit-il à l'instant de différer son départ pour la Suisse et de chercher dans les environs de Dôle quelque tranquille villette, pourvue d'une hôtellerie, afin de s'y retrouver lui-même dans un repos de quelques jours et d'y rassembler ses forces et sa pensée. Sous l'empire de cette résolution nouvelle, il aborda le premier passant qu'il rencontra, lui demanda de lui tracer rapidement de vive voix une carte de pays, et de lui désigner ce coin relativement heureux qu'il souhaitait.

Le Dôlois lui indiqua le bourg de Mirey, à sept lieues de Dôle, sur les bords de la Loue.

Charles Louis regagna l'hôtel des États et sortit presque aussitôt avec son bagage, que l'on chargea sur une carriole louée par les soins de la servante. L'hôtesse le suivit sur le seuil : la frégate se mit en panne. Elle était superbe d'ironie en ce moment-là, rappelant à monsieur l'hôte son mari, debout derrière elle, la promesse que l'étranger avait faite pour obtenir le numéro 10, de demeurer quelque temps dans la maison. Or, deux heures ne s'étaient pas écoulées qu'il prenait la clef des champs.

—C'est un beau prometteur que ce M. Charles Louis! disait-elle ; il sait à présent ce qu'il voulait savoir, et il nous plante là. Jacques, je vous avais bien averti qu'il devait avoir été envoyé par la police !

Maxime, — ou Charles Louis, — n'était guère en peine des propos de la bonne âme ; il ne souhaitait plus que de sortir de cette triste ville, et respira quand la carriole, conduite par un jeune garçon, vint enfin à rouler sur une route ensoleillée à travers la campagne. Il se mit à interroger son conducteur.

— Qu'est-ce que Mirey ? Connais-tu le pays ?

— Pardié ! répondit le petit homme. Je le connais et je ne le connais pas. J'y suis allé la semaine passée, ben par hasard. Je revenais de conduire à Salins, dans ma carriole, un vieux chanoine qui n'a jamais pu se décider à aller sur un chemin de fer. Ça lui fait peur. En passant à Senans, j'ai vu deux dames qui cherchaient une voiture pour se rendre à Mirey. Ce sont des personnes du bourg : une jeune demoiselle qui est joliment belle, allez ! et sa mère ; je les ai conduites pour dix francs, mais je n'ai pas tant seulement vu l'église. J'aimais mieux coucher à Senans ; j'y suis revenu sans débrider... Tenez, c'était justement le jour où l'on a trouvé le noyé, là-bas, dans le Doubs !...

L'équipage était vieux, le cheval ne l'était guère moins ; la carriole roulait avec un lamentable bruit de ferrailles détraquées, la bête soufflait à rendre l'âme quand on gravissait une côte, et, justement, la route était accidentée. Elle courait au milieu de la plus fraî-

che campagne, traversant des villages assis sur le roc,
à l'ombre naissante des grands noyers ; le dessin général du paysage présentait déjà de ces vives arêtes et le
terrain de ces brusques et profondes courbures qui
indiquent l'approche des monts. On était en chemin
depuis quatre grandes heures : le conducteur avait promis d'arriver, mais ne se serait point laissé faire de
conditions de temps. Et d'abord c'était un Comtois,
race moqueuse et patiente, aux lèvres serrées et à l'humeur tiède qui, non-seulement ne conçoit pas l'impatience des autres, mais ne fait qu'en rire. Enfin, il an-
nonça qu'on n'avait plus à faire que l'ascension d'une
dernière pente avant d'atteindre Mirey. Il est vrai que
c'était la plus rude. Charles Louis mit pied à terre : il
était arrivé bien avant la carriole au faîte de la montée.

Alors se déroula devant lui une délicieuse vallée.
La rivière, cachée jusqu'alors par les plis du terrain et
par des bouquets de bois, lui apparut à droite, bordée
de prairies. Ses eaux vives reluisaient au soleil. Les
prés, sur l'autre bord, s'élevaient par étages jusqu'à de
longues hêtrées qui couronnaient la cîme des premiers
coteaux ; puis s'élevait un second étage de collines plus
hautes, et par-dessus tous ces sommets verdoyants
une montagne solitaire, ronde et nue, qui de ce côté
fermait l'horizon.

A gauche, cet horizon était moins vaste et s'arrêtait
à une colline abrupte, aux flancs déchirés par d'é-

normes blocs de grès, également couverte de bois,
une admirable futaie de vieux chênes; la vigne tapissait l'escarpement et prospérait dans les chaudes ra-
vines exposées au plein midi; en bas s'étendaient
des champs de jeunes blés à la verdure sombre.
Charles-Louis aperçut devant lui, à la distance de
quinze cents pas environ, un clocher, un pont sur la
Loue, une première maison de belle mine bourgeoise
qui regardait la route : c'était le bourg.

XXX

Il demeura quelque temps sous le charme de ce site tranquille et pittoresque, tel que cette belle province en offre, d'ailleurs, à chaque pas. Ses yeux se portèrent à droite, attirés par le bruit d'un moulin dont les roues faisaient jaillir l'eau si claire de la Loué en grandes gerbes d'argent, et il demeura surpris de voir rassemblés devant la porte un si grand nombre d'enfants, qu'on aurait dit toute la paroisse en école buissonnière. Ayant regardé plus attentivement, il s'aperçut que tout ce petit monde formait le cercle autour d'un groupe choisi de cinq ou six marmots, lesquels se tenaient gravement rangés sous les yeux d'une femme assise devant un chevalet d'études et qui peignait. Un peu plus loin était une autre femme vêtue de noir. Le soleil frappait d'aplomb la tête de l'artiste, car c'en était une, ces marmots posaient pour elle. La jeune femme, — assurément elle était jeune, — ne paraissait guère craindre ce soleil déjà brûlant; elle avait rejeté son chapeau. Charles Louis vit qu'elle était blonde, ses cheveux étaient d'or comme les rayons qui s'y jouaient.

En ce moment la carriole atteignit le sommet de la côte.

— Vous pouvez suivre votre chemin, dit Charles Louis à son conducteur, je vous rejoindrai à l'hôtellerie.

— A l'hôtellerie? répéta le jeune Comtois; c'est peut-être l'auberge, que vous voulez dire. Eh bien, j'ai idée qu'elle est à l'enseigne de la *Croix de Suisse*.

Maxime était si fortement frappé par la pensée que le destin mêlé à toutes ses actions lui donnait sans cesse des avertissements, qu'il crut en entendre un encore : — La *Croix de Suisse*, répéta-t-il; l'enseigne me plaît, car elle ne me permettra pas d'oublier un devoir que j'ai à remplir. Allez! et buvez à ma santé, en attendant que j'arrive.

Il se disait : j'aurai sûrement toujours le temps d'ar-river !

Que cherchait-il? Le repos, la distraction extérieure, s'il était assez heureux pour la rencontrer. Et puis, un sentiment, invincible de curiosité le poussait vers ce moulin là-bas. L'idée ne lui vint pas cette fois que le destin fût encore de la partie.

De grandes volées de martinets se jouaient dans l'air, tantôt montant en escadron serré à des hauteurs formidables, où ils n'apparaissaient plus que comme une nuée sombre, tantôt s'abandonnant au vent qui les dispersait tout à coup. L'escadron alors se trouvait rompu ; c'était une déroute emplumée ; puis ils se rejoignaient plus loin et de nouveau montaient au ciel.

A l'approche de l'étranger, la troupe d'enfants rangée en cercle ne fit pas autrement que ces martinets' Ils se dispersèrent de tous côtés, se coulant derrière la haie qui bordait l'enclos du moulin, se réfugiant dans la cour ou même cherchant à gagner la berge. Ceux qui posaient pour la jeune fille n'osèrent s'enfuir comme leurs camarades, mais se serrèrent les uns contre les autres : la pose était perdue.

Charles Louis ne put s'empêcher de rire :

— Holà, cria-t-il, mes amis, j'ai donc la mine bien terrible ?... Je ne vous veux point de mal, vraiment !

Aussitôt, comme il tenait à cœur de bien prouver ce qu'il disait, il fouilla dans sa poche, en tira quelque menue monnaie d'argent et se mit à la jeter à la volée ; l'effet fut aussi subit que l'action était engageante. Ceux qui s'étaient cachés derrière la haie étant les plus proches, accoururent les premiers mais se virent à l'instant gagnés de vitesse, et tout le tourbillon fondit sur les belles piécettes blanches. Seulement les petits *poseurs* se trouvant frustrés, ne tinrent point contre le désir comme ils avaient tenu contre la peur. Le groupe se rompit tout net : ils bondirent pour picorer à leur tour.

— Mademoiselle, dit Charles Louis, s'adressant à la jeune artiste, je n'ai pas de bonheur. Ce que j'ai fait pour rassurer ces enfants vous incommode, et je vous en demande pardon.

Elle le salua pour toute réponse ; mais elle n'était pas trop mécontente puisqu'elle souriait. Quant à lui, il se trouva fort heureux de n'avoir pas à en dire davantage ; car il lui serait arrivé le même accident qu'à ces marmots à son approche : la peur l'aurait gagné devant cette fière et charmante personne à la chevelure légère, au teint mat, aux traits fermes et nobles, au regard à la fois impérieux et doux.

La jeune fille se leva pour ramener ses jeunes modèles et les disposer de nouveau dans l'ordre voulu. Jamais il n'avait vu de si adorable taille, à l'air si souverain d'élégance, au dessin si correct et si pur. Il en eut un éblouissement, ferma les yeux et, passant, la tête nue devant la vieille dame vêtue de deuil assise un peu plus loin, la mère, sans doute, il entra dans la cour du moulin.

Là, il s'arrêta, mais derrière un des vantaux de la grande porte charretière qui le protégeait. Une réflexion lui vint qui le désola. Un instant auparavant, en

15.

quittant la route, il tenait son excuse toute prête, pour déranger les deux dames : c'était une longue route et le désir si naturel à un voyageur de demander au meunier de quoi se rafraîchir, puisqu'il avait encore tout un ruban de chemin à faire à pied. Il est vrai que cette nouvelle fatigue serait volontaire : elles avaient dû voir la carriole. L'excuse valait ce qu'elle valait, mais enfin c'était une excuse. Eh bien ! dans son trouble, il avait oublié de la présenter ; il allait être soupçonné de n'avoir cédé qu'à la curiosité en se rapprochant du moulin. Le soupçon, d'ailleurs, serait assez bien fondé.

Au même instant il entendit la vieille dame qui parlait. Elle ne se doutait guère que l'inconnu fut resté derrière cette porte. Ce comble de l'indiscrétion était-il probable ? Elle s'adressait à sa fille :

— Édith, avez-vous remarqué la figure de ce jeune homme ?

— Il est extrêmement beau, répondit la jeune fille. S'il parlait le français moins purement, je le croirais Italien à cause de la régularité de ses traits et de l'éclat particulier de ses yeux.

Elle s'exprimait librement et en artiste. Quant à *Charles Louis*, il ne respirait plus ; il savait déjà deux choses de cette jeune fille : la première, qui l'enchantait, c'est qu'elle se nommait Édith, comme une princesse des légendes ; la seconde, qui le remplit de joie, c'est qu'elle le trouvait beau.

— A qui dois-tu cette beauté ? lui dit une voix intérieure?...

Ah ! si les deux femmes avaient pu deviner qu'il était le fils de celle qui causait leurs tourments et leurs regrets, de celle dont elles connaissaient trop bien l'existence et le pouvoir infernal, mais dont elles n'avaient jamais connu le véritable nom !

— Édith, reprit la vieille dame, il a l'âge de l'ingrat que nous avons perdu.

Charles Louis ayant décidément peur d'être surpris aux aguets par le meunier, entra dans le moulin. Il était sûr d'y obtenir ce qu'il allait y demander pour expliquer sa présence, car il avait assez voyagé dans cette partie de la France, autrefois avec son père, en gagnant la Suisse, pour connaître l'hospitalité comtoise qui est proverbiale.

C'est même une passion de terroir ; et, comme on dit ailleurs d'un prodigue : Il a mangé son bien en chevaux et en maîtresses, on dit dans la vieille Comté de Bourgogne : Il s'est ruiné en hospitalité.

Mais *Charles Louis* ne voulait point la ruine du meunier, auquel il ne demanda qu'un verre d'eau. Il est vrai que tout en buvant il cherchait une idée de conversation au fond du verre. Il le rendit avec le plus engageant sourire :

— On fait près d'ici, lui dit-il, le portrait de vos enfants.

— Oui-da ! s'écria joyeusement le meunier, si tous ces marmots étaient à moi, la roue du moulin n'aurait qu'à faire trois tours au lieu d'un, et encore ils jeûneraient ! Mais quand on a su par ici que mademoiselle Édith voulait mettre des enfants pour s'amuser *sur* un de ses tableaux, ils sont tous venus d'une demi-lieue à la ronde.

— Cette jeune personne est donc du pays ? demanda Charles Louis d'un air qu'il voulait rendre indifférent.

— Pardié ! c'est la fille du colonel d'Olivaie. De la route, on voit la maison de sa famille, à l'entrée du bourg. Ils ont été riches, mais ils ont eu bien des malheurs. Le colonel est mort avant cinquante ans et son fils... Tenez, il vaut mieux ne pas en parler de celui-là. Il était à Paris, une *mauvaise femme* lui a tourné la tête et il a disparu tout à coup.

— Disparu ? répéta Charles Louis qui se troubla. Depuis combien de temps ?

— Je ne sais pas trop. Il est maintenant en Amérique. On reçoit de ses lettres.

— Il reviendra, dit le jeune homme soulagé d'un effroyable poids.

Charles Louis n'écouta plus le meunier ; de la salle du moulin il venait de découvrir une brèche dans le mur de clôture. L'heureuse brèche lui permettait d'apercevoir la tête charmante et le cou svelte et flexible de mademoiselle d'Olivaie, qui s'était remise à peindre. Son cœur se noya dans le flot léger de l'admirable chevelure.

Il ne songeait plus qu'il lui était interdit d'aimer !

XXXI

Traverser de nouveau l'enclos du moulin pour regagner la route, et repasser sous les yeux de madame et de mademoiselle d'Olivaie, cela aurait senti l'indiscrétion opiniâtre. Il avait à ménager l'avenir.

Aussi longea-t-il la rive, et trouvant un bouquet de platanes sur son chemin, s'assit à leur ombre. Le soleil couchant riait sur ses grandes feuilles légères, découpées comme une large dentelle verte.

Non ! il ne songeait plus qu'il lui était interdit d'aimer, puisqu'il se mit à faire mentalement le roman de son bonheur... Celui-là ne s'écrit pas, il se rêve.

Édith l'aimerait sans peine ; elle avait exprimé sur lui une opinion flatteuse : la complaisance des yeux est le commencement de celle du cœur. Mademoiselle d'Olivaie le trouvait beau.

Il fallait bien que cela fût vrai ; cent fois il en avait recueilli le témoignage dans les lieux publics ; c'était un tribut qu'on lui payait assez ordinairement sur son passage et auquel il n'avait encore jamais attaché de prix. Bien loin de là, l'hommage depuis quelque temps lui paraissait incommode, car il lui rappelait celle dont sa beauté était l'image trop parfaite.

Il savait qu'il ressemblait trait pour trait à cette effroyable mère qu'il n'avait jamais vue. Tout ce que le baron Imbert lui avait dit de cette ressemblance lui revint encore à la mémoire ; mais il écarta ce souvenir. Dans le tableau charmant qu'il se traçait des jours à naître auprès de mademoiselle d'Olivaie, n'y avait-il pas une ombre menaçante? justement cette mère.

Il aimait bien mieux se représenter l'instant favorable que le destin, — un heureux destin cette fois, — choisissait pour le mettre en présence de mademoiselle d'Olivaie. La jeune fille avait de grands chagrins ; c'est en ces heures d'épreuve qu'un jeune cœur s'ouvre de lui-même. La fleur altérée se tourne vers la nuée qui lui promet une goutte d'eau. Édith ! — ah ! le beau nom, et qu'il lui seyait bien ! — était tout endolorie de la disparition de son frère. Certainement, elle avait tort, car il fallait que ce jeune d'Olivaie fût un garçon dépourvu de sentiments délicats pour avoir pu s'éloigner d'une telle sœur.

Mais elle, dans ses regrets, sentait apparemment le

besoin d'être consolée. A son insu, elle cédait à l'instinct de la jeunesse, cherchant ce qui peut embellir la vie. L'amour fraternel lui ayant causé cette déception amère, elle ne devait en être que mieux préparée à d'autres tendresses.

Charles Louis suivait assez bien lui-même ce bel instinct qu'il se plaisait à supposer dans l'admirable jeune fille, et il ne lui en coûtait rien de prêter à la belle Édith les sentiments qu'il éprouvait. Quant à lui quel changement en une heure! Ses vingt ans étaient debout, frémissants, révoltés. Une heure avait suffi à faire ce miracle! Et n'était-il pas à un siècle du moment où, dans le cimetière de Dôle, devant sa tombe, il se disait: « Lequel des deux est le mieux mort de celui qui est enfermé là, sous mon nom, ou de moi-même? »

Il semblait que cette résurrection dût être durable. Quelle apparence que Maxime Imbert connût jamais les liens qui unissaient le meurtrier de l'avenue d'Eylau, le vrai mort du pont de Ronceray, à cette admirable jeune fille qui le ranimait lui-même et le rappelait à la vie!

Il continua son beau roman sous les platanes. Marguerite y vint prendre sa part. C'était peut-être le véritable salut pour cette enfant que ce nouvel accident arrivant à son unique protecteur: — Après l'avoir reconquise, se disait-il, qu'aurais-je fait d'elle? si jeune moi-même, comment aurais-je pu la mener après moi dans le monde et la préserver de tous les périls ?

Jamais auparavant il n'avait eu cette pensée, bien qu'elle fût assez juste ; la passion naissante donne des lumières toutes neuves et peut tout, même rendre sage. La situation qui attendait Marguerite auprès de celle qui serait sa femme, auprès d'*une sœur*, lui apparut tout à coup comme la seule digne de la gravité de son serment et de la dernière volonté de leur père. Comment donc avait-il pu se persuader que son devoir lui prescrivait l'isolement du cœur, quand il lui conseillait justement le contraire?

Marguerite trouverait une famille, un asile sûr et inviolable dans une maison respectée, dont il serait devenu le chef, puisque le fils du colonel d'Olivaie avait préféré les aventures lointaines (plus lointaines encore qu'il ne le pensait !) à cette existence noble et tranquille. A la vérité, s'il fallait en croire le meunier, l'opulence était sortie de la vieille demeure. Eh bien ! l'aisance au moins, la large et libre médiocrité allaient y rentrer derrière les nouveaux hôtes. Quant à lui il remplacerait auprès de madame d'Olivaie le fils qu'elle avait perdu. Un jour il aurait la consolation et la joie de le lui ramener peut-être...

Tout à coup, il s'interrompit au milieu de cette heureuse vision ; tout cela était trop beau ! Songes et mensonges !

Une nouvelle pensée venait de le frapper; mais cette fois au cœur. Tout ce roman reposait sur l'amour d'Édith, qu'il espérait obtenir. C'était dans son imagination chose accomplie : il l'avait obtenue, elle était à lui; cette fière et délicate beauté était son bien; les romans vont vite. Celui-ci était arrivé à son dénouement dans l'esprit créateur de Charles Louis.

Et il s'aperçut qu'il n'avait rien édifié qu'en l'air, et qu'il n'embrassait qu'une ombre.

Hélas! comment empêcherait-il cette ombre de fuir? Et d'abord comment se présenterait-il aux dames d'Olivaie? Sous quel nom?...

Il n'avait plus de nom... Mais ne pouvait-il plus reprendre le sien? Il était mort, il pouvait revivre, il pouvait faire cesser l'erreur publique, reparaître et dire : C'est moi qui suis Maxime Imbert! Me voici.

Oui, mais si alors un procès était nécessaire?... Et il le serait; il aurait à demander une sentence aux juges pour le remettre dans l'état qui était le sien et qu'on lui avait volé. Dans ce procès on chercherait la vérité, il serait lui-même obligé de la dire! Il faudrait étaler de nouvelles hontes; il lui faudrait violer la volonté de son père et faire connaître toute l'étendue de l'infamie que le baron Imbert avait voulu couvrir en se laissant accuser. Il faudrait mettre en cause la fugitive de l'avenue d'Eylau, la maîtresse et la victime du noyé de Dôle... sa mère!

Et c'était sous de pareils auspices qu'il demanderait la main de mademoiselle d'Olivaie, qu'il essayerait de se faire une place dans cette vieille maison, où l'on pouvait dire : Aucun des nôtres n'a jamais manqué à l'honneur ! — Car le jeune d'Olivaie, exilé maintenant en Amérique, n'avait apparemment commis que des folies de jeunesse. Édith répondrait : « Que me voulez-vous ? Je vous aurais aimé peut-être, mais je ne vous connaissais point. Gardez ce nom taché que vous venez m'offrir ! »

Édith le chasserait.

Oui, tout cela n'avait été qu'un rêve !

En ce moment, il fut obligé de se retrancher de nouveau derrière les platanes ; madame et mademoiselle d'Olivaie, regagnant leur maison, passaient sur la route. Elles ne cheminaient pas seules. Une partie des enfants, — ceux-là sans doute étaient du bourg, — s'en allaient sautillant devant elles. Le meunier qui portait la boîte à couleur et le chevalet gourmandait la sarabande qui soulevait autour « des dames » la poussière du chemin.

Charles Louis, l'homme sans nom, — ce n'était pas un nom que celui-là, l'hôtelier de Dôle le lui avait bien dit, — Charles Louis ne put suivre même des yeux le pittoresque cortége. Il ne devait pas se faire voir. Mais, à défaut du regard, il accompagnait de la pensée celle qui avait si soudainement envahi son âme, son

esprit et son cœur et n'y laissait désormais de place
que pour elle. Cette belle Édith était entrée en reine
absolue dans ces trois logis délabrés ; elle y faisait
de nouvelles ruines, mais elle les éclairait aussi d'une
lumière nouvelle et le jeune homme avait beau se dire :
Va-t'en. Quitte Mirey dès ce soir. Rassemble ton courage pour fuir la tentation qui s'est dressée sur ton
chemin ! — une puissance plus forte que sa raison le
retenait ; une autre voix lui disait : Demeure, espère !
Est-il possible que cette main de fée n'ait pas été
faite pour tes lèvres ? Est-il possible que cette main
pure n'ait pas été justement créée pour rompre autour
de toi le fil du destin ?

Il prit, lui aussi, le chemin de Mirey. Les dames
d'Olivaie étaient alors bien loin devant lui, et pourtant il croyait voir encore flotter dans l'air du soir la
chevelure d'Édith mélangée de tons d'épis, de grandes
boucles d'or retombant sur ce cou d'ivoire, de ruis-
sellements argentés courant sur les tempes.

Il s'en dégageait comme des rayonnements invisi-
bles qui le guidaient. Il longea pour entrer dans le
bourg, les murs du jardin de l'Olivaie et il tremblait
en passant devant la maison qui avait, de ce côté, sur
la rue, des croisées garnies de balcons de fer forgé
d'un superbe dessin : heureusement elles étaient
closes.

Mais le meunier qui redescendait la rue, vint à le

croiser au passage et l'aborda : — Vous regardez ces balcons, dit-il ; c'est une curiosité du vieux temps. Moi je n'aime pas à voir la maison par ici, à cause de ces fenêtres toujours fermées ; c'était l'appartement de M. Maurice.

Le frère d'Édith se nommait Maurice... Charles Louis ne savait-il pas déjà bien des choses sur cette famille ?

Un instant après il entrait dans l'hôtel de la Croix de Suisse. Son jeune conducteur se tenait dans la cour, attendant le prix de sa peine et jasant avec la maritorne. Celle-ci, une grande robuste fille au teint violacé par la force de son sang rustique, coiffée d'une énorme chevelure rousse se précipita dans le logis pour annoncer le voyageur : Voilà l'Italien !

Italien ? Pourquoi pas ?... Mademoiselle d'Olivaie l'avait cru, le meunier sans doute passant à l'hôtellerie l'avait dit. Pourquoi contredire Édith ? Pourquoi démentir le meunier ? Cette qualité d'étranger serait un masque de plus. Et puis c'était une qualité enfin, il en fallait une à Maxime. Il s'accoutumerait à son rôle qui le servirait plus tard en Suisse quand il commencerait ses recherches contre la baronne Imbert et sa fille. N'étant plus rien ni personne il devait lui être assez indifférent de choisir un moyen ou un autre de redevenir quelqu'un.

— Je serai donc Italien, pensa-t-il.

Rien n'était plus aisé que la transformation italienne du nom qu'il avait pris à Dôle. Louis fait Luigi. Il y réfléchit longtemps dans la chambre d'auberge et dans le grand lit vermoulu, tout enveloppé de rideaux de coton rouge qu'on lui avait donné. Luigi tout court lui paraissait un peu vulgaire; mais il avait un titre qui était bien à lui. Pourquoi ne pas l'ajouter au nom? Baron Luigi. Pourtant ce « baron » sonnait mal. Il n'y a guère de barons en Italie. Des comtes, à la bonne heure! Comte Luigi. Cela finit par l'amuser; il s'endormit en souriant : — Je serai le comte Luigi, se disait-il.

Le comte Luigi s'éveilla le lendemain, reposé, presque joyeux. Il s'habilla, sortit, gagna l'extrémité du bourg, et revit la maison d'Olivaie.

Ce jour-là et les jours suivants, il passa dix fois sur le chemin.

XXXII

La maison du côté du jardin regardait le sud-ouest; la vue s'y trouvait enfermée entre d'épais ombrages bordant à gauche le mur de clôture le long de la route que dominait au loin la grande montagne ronde et nue, et le mont couronné de chênes à droite, avec ses flancs rocheux, ses blocs de grès écroulés, et ses pieds tapissés de vigne. Au devant courait une longue suite de collines vertes ou boisées moutonnant jusqu'aux limites de l'horizon.

Le jardin était vaste, entretenu sans frais; une pelouse ornée seulement de quelques corbeilles de rosiers du Bengale, dont l'humeur robuste supporte tous les climats, et qui se couvrent jusqu'à la Noël, sous les neiges, de leurs roses toujours fraîches; des bosquets, formant à l'opposé du grand massif d'arbres un rideau devant le potager; plus loin, une belle prairie pour reposer les yeux.

Dans les bosquets s'ouvrait un salon de verdure avec son vieux banc et sa table de pierre. C'est là que se tenait un matin, assise, mademoiselle d'Olivaie; elle avait un livre près d'elle et ne songeait pas à lire. Le galop d'un cheval retentit sur la route sonore et si peu passagère : la jeune fille ne tressaillit pas, ne sourit point ; seulement un rayon plus vif jaillit de ses yeux sur son beau visage. Elle appuya son coude sur la table, sa tête dans sa main, et, tout en mordillant le bout de ses doigts effilés, médita longuement.

Sa rêverie, — si c'était une rêverie, — car cet esprit droit et ce cœur résolu ne s'égaraient jamais dans le vague des songes, — fut interrompue par un grand bruit de voix enfantines qui remplissaient le jardin. Cette fois Édith eut un sourire.

Au même instant, l'unique serviteur mâle de l'Olivaie, qui exerçait à la fois dans la maison les fonctions de jardinier et de concierge, accourut vers le bosquet en s'écriant : — Mademoiselle, ce sont vos enfants.

C'était, en effet, les petits modèles de la jeune artiste qui venaient donner séance pour le tableau commencé. Mademoiselle d'Olivaie, sous le prétexte qu'elle avait présents devant les yeux tous les paysages des bords de la Loue, que l'étude d'après nature lui devenait inutile et que la marche ne lui convenait plus, avait cessé d'aller peindre au moulin.

Elle se leva et sortit de sa retraite ombragée. Le jardinier, qui se mit à la suivre lui dit : — Mademoiselle, avez-vous entendu ce grand galop tout à l'heure sur la route? C'est le comte italien qui passait sur le cheval arabe que lui a vendu le maître de Mohany.

Il s'arrêta, ayant parlé trop vite. Tout le monde savait à Mirey que le maître du château de Mohany, situé de l'autre côté du *Mont aux Chênes*, un officier de cavalerie alors en semestre, riche et jeune encore avait demandé la main de mademoiselle d'Olivaie. Le refus définitif de la jeune fille n'était vieux que de deux jours, et celui qui en était l'objet ne l'avait point caché dans son dépit. Tout Mirey le connaissait et l'on disait avec de malins sourires :

— Ou mademoiselle d'Olivaie veut épouser un empereur, ou bien elle *a déjà quelqu'un en tête.*

— Il paraît, reprit le jardinier, que ce comte italien qui est dans le pays depuis huit jours, veut y demeurer quelque temps, puisqu'il a acheté ce cheval. Mademoiselle, il est presque aussi bon cavalier que M. Maurice.

— Beaucoup meilleur cavalier, dit-elle.

Aucune ombre ne passa sur sa physionomie, aucune apparence de rougeur ne vint colorer sa belle pâleur accoutumée; on eut dit qu'elle donnait simplement au

« comte italien » par esprit de justice, une attestation
de ses talents et qu'elle parlait seulement pour rendre
hommage à la vérité.

— M. Maurice avait toujours eu grande envie de cet
arabe, dit encore le domestique.

Édith ne répondit pas ; mais ses lèvres se plissèrent
légèrement, et sa pensée devint transparente. Elle se
disait : « Ce sont des envies de ce genre qui ont conduit Maurice en exil. »

Si elle avait su combien l'exil était lointain, il y aurait eu sans doute plus d'attendrissement dans ce reproche ; mais elle ne devait encore de longtemps le
savoir, et il n'y avait que de la sévérité.

Un moment après, elle était établie au bord de la
pelouse, devant la maison ; elle avait rangé ses modèles,
et les faisait babiller tout en peignant. Leurs réponses
l'amusaient fort, et souvent elle avait de petits rires
qu'elle étouffait en regardant la croisée ouverte au-
dessus de sa tête. C'était celle de la chambre de madame d'Olivaie ; elle ne voulait point offenser la tristesse
de sa mère.

L'un de ces marmots, le plus pauvre de la bande,
était habillé tout à neuf. Édith le remarqua et ne se souvint pas d'avoir fait récemment aucun don à ses parents : — Qui t'a donné ces beaux habits ? demanda-t-elle.

— Eh ! dit l'enfant, c'est le comte italien.

Cette fois Édith eut un mouvement d'impatience :

— Il t'a fait cadeau d'une veste neuve, reprit-elle, et il t'aura dit : « Bambino, je ne te défends point d'aller apprendre à tout le monde que c'est moi qui te l'ai donnée. »

Une lueur passa dans ses beaux yeux bruns qui formaient un contraste si frappant avec sa chevelure blonde ; ils devinrent, à l'instant, presque durs. Cette expression ne fit que mieux s'accuser lorsque madame d'Olivaie, qui avait tout entendu, lui dit du haut de sa croisée :

— Pourquoi soupçonner la charité de ce jeune homme, Édith ? il est heureux de pouvoir la faire à sa guise, lui, puisqu'il est riche.

Édith, suivant sa coutume, quand elle était mécontente, garda le silence. Jamais elle n'engageait de débat avec sa mère, ni d'ailleurs, avec personne au monde. Ses résolutions comme sa pensée étaient ordinairement solitaires ; mais son regard allumé ne s'éteignit point.

N'était-ce pas assez de trouver sans cesse et partout l'étranger sur son chemin, et, pour l'éviter, d'avoir renoncé à sortir de la maison ? Fallait-il encore le rencontrer jusque dans les occasions les plus intimes de sa vie ? S'il s'était glissé chez les parents de cet enfant, c'est qu'il avait appris qu'elle les protégeait et veillait à leurs besoins ; il voulait se mêler au bien qu'elle faisait et, sans doute, il espérait surprendre ainsi les avenues de son cœur.

— Il ne me connaît pas, murmura t elle. Ce n'est
pas le moyen !

Elle continua de peindre, les sourcils un peu froncés,
ne parlant plus : les petits modèles à qui son humeur
n'échappa point, n'auraient eu garde de troubler ses
réflexions et se tinrent muets et confits comme à
l'école, ou comme au catéchisme quand M. le vicaire
passe entre les bancs en faisant claquer son livre de
bois.

Cependant les pensées de la jeune fille se poursui-
vaient et se pressaient même assez vivement dans son
esprit irrité. Soudain, elles se firent jour sur ses lèvres.
Édith disait encore à demi-voix : — Il croit que je ressemble à toutes les femmes.

Madame d'Olivaie sortit de la maison et vint s'asseoir sur un pliant près de sa fille. La vieille dame
semblait plus agitée que de coutume. Plusieurs fois
elle fit un geste et tourna les yeux vers Édith, comme
si elle voulait engager l'entretien ; mais la jeune fille
s'y dérobait visiblement et devenait alors plus attentive
à son travail. Peut-être savait-elle trop bien ce que sa
mère méditait de lui dire.

Un bruit de galop retentit de nouveau sur la route.
Madame d'Olivaie, pour cette fois, avait trouvé son sujet :

— Édith, dit-elle, voici *votre ennemi* qui revient de
la promenade.

Édith releva la tête. Si c'eût été une autre personne que sa mère qui eût parlé, elle aurait certainement répondu que ce badinage ne lui paraissait pas de bon goût.

— Ce n'est nullement mon ennemi, répondit-elle froidement. C'est un homme que je ne connais pas et dont les démarches autour de moi me déplaisent. Voilà tout, ma mère.

— Je ne sais justement, reprit la vieille dame, ce qui peut vous déplaire en lui. Vous avouez toute la première qu'il a la plus charmante figure. Il est parfaitement bien élevé, et, comme je vous le disais tout à l'heure, il paraît être riche. Je ne vivrai plus bien longtemps, ma fille. Et maintenant votre frère vous manque...

— Ma mère, répliqua mademoiselle d'Olivaie, je vous ai toujours reproché d'avoir l'esprit trop prompt. Vous aviez aussi autrefois, avant notre dernier malheur, l'imagination trop... riante.

— J'étais une vieille enfant, dit la mère avec son triste sourire, et je le suis toujours.

— Vous vous abandonniez trop aisément à des projets qui n'offraient rien de sérieux, rien de certain...

— Continuez, Édith, dit la vieille dame ! Dites-moi que je me suis toujours nourrie de chimères. Ce n'est pas la première fois que vous me faites ce reproche. Vous avez toujours eu beaucoup de tendresse pour

16.

moi, ma mignonne : mais ce n'a jamais été une tendresse bien respectueuse.

Édith se tut, n'ayant rien à répondre parce que tout
cela était vrai. Intérieurement, elle ne pensait pas
que sa mère eût seulement l'esprit un peu trop
prompt ; elle lui reprochait aussi de ne l'avoir ni
juste ni prévoyant. Ce n'était pas de respect qu'elle
manquait à son égard, mais de confiance dans ses jugements.

Le silence se prolongea, interrompu seulement par
les grands soupirs des petits modèles, qui s'ennuyaient
cruellement d'une si longue contrainte. Ils ressem-
blaient à ces oiseaux dont on couvre la cage pour les
mieux apprivoiser ; et, en effet, ils s'apprivoisent ou
ils meurent.

Édith ne voulut pas être barbare envers ces pauvres
marmots, et déposant son pinceau, leur donna la volée :

— A demain, petits, dit-elle.

Comme elle se levait pour se retirer dans sa chambre, madame d'Olivaie la retint d'un signe : — Édith,
dit-elle, d'une voix altérée, je veux vous faire une
prière. Vous m'avez déjà dit que j'étais chimérique,
vous allez dire que je suis superstitieuse à présent.
Écoutez-moi : je sens comme un avertissement dans
mon pauvre cœur qui est si malade. Rien ne m'ôtera
la pensée que ce jeune Italien qui a dû vivre à Paris,

ourrait avoir vu Maurice et me parler de lui. Ma fille,
e vous le dis, c'est un pressentiment.

— Vous ne savez pas à quel point il vous égare !
épliqua mademoiselle d'Olivaie.

Elle-même le savait-elle ?

— Ma mère, reprit la jeune fille, de cette voix aux
ondes brèves, toujours pure mais un peu sèche, que
ui donnait la colère, vous voulez me contraindre, je
e vois bien, à faire droit aux empressements flatteurs
de M. Luigi. Il nous a fait demander deux fois de le
recevoir, et sans mes prières, à moi, vous lui auriez
adressé déjà la réponse qu'il souhaite. Quand je vous
dis que votre pressentiment vous fait tout oublier !
Nous ne le connaissons pas, ce jeune homme. Qui le
connaît ? C'est un étranger. S'il entre ici, vous n'ignorez point que les propos vont aussitôt commencer
dans le pays. Certes ils ne pourront que me nuire...

— Édith ! murmura madame d'Olivaie...

— Agissez donc comme il vous plaira, reprit la
jeune fille en s'éloignant. Vous pouvez recevoir
M. Luigi. Je ne m'y opposerai plus.

XXXIII

Le comte Luigi était donc depuis tantôt deux semaines à l'hôtellerie de la Croix de Suisse, dans la
chambre rouge. On ne parlait plus que de lui dans
tout le canton. Le renom de son grand air, de sa
beauté, de son adresse, était même arrivé dans les
villes voisines. A |Salins, on connaissait par ouï-dire
le comte italien qui montait un cheval arabe. Il eût sa
légende à Dôle et fit un peu de tort dans l'imagination
des Dôloises romanesques au noyé du pont de Ronceray.

La métamorphose de celui qui avait été le vrai baron
Imbert puis Charles Louis, était complète. L'amour
avait effacé en lui le découragement, vaincu les dé-
faillances de la tristesse ; l'amour avait développé cette
énergie dont le baron Imbert, dans sa prison, se plai-

ait jadis à reconnaître en son fils le germe puissant, qui devenait à ses yeux un gage de l'avenir et du salut de Marguerite ; l'amour révélait même, dans le cœur de l'*Italien*, quelque chose des véhémences natives de l'Italienne, sa mère, dont il avait déjà tous les traits.

Cela, il ne le savait point. S'il eût reconnu cette nouvelle ressemblance, il aurait pris peur de lui-même ; il aurait renoncé à se faire aimer d'Édith d'Olivaie.

Pourtant il en avait la volonté impérieuse et in-domptable qui, plus que jamais, s'associait dans son esprit à l'exécution du serment prêté à son père mou-rant. La passion est si entièrement et si commodé-ment aveugle qu'il croyait toujours travailler à prépa-rer la véritable délivrance de Marguerite en même temps que son propre bonheur : « C'est une femme que je veux, se disait-il. La plus accomplie, la plus adorée des femmes ; et, quant à Marguerite, c'est une sœur que j'aurai su lui donner. »

Jamais depuis ces quinze jours, il n'avait eu la moindre méfiance de lui-même ni de la sincérité de ses sentiments, jamais le moindre soupçon sur sa bonne foi. Une seule chose le tenait encore incertain, émerveillé : c'était sa hardiesse. Bien que ne se recon-naissant plus, il en était fier. Il se sentait ordinaire-ment libre, sans reproche, sans embarras, sans crainte sous son nom d'emprunt ; il trouvait plutôt une sorte de volupté quelquefois amère, plus souvent piquante à porter le masque du comte Luigi ; il osait même envisager le jour où il le déposerait devant Édith. Ah! ce serait un heureux jour, car il faudrait alors qu'il fût bien sûr d'être aimé et pardonné...

Et tout lui disait qu'il devait l'être. La résolution que la jeune fille avait prise de se tenir enfermée pour éviter de nouvelles rencontres lui causait bien moins de trouble et de frayeur que de regret. Il souffrait de ne plus la voir ; mais il pensait et il espérait qu'elle avait eu de trop bonnes raisons pour se cacher et s'éloigner de lui.

Il en était là quand il reçut par le meunier Langebaud, qui s'était pris envers lui d'un attachement singulier, la grande nouvelle : Madame d'Olivaie consentait à le recevoir.

C'était le soir : il faudrait donc remettre cette visite au lendemain, attendre même les heures bienséantes, c'est-à-dire l'après-midi. Il sentit que le sommeil le fuirait. Et puis bien fou l'homme heureux qui souhaite de dormir ! Les songes du lit ne valent point les rêves qu'on fait tout éveillé ; ceux-là, au lieu d'en être le jouet, on les mène.

Le comte Luigi sortit de l'hôtellerie ; le ciel resplendissait d'étoiles.

Il s'en alla à travers la campagne, pensant à l'excès de félicité qui lui était réservé pour le jour suivant.

songeait que madame d'Olivaie n'aurait point ac-
cordé la permission bienheureuse si sa fille s'y était
opposée. Puis la pensée lui vint de tout ce qu'il devait
au meunier Langebaud ; il se reprocha de ne l'avoir
pas assez vivement remercié, et peu s'en fallut qu'il
n'allât au moulin le réveiller pour lui renouveler ses
actions de grâce. En même temps, il admirait la voie
si simple dont le destin, redevenu tout à coup favorable, s'était servi pour le conduire au couronnement
de tous ses vœux les plus chers. Ce généreux destin
n'avait pas eu besoin d'un autre instrument que Langebaud.

— Quand je songe, s'écria le comte Luigi, que je
devrai l'honneur et la joie de ma vie à un meunier !

C'était justement la même réflexion ironique qu'à
cette heure avancée déjà, dans la salle basse de l'Olivaie, tout en travaillant sous la lampe à une tapisserie,
Édith faisait à sa mère :

— Savez-vous que Langebaud doit être fier de son
succès ? dit-elle avec son sourire hautain et quelquefois un peu dur. Il faut avouer que le comte Luigi
avait choisi là un singulier ambassadeur ! Vous n'avez
pas été exigeante, ma mère.

— Qui vouliez-vous qu'il choisît, Édith, puisqu'il ne
connaît personne?

— Et que personne ne le connaît...

— Vous avez toujours été naturellement méfiante,

Édith. Langebaud est un honnête homme et un vie
ami de notre famille...

— Qui certainement vaut bien d'autres amis.

— Quant au désir que ce jeune homme a témoign
de nous voir, il n'a rien de bien étonnant. Nous som
mes, avec la veuve du château de Sainte-Anne, le
seules personnes de la société qu'il y ait à Mirey, où
s'ennuie.

— Justement... Que fait-il à Mirey, ce beau mor
sieur ?

— Cela, je ne le sais. Il vous trouve belle, peut-être
Ce n'est pas un crime...

... Et puis, reprit la vieille dame, il est encor
temps de revenir sur ce qui a été fait. Langebaud pour
rait dire à M. Luigi qu'il ne m'a pas bien comprise..
ou que j'ai changé d'avis.

— Vous parleriez donc pour vous seule, ma mère
fit Édith ; car moi, je n'ai pas changé.

Sur ces derniers mots énigmatiques, elle se leva
pour aller se mettre au lit.

Le comte Luigi arrivait alors sur l'autre bord de la
Loue ; il avait dépensé quelques minutes à regarde
du haut du pont le flot d'argent courir sous l'ombre
transparente de cette nuit de mai, et ce fut avec un
sourire qu'il se rappela *l'autre lui-même*, le véritable
Maxime Imbert désormais, quoi qu'on pût en dire

puisqu'un acte de la loi le certifiait et le mettait, lui, *hors la loi.*

Il n'éprouvait plus que de l'attendrissement à la pensée de l'INCONNU qui lui avait dérobé son nom pour des raisons mystérieuses qu'il renonçait à connaître, et qui avait cherché la mort dans l'eau claire et profonde de la rivière voisine. La Loue justement s'en allait de ce train joyeux se mêler là-bas, au Doubs, dans la campagne verte :

— Mon Dieu! murmura le jeune homme, il s'en est fallu de peu que je ne fisse, moi aussi, ce qu'il a fait... J'y ai songé souvent... Le malheureux n'aura pas voulu accepter la lutte; il en serait sorti victorieux, peut-être; il n'avait connu de la vie que ses douleurs, et il a manqué de confiance et de courage. Le prix en aurait été à lui comme à *moi*, sans doute, si comme *moi*, il avait su le saisir!...

Qui aurait dit que Maxime Imbert prononcerait un jour l'oraison funèbre de Maurice d'Olivaie?... Mais comment le comte Luigi aurait-il continué d'en vouloir à celui qui l'avait forcé de prendre cet étrange déguisement qui lui était devenu si profitable? Sous son véritable nom, précédé d'une si cruelle renommée, aurait-il jamais obtenu l'agrément de madame d'Olivaie pour pénétrer chez elle?

En sorte que l'obligé, c'était maintenant le vrai Maxime Imbert!

I.   17

Le comte Luigi quitta la rive, et prit un chemin qui montait à travers les bois vers le château de Sainte-Anne, habité par la veuve qui formait avec la dame d'Olivaie toute la *société* à Mirey.

Tout à coup une lueur assez vive lui apparut au bout du sentier; il reconnut qu'elle partait d'une sorte de petite chapelle assise sous le couvert des hêtres et construite en branchages, et en terre glaise qu'il avait eu l'occasion de remarquer pendant le jour. Il s'était même informé de la destination de ce singulier oratoire rustique. On lui avait répondu, en levant les épaules : — C'est une idée de la veuve de Sainte-Anne. Elle est toute en Dieu *maintenant*.

Ce dernier mot ne l'avait point frappé. Ce « maintenant » contenait pourtant bien des choses.

Il connaissait même celle qu'on appelait ainsi. La veuve de Sainte-Anne se nommait vraiment madame d'Escarlat. Il passait fréquemment devant son châtelet, situé à mi-côte sur la seconde chaîne des collines regardant au nord les sinuosités de la rivière et de la vallée, au sud, le bois sans fin que domine la grande montagne nue. Il avait rencontré la dame de ce pittoresque logis, par les routes, tandis qu'il menait son arabe de façon à revenir toujours aux abords de l'Olivaie. C'était aussi une grande écuyère en dépit d'un embonpoint naissant.

Son cheval favori avait l'air d'un cheval de bataille.

Elle ne prenait pas toujours la peine de revêtir une robe d'amazone et galopait, juchée sur l'énorme bête, en pantoufles et en déshabillé du matin. D'autres fois elle conduisait une voiture légère attelée de deux poneys blancs qui dévoraient les chemins ; d'autres fois encore elle chaussait des bottes et, sa jupe retroussée, le fusil sur l'épaule, s'en allait sous le fourré, avec ses chiens, chassant comme un homme. Madame d'Escarlat pouvait encore passer pour jeune et sûrement passait pour excentrique, — pour un esprit même quelque peu dérangé, par tout le pays.

Le comte Luigi se prit à penser que la veuve de Sainte-Anne, qui consacrait le jour à ces exercices violents, avait sans doute réservé la nuit pour les méditations pieuses ; il se souvenait d'avoir entendu dire qu'elle était fort dévote...

Le hasard de la route commencée plutôt que la curiosité, le poussa vers l'oratoire.

Comme il ne s'en trouvait plus qu'à une vingtaine de pas, l'idée lui vint qu'il allait avoir l'air d'épier la châtelaine, et d'être là, sur le domaine de Saint-Anne, justement pour la surprendre. Il eut envie de battre en retraite.

Mais il n'en était plus temps.

Les chiens de la pieuse amazone, endormis sous les hêtres, se réveillaient, et les maudites bêtes commencèrent d'aboyer avec fureur. S'il retournait sur ses pas, il s'exposait à leur poursuite ; l'affaire pouvait être chaude. Leur maîtresse cria dans l'ombre :

— Qui va là !

— Ce n'est ni un ennemi, ni un malfaiteur, répondit le comte Luigi en riant. Madame, je me suis aventuré dans la nuit sans bien savoir où j'allais, et voici que je ne peux plus avancer ni retourner en arrière ; je vous prie de retenir vos chiens.

— N'êtes-vous point l'étranger qui est descendu à la *Croix-de-Suisse?* demanda la veuve.

Sur la réponse affirmative du jeune homme, elle imposa silence à ses grands courants, qui continuaient de faire rage, et le pria de s'avancer.

— Je vous reconnais, monsieur, dit-elle quand il fut arrivé dans le cercle de lumière qui sortait de la chapelle. Le hasard me sert en vous amenant près de moi. J'avais eu ce soir même la pensée de vous faire demander un entretien. Votre physionomie dit assez que vous êtes un galant homme. Vous avez vécu à Paris où vous aurez eu de nombreuses relations, sans doute. Je réclame de vous le secret d'abord, et un peu de complaisance. Il s'agit de me donner, si vous le pouvez, un renseignement précieux...

— Madame, balbutia-t-il fort étonné, je suis à vos ordres.

— Oui, oui, reprit-elle en le regardant, vous êtes beau, vous aurez été recherché par quelques-unes de ces femmes... Ah ! d'horribles femmes !... Peut-être avez-vous connu madame de Nertia ?

XXXIV

— Je ne connais point madame de Nertia, répliqua
le comte Luigi d'une voix si menaçante que l'amazone
dévote d'abord recula et que ses chiens grognèrent.

La veuve de Saint-Anne reprit son assurance : —
Oh! je le crois ! dit-elle. Je crois même que vous tueriez tout net ceux qui se mêleraient de soutenir que
vous avez pu connaître cette personne... ou l'une de
ses pareilles...

— Je punirai, dit-il, tous ceux qui me feront injure,
et je vous salue, madame.

— Moi, je vous prie de rester. Je pense que je suis
bien une femme, quoi que je puisse avoir quelques-
uns de vos goûts, à vous autres hommes ; vous me devez la courtoisie.

— Je me dois à moi-même de ne pas vous entendre !... murmura le comte Luigi.

— Je vois bien ce qui vous a fâché d'abord et ce qui vous excuse. Celui qui aura demain ou l'autre semaine la gloire de devenir le fiancé de la belle Édith...

Pour cette fois, il ne put se contenir ; il la saisit par le bras et la conduisit sur le seuil de l'oratoire. La lueur des cierges, car la veuve en avait allumé une profusion, lui montra mieux le visage de la dame, qui n'était pas laide ; mais la couche de hâle qu'y avaient mis le grand air et le soleil ajoutait encore à la dureté de ses traits ; ses yeux grands et vifs avaient une égale hardiesse d'expression et de couleur ; ils étaient d'un brun lumineux avec des scintillements étranges. Le jeune homme se souvint qu'on appelait indifféremment madame d'Escarlat à Mirey, la veuve de Sainte-Anne, ou la veuve aux yeux d'or.

La virago se dégagea sans peine de son étreinte :

— Me laisserez-vous achever? lui dit-elle tranquillement. Vous êtes un homme violent, *vous aussi*. C'est la nature italienne... Et moi qui ai cru d'abord je vous faisais peur !

— Madame, fit le comte Luigi les dents serrées, j'ai eu peur trop longtemps de ceux qui en veulent à mon bonheur. A présent, je les défie !...

Il ne savait pas à quel point il ressemblait en ce moment à cette madame de Nertia dont on lui disait : La connaissez-vous ?

Si ce n'était qu'un jeu du hasard, il n'en avait pas encore éprouvé de si cruel ni de si dérisoire. Tous ses plans d'amour et de triomphe s'écroulaient de nouveau devant cette rencontre inattendue ; cette chute était bien la dernière, — la fin de toute espérance.

La veuve aux yeux d'or éclata de rire.

— Un défi ! s'écria-t-elle. Allez-vous m'appeler en duel ? On vous aura dit que j'avais soutenu autrefois un combat au pistolet contre une maîtresse de M. d'Escarlat, mon mari. C'est un conte à dormir debout ; on en fait sur moi de toutes les façons et je ne m'en soucie guère. Je n'ai pas eu l'intention de vous offenser. Qu'est-ce que j'ai dit ? Que vous seriez le fiancé de mademoiselle d'Olivaie. Tant mieux pour vous ! Mais vous ne voulez pas qu'on vous soupçonne d'avoir accroché votre cœur aux buissons du chemin avant d'arriver à elle ! C'est très-prudent, car, entre nous, je crois la belle Édith assez ombrageuse...

— Parlez-moi de cette madame de Nertia, interrompit le comte Luigi d'une voix sourde. Vous aviez formé le projet de me faire demander un entretien pour m'interroger sur cette personne, que vous supposiez pouvoir être connue de moi... Qui vous avait conduite à le supposer ?

La veuve redevint tout à coup sérieuse, et le scintillement étrange de ses yeux redoubla.

— Quand le cœur se noie, dit-elle, est-ce qu'il ne se raccroche pas à tout ? Je conviens que j'ai obéi à une idée folle, suivi une chimère de plus. Pourtant sait-on jamais ce que fera le hasard ?

— Jamais ! murmura le jeune homme.

— Il faut m'excuser à votre tour. Si vous êtes heureux, moi je souffre, et c'est par cette femme.

— Quel mal vous a-t-elle fait ? demanda-t-il en fermant les yeux, car une épouvantable vision se dressait devant lui.

— Si je ne me trompe, c'est vous à présent qui m'interrogez. Je ne veux pas m'en plaindre. J'ai fait une chose qui autorise tout en vous arrêtant ainsi, la nuit, au bord d'un chemin. Est-ce que je fais rien comme les autres femmes ?... Je suis une originale ! On le dit à Mirey.

— Parlez-moi de madame de Nertia, je vous en prie ; vous avez excité ma curiosité, murmura le jeune homme.

— Les propos sont allés de plus belle quand j'ai fait élever cet oratoire, continua-t-elle. Les gens disaient : C'est le tombeau de ses amours. Les rustres ! La belle Édith, à l'église, le dimanche, a cessé de me saluer... Eh bien, oui ! je veux tout vous dire à vous. Aussi bien le poids est trop lourd ! C'est ici, à cette place,

17.

que j'ai vu pour la dernière fois un ingrat et méchant
enfant que personne ne verra plus... Que peut-on me
reprocher ?... Est-ce que je ne suis pas veuve ?... Est-
ce que je ne suis pas libre ?... Je n'ai commis ni par-
jure ni trahison...

— Vous avez été la maîtresse de Maurice d'Olivaie !
s'écria le comte Luigi... Je comprends enfin !

— La maîtresse ?... Un vilain mot. Je l'ai aimé.

— L'enfant ingrat, c'était lui ! répéta le jeune
homme.

Il éclata de rire, mais d'un rire égaré, convulsif,
une effroyable gaieté.

— Encore une question ! fit-il en s'arrêtant tout à
coup. Pourriez-vous me dire s'il a été le dernier amant
de madame de Nertia ?

— Pourquoi voulez-vous qu'il ait été le dernier ?

... Ah ! oui... balbutia-t-il en cherchant un appui
contre la porte de la chapelle... Pourquoi, je le veux !...

— Tenez, reprit la châtelaine, je vois que je vous
cause un vif chagrin. Ce n'est point dans une intention méchante. Votre belle Édith ne m'aime pas ; mais
je n'en suis guère en peine. Vous ne devez point vous
soucier non plus de la conduite de Maurice. C'est bien
assez que ses vilaines folies m'aient déchiré le cœur.
Il ne faut pas qu'elles vous empêchent d'être heureux.
Si le pauvre enfant, — le cher garçon ! — s'est désho-
noré pour cette créature maudite...

— Maudite ! répéta-t-il... Oui, oui, maudite !

— Ce n'est pas une raison pour craindre d'entrer dans la famille. Mademoiselle d'Olivaie, après tout, ne portera plus que votre nom...

— Mon nom ! cria le comte Luigi, mon nom !...

— Allez ! continua la veuve, je n'aurais pas les mêmes scrupules que vous ! C'est peut-être parce que j'aime d'une autre force ! J'ai voulu attacher Maurice à moi, quand il ne pensait qu'à me trahir et à me quitter. Je l'aurais épousé moi qui suis riche, moi qui suis de plusieurs années plus âgée que lui... Cette folie, je la commettrais encore. Je lui pardonnerais si je devais le revoir...

— Rassurez-vous, interrompit-il, vous n'aurez pas à faire un effort si généreux !... Vous aviez bien raison de dire tout à l'heure que personne ne reverra plus Maurice d'Olivaie... Ah ! non, on ne le reverra plus ! Personne en ce monde ! Gardez votre pardon pour l'autre !...

— Vous savez donc qu'il est mort ? s'écria-t-elle en lui saisissant le bras à son tour.

Mais il la repoussa de toute sa force, il eut le même éclat de rire insensé qu'un moment auparavant. — C'est moi qui suis mort ! dit-il.

Et il se mit à descendre le sentier.

— Je me flattais de parler à un homme de cœur, et je n'ai parlé qu'à un méchant ou à un fou, lui cria la veuve. Mais je ne vous crois point. Maurice est vivant, il est bien en Amérique. Sa sœur l'a dit. Je ne l'aime guère votre belle Édith ; pourtant je la connais bien. Elle est trop fière pour consentir à déguiser la vérité. Édith n'a jamais menti.

Il s'arrêta. Une dernière espérance passait comme un rayon dans la nuit ; il revint lentement vers l'oratoire.

— Que savez-vous enfin de madame de Nertia ? demanda-t-il à la veuve.

— Ah ! vous m'interrogez encore... Vous voulez que je vous fournisse les raisons que vous cherchez pour vous persuader vous-même. Vous ne renoncerez pas à ce mariage. Moi aussi, mon Dieu, je désire qu'il s'accomplisse. Ces d'Olivaie sont si pauvres ! Édith, sans vous, pourrait bien rester fille. Aussi je vais vous répondre. Ce que je sais de madame de Nertia?... Rien. Et vous devriez bien le penser, puisque j'avais compté sur vous pour m'instruire... Je n'ai jamais su que son nom.

Il respira.

— En sorte, dit-il, que vous ignorez ce qu'elle est devenue aussi bien que Maurice. Peut-être sont-ils partis ensemble...

— Non ! non ! s'écria la veuve. On connaissait cette liaison à l'Olivaie. La vieille dame en a pleuré toutes ses larmes ; la belle Édith ne trouvait rien à dire d'assez méprisant et d'assez dur contre cette femme... Nous en parlions toutes les deux ensemble en ce temps-là... *On* daignait encore me voir !... Un jour la fille et la mère ont appris à tout le monde que Maurice avait quitté sa maîtresse... et cela doit être vrai... La mère n'aurait peut-être pas reculé devant un mensonge, elle aime tant ce méchant fils !... Mais vous savez ce que je pense du caractère de mademoiselle d'Olivaie...

— Jamais elle n'a menti, murmura le comte Luigi... Ah ! que je voudrais le croire !

Tout haut il ajouta :

— Combien y a-t-il de temps écoulé depuis que les dames d'Olivaie ont appris à leurs amis cette bonne nouvelle ?

— Trois ou quatre mois.

— Quatre mois ! pensa-t-il... Ce ne serait donc pas lui !

— Oh ! bien ! reprit la veuve aux yeux d'or, vous vous parlez tout bas, à présent. On n'a pas de meilleur consolateur que soi-même. Voilà que vous vous bercez d'illusions déjà sur ce cher garçon que vous n'avez jamais vu. Vous pensez qu'il n'a peut-être pas fait une brèche irréparable à l'honneur de la famille...

— L'aimiez-vous, enfin ! s'écria le comte Luigi... On ne le dirait pas... Oui, je crois que vous l'aimiez, mais vous haïssez sa sœur...

— Eh! fit-elle, je ne sais... J'ai pleuré moi aussi comme la mère. Je n'ai pourtant pas l'air d'avoir été faite pour jamais pleurer. Je prie pour lui... J'ai fait élever cette chapelle, en souvenir de notre dernière rencontre. J'y passe mes nuits, car j'ai perdu le sommeil... mais je le hais quelquefois autant peut-être que je l'aime... Moi seule, je le connais! Maurice d'Olivaie est capable de tout quand la passion brutale le mène. Aussi, quand je vous ai dit que je ne le reverrais point, c'est que j'avais de bonnes raisons pour le croire, et vous n'aviez pas besoin d'y rien ajouter. Vous n'avez pas été généreux tout à l'heure! Maurice aura commis, avant de quitter la France, des actions qui l'empêcheront de jamais y revenir...

— Oui! oui! dit le comte Luigi... mais je crois avec vous qu'il est bien en Amérique, qu'il est bien vivant. Sa sœur l'a dit, elle ne ment point!

XXXV

Le lendemain, à deux heures, le comte Luigi arrivait à la maison de l'Olivaie. L'entrée principale s'ouvrait sur une des rues du bourg qui présente la forme d'une croix, l'un des bras étendus vers la rivière, l'autre vers la colline boisée. Le jeune homme s'arrêta devant la grille, et leva la main pour saisir la chaîne de la sonnette.

Il était encore temps de reculer, encore temps de repousser cet amour qui contenait peut-être autant d'horreur que d'ivresse, encore temps de ne pas vérifier les étranges révélations de la veuve de Sainte-Anne pendant la nuit, encore temps de fuir avec la résolution de ne point sonder ces mystères et d'emporter avec le bienfait de l'ignorance l'espoir de re-

couvrer un jour la paix dc l'esprit et la liberté du
cœur.

Mais, à travers cette grille, il aperçut à droite le
massif d'arbres, au-devant de lui un coin de la pelouse,
et sous un vieux tilleul, tout près de fleurir, une robe
printanière : il sonna.

La maison présentait en avant-corps une sorte de
loge qui était une dépendance des cuisines. C'est de
là que sortit la voix du jardinier :

— Maudite cloche! grommelait-il. Si l'on ne dirait
pas le glas des morts!

De fait cette sonnette rendait un grincement parti-
culièrement funèbre. De plus elle était fêlée.

— Plaignez-vous donc ! riposta la jeune servante.
On l'entend bien une fois tous les deux mois. Et encore! Vous trouvez peut-être qu'on reçoit ici trop de
visiteurs ?... Irez-vous ouvrir, vieux grognon?

Le jardinier obéit à cette sommation peu respectueuse et demeura court en reconnaissant le bell
Italien qui lui dit d'une voix presque éteinte :

— Madame d'Olivaie me fera-t-elle l'honneur de me
recevoir?

— Ces dames sont au jardin, répondit le bonhomme
à qui la pensée ne vint pas même de guider le visiteur
et qui rentra dans la maison, en disant : L'avez-vous
vu? C'est bien lui. Eh! voilà du nouveau, je pense. On
lui permet donc de venir faire sa cour à mademoiselle!

Oh bien ! nous aurons des noces. Mais faut-il qu'il soit amoureux ! Il est pâle comme un mort.

— Taisez-vous donc, cœur de pierre ! s'écria la jeune servante en riant. On voit bien que vous n'avez jamais aimé !

Le trouble de celui qui s'avançait vers le tilleul n'était que trop naturel. Qui donc a aimé dans cette situation effroyable, se disant : « Le frère de cette fille pure et adorée qui tient mon cœur et ma vie dans ses belles mains, a-t-il été, oui ou non, l'assassin de ma mère ? Est-ce lui que mon père a sauvé de la sentence des juges en se dévouant pour le lambeau d'honneur qui nous restait ? Est-ce lui qui en se faisant ensuite justice, m'a volé ma place au soleil, lui qui repose à présent dans la tombe dérisoire du cimetière de Dôle sous mon nom ? »

Édith reçut le visiteur de façon à lui faire bien voir qu'elle n'était point là pour l'attendre, et appela sa mère assise sur son éternel pliant devant la maison. La vieille dame à la vue de ce jeune homme qu'elle avait tant désiré de connaître, retrouva le sourire qui la fuyait depuis si longtemps. Mademoiselle d'Olivaie conservait son attitude accoutumée ; et ce calme dans la grâce qui était son plus grand charme ne se démentit pas un seul instant.

Seulement elle attacha sur le comte Luigi son regard le plus clair, et il ne put le soutenir. Elle était visiblement satisfaite de le trouver si ému; elle aimait cette pâleur sombre. Jamais il ne lui avait paru si beau.

Il y avait des chaises rustiques sous le tilleul; on ne peut imaginer un plus riant salon de réception au mois de mai. D'abord, on ne parla que de Mirey et de la beauté du pays. Madame d'Olivaie dévorait le jeune comte Luigi de ses yeux humides; mais un nouvel entretien avait eu lieu, le matin, entre la vieille dame et sa fille, et il avait été convenu que la mère, impatiente, attendrait que l'on se connût mieux pour parler de Maurice. Édith se réservait d'éloigner l'occasion.

Cette première visite fut courte comme elle devait l'être. Le soir de ce même jour le comte Luigi partit à pied pour une excursion vers les sources de la Loue; puis changea brusquement de route, joignit de grandes forêts de sapins, traversa un pittoresque vallon immortalisé par Jean-Jacques Rousseau, gravit une des cimes du Jura, et reconnut devant lui le lac de Neufchâtel et la Suisse.

De ce côté étaient la raison, le devoir, le sacrifice. Que ne descendait-il du haut de ce mont vers le lac ! Sur l'autre versant, c'était le chemin de la passion, de la tentation qui, pourtant avait cessé d'être aveugle, le chemin des joies déchirantes et des découvertes terribles.

Il le reprit à la fin du troisième jour brisé par cette marche sans trève; il n'avait pas cherché la délivrance mais seulement la fatigue, et trouvant le sommeil à Mirey, il dormit lourdement, sans rêves, dans la chambre rouge. Le lendemain, il reparut à l'Olivaie.

On se mit aux portes pour le voir passer, et l'on remarqua son air d'accablement. Les jeunes filles levaient les épaules : — Quel amoureux ! disaient-elles, Comme le *sentiment* l'a changé !

Il y a des comparaisons qui naissent d'elles-mêmes dans les esprits les plus simples : l'amour est une ivresse comme celle qu'on puise au fond des verres. Un gros homme à la face enluminée, qui avait certainement éprouvé les effets de la dernière, fit éclater de rire le troupeau des fillettes, en disant :

— Il n'a pas le vin gai, monsieur le comte !

Cependant, si les plaisants avaient suivi le comte Luigi dans le jardin de l'Olivaie, ils l'auraient vu se redresser et fixer un sourire sur ses lèvres. Quant à la flamme de ses yeux, il n'eut pas besoin de l'attiser : sa naissance l'y avait allumée; le choc de ses pensées et le combat intérieur qu'il soutenait depuis son entrevue avec madame d'Escarlat, l'y ravivaient encore.

Il fut reçu pour cette fois dans la salle basse, car le temps était menaçant et la pluie prochaine. Édith bro-

dait au métier un magnifique ouvrage d'or et d'argent
sur un tissu de soie; il était aisé de reconnaître un or-
nement d'église. Ce fut une occasion de parler des
mœurs religieuses du pays. On y trouvait beaucoup de
piété, mais médiocrement généreuse. Mademoiselle
d'Olivaie fit entendre que sans elle et une autre personne des alentours, le curé serait assez dépourvu de
présents. Le comte Luigi se raffermit alors comme il
put le cœur et la voix.

— Voulez-vous parler de la veuve de Saint-Anne ?
demanda-t-il.

— La veuve aux yeux d'or ! répondit Édith en levant
tout à coup la tête. Est-ce que vous la connaissez ?

Il expliqua qu'en effet il avait rencontré plusieurs
fois madame d'Escarlat, qu'ils avaient eu même ensemble, un soir, une assez longue conversation près
de la chapelle rustique, au bord du bois où il ne
s'attendait guère à la surprendre à pareille heure.

— Oh ! reprit Édith, que craindrait-elle donc ? Elle
a pour la défendre ses chiens et son fusil... sans compter sa réputation... C'est elle qui fait peur à tout le
monde.

— Édith ! murmura madame d'Olivaie, qui s'agitait sur son fauteuil.

— Je suis sûre, continua la jeune fille qui s'ani-
mait, que si elle vous a parlé, elle vous aura dit beau-

coup de mal de nous. Elle nous déteste cordialement...
Ah ! nous aurions peut-être des raisons meilleures, si
nous le daignions, pour le lui rendre !

En même temps elle tirait de sa boîte à ouvrage un
écheveau de fil d'or qu'elle voulut enrouler sur une
bobine.

— Votre frère vous aidait autrefois à dévider vos
écheveaux, Édith, quand il était à l'Olivaie, dit la
vieille dame.

Ce fut au tour de la jeune fille de jeter à sa mère un
regard de reproche qui lui rappelait ses promesses : —
Monsieur Luigi, dit-elle, serez-vous assez complaisant
pour remplacer mon frère ?

Une lueur fugitive passa sur le triste visage de la
vieille dame. Était-ce au jeune homme, était-ce à sa
mère que mademoiselle d'Olivaie voulait plaire en ce
moment ? Se proposait-elle de caresser l'illusion de
madame d'Olivaie ou d'éveiller dans le comte Luigi
un trouble qui commençait à lui être cher.

Quant à lui, tout tremblant, il tendit ses mains.
Celles d'Édith les effleurèrent dans ce jeu rapide. Deux
fois, elle le regarda avec un sourire moqueur ; mais il
comprit que la moquerie n'était déjà plus que sur ses
lèvres.

Entre cette seconde visite et la troisième, il ne mit
point d'intervalle de bienséance et revint le jour suivant.

Édith avait repris son tableau commencé : les enfants posaient devant elle sur la pelouse et le comte Luigi, discrètement, pour ne point déranger la pose, alla s'asseoir auprès de madame d'Olivaie, au pied de la maison.

Quand elle se vit, en réalité, seule avec lui, puisque sa fille était placée trop loin pour pouvoir l'entendre, la vieille dame oublia cette fameuse promesse qu'Édith lui avait déjà rappelée presque tardivement, la veille, au moment où elle allait y manquer : la tentation était trop forte pour la mère.

— Monsieur, dit-elle à demi-voix, avec son douloureux sourire, toujours à demi égaré, nos enfants sont quelquefois nos maîtres. Édith est certainement plus sage que moi, car j'ai bien peur que le chagrin ne m'ait un peu fait perdre la raison. Ma fille ne veut pas que je vous parle de son frère. Et j'aimerais pourtant à vous adresser une question...

— Je serais fâché de déplaire à mademoiselle d'Olivaie, balbutia le comte Luigi. Cependant, Madame, je suis prêt à vous répondre.

Édith les regardait de loin et commençait à prendre l'alarme.

— Vous avez beaucoup vécu à Paris...

Les choses s'engageaient comme avec la veuve de Sainte-Anne, quelques jours auparavant. Ce rapprochement fit tressaillir le jeune homme.

— Et vous y avez eu sans doute beaucoup de relations de toute sorte, reprit madame d'Olivaie. Il n'est
pas impossible que vous ayiez rencontré dans le
monde ou dans des réunions de jeunes gens, mon cher
fils Maurice...

— Qui, maintenant, est en Amérique?...

Édith se leva brusquement, recommandant à ses
petits modèles de ne point bouger et de l'attendre, et
s'avança vers la maison : — Monsieur Luigi, demanda-
t-elle, que vous disait donc ma mère?

— ...Ah! fit-il... Des choses qui allaient me rendre
heureux, peut-être!

Elle se méprit à cette réponse, et pensant qu'il
avait exprimé déjà certaines espérances devant madame d'Olivaie qui ne les avait pas contredites, elle
rougit violemment.

XXXVI

Le jour suivant, comme il n'avait point fait une nouvelle excursion à pied pour se vaincre lui-même par la fatigue et pour se procurer le sommeil, le comte Luigi, levé de grand matin, errait dans la chambre rouge.

La température était fraîche, et cependant il étouffait. Il consulta le ciel, le vit sans tache; il n'y avait décidément d'orage qu'en lui-même, et jamais peut-être pareille tourmente n'a grondé dans une âme de vingt ans; mais aussi la singulière vie! — Chaque jour, pendant l'après-midi, tandis qu'il était à l'Olivaie, le parfait bonheur. Le reste du temps, le repentir de sa lâcheté, le remords de son aveuglement volontaire, la terreur du lendemain et de la *suprême découverte;* la fièvre aux mains, et, aux tempes, une sueur d'agonie.

Il se pouvait que le lendemain, l'amour qu'il avait

pour Édith et que mademoiselle d'Olivaie lui rendait peut-être, — la plus noble des passions ne fût plus qu'un crime.

Le comte Luigi cherchant à se distraire de cette pensée cruelle, se remit machinalement à sa croisée. Il aperçut, planté au pied de la maison, le meunier Langebaud qui lui cria : — Pardié, monsieur, j'ai une commission à vous rendre ; mais je ne m'attendais pas à vous trouver debout. C'est encore l'heure de dormir pour les chrétiens qui ont de *quoi*.

— Vous avez une commission à me faire, dit le jeune homme qui crut à un message venant de l'Olivaie. Montez donc.

Le meunier obéit, et tout en gravissant l'escalier il grommelait : — Si j'avais pourtant son âge et du bien, j'aimerais à faire la grasse matinée.

La maritorne de l'hôtellerie, la robuste fille à la chevelure rousse qu'il croisa sur la dernière marche, l'entendit et lui répondit sentencieusement : — Jamais il ne dort. La force de l'amour ! Voilà.

Langebaud entra dans la chambre rouge : — Monsieur, demanda-t-il, en présentant au comte Luigi un pli vraiment assez coquet et cacheté de cire brune, pailletée d'or, connaissez-vous la dame de Sainte-Anne ?

— Oui, dit le jeune homme en frémissant, je la connais ; mais je ne pense pas que ce billet vienne d'elle...

— Pardié, si. J'ai fait hier un gros marché avec la

dame pour ses blés en herbe. C'est une commère, allez ! quand il s'agit de pièces rondes. L'affaire entendue, elle m'a remis cette lettre, et m'a prié si fort de vous l'apporter à la Croix de Suisse, que je n'ai pas voulu lui faire de la peine, et me voici.

— Donnez ! fit le jeune comte.

Il déchira le pli qui ne contenait qu'un portrait photographié et se mit à rire bruyamment : — Bon, dit-il, en présentant la photographie à Langebaud, je crois le reconnaître celui-là ! C'est Maxime Imbert !...

— Maxime Imbert ! répéta le meunier stupéfait. Ne vous en déplaise, vous vous laissez tromper par une ressemblance. Celui-ci, c'est Maurice d'Olivaie.

— Il s'agit bien de ressemblance ! reprit le comte Luigi du même air égaré. Maurice d'Olivaie ne se serait point contenté de ressembler à Maxime Imbert. Il a voulu se mettre en tout à sa place, dans sa chair et dans son nom, jusque sous sa pierre tumulaire ! Avez-vous jamais entendu raconter qu'un homme se soit amusé à mourir au lieu d'un autre ?

— Jésus ! dit le meunier, qu'est-ce que tout cela ? Voulez-vous dire que le jeune homme de l'Olivaie est mort ? Vous l'aviez donc connu à Paris ?

Le comte Luigi se laissa tomber sur l'unique vieux fauteuil de la chambre d'auberge, et, tout à coup, appelant près de lui Langebaud : Vous voyez bien, répondit-il, que je me sens très-mal ce matin. J'ai

eu jadis un ami qui s'appelait de ce nom que je viens
de vous dire, Maxime Imbert ; il avait l'âge du fils de
madame d'Olivaie, et, récemment, il est mort...

— Bon ! bon ? fit le meunier. Quand vous venez à
parler de lui, la tête vous tourne, je comprends ça.

— Quant à Maurice d'Olivaie, je ne l'ai pas connu,
et je ne sais pourquoi la veuve de Sainte-Anne tient à
me le faire connaître.

— Eh ! dit Langebaud en riant, pour vous faire juge
de ses amours et de son bon goût, peut-être.

— Voyons ! fit le comte Luigi, en reprenant le portrait.

C'était une belle figure : des traits corrects, bien que
trop accentués peut-être, et agités d'une sorte de frémissement que la photographie avait su rendre, un air
de force sauvage et mal contenue, de violence accoutumée et native, des yeux brillants, menaçants, d'un
éclat incommode, presque farouche, la bouche sen-
suelle et cruelle.

— Cette singulière femme a voulu me faire mieux
comprendre ce qu'elle m'avait dit de lui, murmura le
jeune homme.

Il se rappela l'une des dernières confidences de la
veuve aux yeux d'or :

— Quand la passion brutale le mène, Maurice d'Olivaie est capable de tout !

Elle avait voulu le lui prouver.

C'était donc bien Maurice. Mais, ce n'était point le

noyé de Dôle. — L'assurance en avait été donnée par Édith et répétée par la châtelaine de Sainte-Anne : Maurice avait quitté sa funeste maîtresse depuis quatre mois.

Ah ! qu'il y a des doutes opiniâtres ! Et que celui du comte Luigi était bien plutôt fait d'amour et de désespoir que de véritable confiance dans les paroles de mademoiselle d'Olivaie.

— Langebaud, dit-il d'une voix sourde, je souffre cruellement aujourd'hui ; je ne saurais aller à l'Olivaie, cette après-midi.

— Pour cela, vous ferez bien. Ce serait une visite inutile. Les dames vont se rendre à leur ferme de Haute-Fontaine, là-bas, au-dessus du châtelet de Sainte-Anne, dans la forêt.

— Elles ne m'ont rien dit hier de ce projet, répliqua le jeune homme, oubliant déjà la demi-résolution qu'il venait de prendre intérieurement, de se tenir éloigné de la sœur de Maurice, au moins pour un jour, et ne cédant plus qu'au dépit.

— C'est possible, mais mademoiselle Édith me l'a fait savoir à moi ; elle n'a pas pensé que je vous le redirais, riposta le meunier avec malice. La ferme de Haute-Fontaine n'est pas seulement à deux lieues du bourg. Pour votre cheval arabe, c'est l'affaire d'une demi-heure, et la journée aura beau être chaude, le chemin est toujours frais.

A midi, suivant la coutume de la province, le repas du comte Luigi fut servi dans la salle de l'hôtellerie. La maritorne s'empressait autour du beau convive ; il ne mangeait presque point. La fille soupirait, et marmottait en secouant le buisson ardent qui la coiffait :

— C'est le sentiment !... Voilà !

Le cheval arabe piaffait dans la cour. Un instant après le jeune comte se mettait en selle ; il avait bien retenu la route de Haute-Fontaine indiquée par le meunier.

« Au dessus du château de Sainte-Anne, par la forêt. »

Comme il passait devant la chapelle rustique, son premier point de repère sur le chemin, il fit halte à la vue d'une petite troupe de jeunes garçons de seize à dix-huit ans qui s'occupaient à tracer des inscriptions sur la porte, au crayon blanc, tout comme les dames de Dôle, dans le cimetière, sur *sa* tombe.

Il y en avait de différentes natures, et quelques-unes si incongrues qu'elles lui ôtèrent l'envie de sourire. Une pourtant le frappa. Elle ne se distinguait point par un grand effort d'imagination :

« Ci-gît le cœur de la veuve. Celui qui l'a emporté est en Amérique. »

Rien de plus simple et de plus naïvement contradictoire, car enfin si le cœur de madame d'Escarlat gisait dans la chapelle, on ne l'avait pas emporté. L'auteur

18.

de l'inscription avait moins de réflexion que de malice. Au bas de cette sottise garçonnière et villageoise, un autre avait ajouté : « Il ne reviendra pas, la, lira! »

Un autre main encore et celle-là devait-être la main d'un ami de l'exilé : « Prenez-garde, monsieur Maurice! Si elle vous tenait, elle vous ferait du mal! »

Ces derniers mots firent réfléchir le cavalier. Il était bien avéré dans tout le pays que madame d'Escarlat était une assez folle et méchante femme. Il pouvait donc croire qu'elle se faisait un jeu de le troubler par malice naturelle et par haine d'Édith. Ne venait-elle pas de lui en fournir une nouvelle preuve en lui adressant ce portrait?...

Elle ne soupçonnait pourtant pas de quel intérêt était pour le comte Luigi, ce singulier présent; elle n'avait bien voulu que confirmer devant lui, par la connaissance des traits de l'absent, le mal qu'elle en avait dit, — surtout afin de nuire à sa sœur.

L'absent! Elle ne savait pas non plus combien lointaine était cette absence !

Le comte Luigi crut devoir gourmander ces jeunes drôles : — N'avez-vous pas de honte de ce que vous faites là? leur dit-il. Vous pourriez respecter la porte d'une chapelle.

— Oui-da! riposta le plus hardi, une chapelle !

Croyez-vous qu'on l'ait bénite ? Pas si complaisant,
M. le curé. Il connaissait trop la sainte.

Toute la bande éclata de rire et leur gaieté allait
gagner le sermonneur, quand le jeune coq reprit la
parole : — C'est une bâtisse comme une autre ! dit-il.
On peut bien écrire dessus l'histoire de la dame, on ne
dira jamais tout !

Le comte Luigi ne jugea pas à propos de continuer
le débat et reprit sa route.

A peine avait-il fait trois ou quatre cents pas qu'il
s'arrêta de nouveau. Le meunier lui avait bien dit :
— Au dessus du château de Sainte-Anne ; mais il avait
omis d'ajouter que le chemin s'engageait si avant dans
les domaines de la veuve. Ce chemin, en cet endroit,
se confondait avec une avenue qui menait au châtelet
même, précédé d'une grande cour ouverte, une sorte
de préau qu'il traversait. La veuve supportait donc
une servitude qui eût incommodé des châtelaines plus
timides ; ou bien en véritable amazone sans crainte,
mais non assurément sans reproche, elle avait négligé
de se faire enclore. Peut-être, dans sa vie oisive et
solitaire, n'était-elle pas non plus fâchée de voir de
près les passants.

Le jeune homme pensa que madame et mademoiselle
d'Olivaie venaient de traverser cette cour, bravant le
feu des regards de leur ennemie ; il pouvait bien, après
tout, faire comme elles. Seulement, il joua de l'éperon.

XXXVII

Le Châtelet était une assez jolie construction mo-
derne où l'on n'avait pas épargné la dépense ; mais,
tel qu'on le voyait, se dressant au milieu d'un espace
inculte, il avait l'air d'un amas bien arrangé de pierres
d'attente, ou d'un campement dans le désert, point
d'un véritable logis.

Pas une plate-bande à l'entour, pas une bordure,
pas une fleur. D'un côté, cette grande cour ouverte où
s'élevaient l'écurie pour les six chevaux de la veuve et
un fort beau chenil pour sa meute ; de l'autre le bois.

Quand l'idée jadis était venue à feu M. le comte
d'Escarlat, en son vivant le modèle des oisifs, de se
faire bâtir une maison, pour faire quelque chose, il en
avait choisi l'emplacement au milieu du fourré, arraché les arbres et planté sa bâtisse. Il se réservait peut-

être d'y dessiner plus tard des parterres ; mais Dieu lui fit la grâce de rappeler sa pauvre âme, afin de lui rendre la paix qu'Isabelle de Malmontagne, son orageuse compagne terrestre, lui ôtait depuis six ans.

Le castel, dans la pensée du maître, devait être coquet, mignard, enluminé, et, par exemple, feu M. d'Escarlat avait imaginé de faire dorer l'encadrement des fenêtres. Au faîte du toit neuf grinçait une girouette superbe, à elle seule une œuvre d'art, représentant Diane à la chasse, entourée de ses chiens ; et l'on pouvait bien dire que jamais meute n'avait mieux pris le vent.

Était-ce une ironie du bon seigneur contre les goûts masculins de sa femme ? Le tout, déesse et chiens, était également doré. L'intérieur de l'habitation répondait au dehors et les croisées, alors ouvertes, laissaient voir un ameublement somptueux. Tout passant qui aurait aperçu ce singulier petit palais dans une friche, se serait arrêté fort surpris, se disant : « Qu'est cela ? Ce n'est pourtant point l'habitation d'un gentilhomme misanthrope, coureur de bois, grand chasseur, et lui-même un peu sanglier, car voici de la soie et du velours. » L'idée lui serait peut-être venue qu'il se trouvait en présence du nid de quelque fille d'Ève, mollement retranchée dans ces belles solitudes pour y pleurer un amour trahi.

Et l'on sait qu'il n'aurait pas eu tort de le croire.

Seulement les pleurs répandus sur Mauriee d'Olivaie
par la veuve étaient mélangés de fiel.

Le comte Luigi traversa donc la cour au galop. Il
s'attendait à voir madame d'Escarlat paraître subitement
à l'une des croisées : il s'était trompé, et ne vit personne que des femmes au bas de la maison dans les
cuisines, un palefrenier sur le seuil de l'écurie, et près
du chenil le piqueur de la chasseresse, bien mieux
tenu que ses jardins, en habit vert et en bottes, coiffé
de la ronde casquette, ornée d'une trompe d'or, — qui
le salua.

Le jeune homme se sentit délivré d'un grand poids,
et laissant derrière lui l'espace qu'on appelait à Mirey
l'enclos de Sainte-Anne, bien que rien n'y eût jamais
été clos, il mit son cheval au pas.

Le chemin montait, montait toujours entre les taillis,
où retentissait parfois le bruit d'une course folle :
c'était quelque chevreuil occupé à se régaler des jeunes
pousses et que le passage du cavalier venait d'effrayer.
De quelque côté que son regard se tournât, le comte
Luigi n'apercevait plus que la feuillée et ses ondes
vertes, agitées par une brise assez vive. La chanson
d'une source, au bord du chemin, sous les herbes,
l'avertit qu'il ne devait plus se trouver bien loin de la
fontaine qui avait donné son nom au bien de madame
d'Olivaie. On lui avait dit que la ferme et ses pâturages
couronnaient la cîme du mont. Ainsi, il allait rejoindre

Édith. La jeune fille avait-elle réellement voulu se faire trahir, par le meunier Langebaud, et désirait-elle de le voir ? Il le croyait et pensait n'être pas aveugle, car il se souvenait de l'air malicieux du meunier lui disant : ·

— Mademoiselle m'a fait avertir qu'elle allait à Haute-Fontaine ; elle n'a pas eu l'idée que je voudrais vous le redire.

Le taillis cessait en cet endroit pour faire place à un grand bosquet naturel formé de quelques magnifiques sapins ; ces géants des hautes chaînes prospèrent quel_ quefois sur les pentes plus douces. Au devant courait un épais rideau de frênes nourris à la fraîcheur des eaux et qui masquaient encore la fontaine ; mais à droite, sous les rejets déjà fort élevés des grands sapins, le comte Luigi vit une petite voiture basse en osier, attelée des fameux poneys blancs de la veuve de Sainte-Anne. Presque aussitôt, le feuillage des frênes s'écarta, la veuve elle-même se fit voir.

Ce n'était pas aux fenêtres de son château qu'elle avait voulu l'attendre, mais dans ce poste bien autrement solitaire et tout près du lieu du rendez-vous donné par mademoiselle d'Olivaie, — si c'était un rendez-vous. Or, madame d'Escarlat n'en doutait point, et à l'instant, en fournit la preuve.

— Oh ! dit-elle, n'ayez peur que je vous arrête. Je ne voudrais pas retenir le jeune et bouillant soldat

qui marche à la victoire. Non, non ! Et l'on a beau dire
à Mirey que je suis une mauvaise chrétienne, je n'envie pas le bonheur ʾde mon prochain ; je me ferais un
scrupule de retarder celui de la belle Édith et le vôtre.
Passez, monsieur le vainqueur, et ne tenez compte du
pauvre monde qui vous regarde et que votre félicité
fait rêver sur le chemin.

Elle n'avait point mauvaise grâce vraiment à employer cette ironie joyeuse, où perçait cependant une
assez méchante amertume. Et d'ailleurs, elle s'était
mise en état, ce jour-là, de tout oser, même la grâce.
Jamais peut-être personne dans le pays ni dans sa
maison, ni M. d'Escarlat, le pauvre homme ! ni Maurice d'Olivaie lui-même ne l'avaient vue si parée :
elle portait une robe de lourde soie, d'une nuance
brillante et indéfinissable qui rappelait pourtant la
célèbre robe couleur de l'aurore imaginée autrefois
pour la Belle au Bois dormant ; son col et la naissance de sa gorge étaient nus sous un flot de magnifiques dentelles, ses bras chargés de bracelets jusqu'au coude. Elle était coiffée d'un édifice charmant
et fragile, dû certainement au génie de la faiseuse
parisienne, nullement au goût de la dame elle-même :
ce que nos arrières-archi grands'mères appelaient
« un chapeau de fleurs ; » mode souriante et printanière que la coquetterie de leurs petites-filles a ressus-
citée.

Le comte Luigi, plus interdit encore par ce changement que choqué par le badinage hardi de la veuve, se
demandait pourquoi elle avait ainsi voulu lui apparaî-
tre sous ces espèces féminines ?

Quel dommage que la voix qui lui servait à railler
le bel amoureux de mademoiselle d'Olivaie, — bien que
leur bonheur à tous deux ne lui causât point d'envie, —
quel dommage que cette voix fût toujours forte et
masculine ! Quel dommage que ces bras étincelants
d'or et de pierreries, et d'une remarquable blancheur,
montrassent des muscles comme ceux des hommes !
La rude coquette pouvait bien se parer comme une
châsse, mais non pas vaincre la rebelle nature.

Son tempérament, toujours prompt et résolu, ce
qu'on nommait à Mirey son humeur garçonnière, se
trahissait encore dans l'attitude qu'elle avait choisie
pour débiter ses sarcasmes. Elle ne retenait pas le
comte Luigi, elle avait eu grand soin de le lui dire,
mais elle avait pris la bride de son cheval : — Dites-
donc, s'écria-t-elle, que vous n'allez pas chercher la
fin du roman à la ferme et qu'on ne vous a pas ménagé l'heure des aveux !

— Madame, dit le jeune homme, je ne sais, en vérité, ce que vous me voulez....

— Mais, fit-elle, je ne vous veux que du bien. Et la
preuve, c'est que vous me rencontrez ici, placée sur
votre passage, tout exprès pour vous avertir de ce qui

vous attend. Votre cœur, à vous, se sent tout prêt à
s'échapper et à dire le grand mot, je pense ; mais vous
n'osez peut-être espérer qu'on ait de sitôt la faiblesse
ou la bonté de vous répondre. Quant à moi, je vous
dis qu'on vous répondra aujourd'hui même. J'ai même
trouvé charitable de vous apporter cette heureuse nouvelle. Vous me devez une récompense en retour de la
peine que vous m'avez donnée, ou vous ne seriez qu'un
ingrat.

— Eh ! madame, pourquoi non ? répliqua le jeune
homme en s'efforçant de sourire. Tout ce badinage
est fort gracieux et bien innocent. Pourquoi n'y répon-
drais-je pas, si cela vous plaît ? Il ne tient qu'à vous
de me faire connaître la récompense que vous souhaitez...

— Attendez, dit la veuve en s'écartant de quelques
pas, et regardez-moi bien... mais là, je vous prie, d'un
bon regard, sans ressentiment, sans méfiance ! Et
dites-moi si Maurice d'Olivaie n'a pas été un sot ?

— Quoi ! murmura-t-il. Encore ce Maurice !

— Dites-moi si, faite comme je suis, supportable,
il me semble, jeune encore, aimante, dévouée, riche,
très-riche, honnête après tout, car je n'ai jamais manqué que pour lui à ce que se doit une honnête femme...
dites-moi si je ne valais pas bien cette madame de
Nertia pour laquelle il m'a trahie ?

Le comte Luigi, au lieu de répondre, éperonna de

nouveau son cheval qui eut, en deux bonds, franchi l'ombrage des sapins.

Devant lui, s'ouvraient les hautes prairies à l'extrémité desquelles la ferme de Haute-Fontaine était assise. Le jeune homme alors retint sa monture. — Oui, murmurait-il, cette femme a raison; ce sont bien des avertissements qu'elle me donne. Mais elle n'en connaît pas le véritable sens. Irai-je plus loin ?

Mademoiselle d'Olivaie sortit alors du jardin rustique qui entourait la ferme; il la vit immobile, au bord de la prairie, le regardant. Il était trop tard pour retourner en arrière. D'ailleurs, c'eût été vouloir retrouver la veuve de Sainte-Anne sur le chemin.

Il s'avança donc lentement et, à dix pas de l'habitation, mit pied à terre devant la jeune fille, qui lui dit d'une voix tranquille et naturelle :

— Monsieur Luigi, je vous attendais.

— Ainsi, répondit-il sans oser encore lever les yeux sur elle, vous ne m'en voulez pas d'avoir surpris le secret que vous m'aviez fait hier de cette excursion à Haute-Fontaine ?...

— Je n'ai point voulu vous faire de secret, interrompit Édith en riant; mais enfin nous sommes de nouveaux amis, et je ne me trouve pas encore arrivée avec vous au point de tout vous dire...

— Je suis venu...

— Je savais que vous viendriez, je n'en suis pas

mécontente, car j'ai une question à vous faire, et je vous la ferai plus librement ici. Ce n'est pas comme à l'Olivaie. Ma mère ne veut pas même entendre parler d'une promenade, quand elle se voit à Haute-Fontaine ; l'espace est trop vaste et lui fait peur. Nous sommes donc seuls.

— Mademoiselle, balbutia-t-il, parlez, je vous en supplie...

— Oh ! dit-elle, il ne faudrait pas vous méprendre à ce que je vais vous dire...

..... Au reste, reprit-elle avec son beau sourire moqueur, la question sera brève et tiendra en quelques mots : Comptez-vous demeurer toute votre vie à Mirey, monsieur Luigi ?

Il pâlit et ferma les yeux :

— Vous savez bien que ma vie est à vous, répondit-il, et que c'est pour vous seule que je reste.

XXXVIII

Mademoiselle d'Olivaie ne donna d'abord aucune marque de mécontentement ni de dépit. Pas un mot.

La veuve de Sainte-Anne avait prophétisé que le comte Luigi *parlerait* ce jour-là et *qu'il lui serait répondu;* la moitié seulement de la prédiction semblait devoir s'accomplir.

Il est vrai qu'Édith avait affreusement pâli. Son teint mat prit la transparence de la nacre, comme si quelque grande lumière intérieure était venue tout à coup éclairer ce délicat et noble visage; les yeux aussi s'en illuminèrent, le même feu voilé vint animer ces deux beaux globes de velours brun ordinairement si tranquilles.

— Là, dit-elle enfin, avec un accent de douce raillerie désarmée, j'aurais pourtant dû m'y attendre !

— Eh bien oui ! s'écria-t-il. Et moi, j'aurais dû trouver mieux pour vous exprimer ce que vous me faites ressentir. Ce n'est pas assez de dire qu'on vous aime !...

— Grand Dieu ! interrompit Édith, que voulez-vous dire de plus ?

— C'est vrai ! murmura le jeune homme, avec un violent retour d'amertume. J'oubliais que vous êtes la sagesse même, la raison vivante. Céder devant vous à un mouvement de folie, c'est risquer d'être ridicule.....

— On n'est jamais ridicule avec votre figure, surtout quand on parle sincèrement.

— Vous croyez donc que je suis sincère ?

— Je le crois. Et que diriez-vous si je l'étais à mon tour... Si, par exemple, je continuais l'interrogatoire commencé, au risque de passer à vos yeux pour trop curieuse de ce qui vous intéresse ?

— Oh ! dit-il en frissonnant, interrogez-moi donc... Parlez bien vite... Que voulez-vous savoir de moi ?

— Je veux d'abord vous dire que je n'ai pas de confiance dans les cœurs entamés, reprit gravement Édith. Le vôtre est-il comme le mien, monsieur Luigi, une maison toute neuve ?

— Je peux vous en répondre. J'ai vécu jusqu'à près de vingt-deux ans dans une retraite entière, presque sauvage...

— Je ne déteste pas les sauvages, dit mademoiselle d'Olivaie avec un nouveau sourire.

— ... A côté de mon père, mon seul ami, que j'aimais uniquement.

— Voilà qui ne peut sérieusement porter ombrage, continua la jeune fille toujours gaiement... Mais vous avez été récemment privé de votre père par un coup terrible et imprévu. N'est-ce pas ce que vous nous avez dit à l'Olivaie dès votre première visite ?

— Oui, récemment, par un coup terrible, répéta le comte Luigi d'une voix sourde.

— Je vous plains... Pourquoi ne nous avez-vous point parlé de votre mère ?... Vous l'avez également perdue ?

— Perdue ? répéta-t-il, oui, perdue !

— Pardonnez-moi... mais de quel ton dites-vous cela ? Voyons... votre mère n'est-elle point morte ?

— Morte ou vivante, s'écria-t-il, demandez-vous pourquoi l'on ne parle pas de sa mère !

— Je vous plains davantage, répondit mademoiselle d'Olivaie, dont le front se plissa légèrement. Cette triste confidence, que je me repens de vous avoir arrachée, m'explique cette vie indépendante, sans devoirs envers le monde et sans liens de famille, que l'on vous voit mener.

— J'ai une sœur, dit le comte Luigi ; elle est aux mains de cette mère indigne... J'ai fait à mon père mourant le serment de la reprendre et de la garder auprès de moi.

— Quel âge a votre sœur? demanda Édith d'un air pensif.

— Seize ans.

— Pauvre enfant! J'en ai bientôt vingt. Je serais pour elle presque une jeune mère.

— Oh! murmura le jeune homme, vous venez au-devant de mon rêve.

— Je comprends aussi pourquoi vous avez surtout habité la France, loin de celle que votre père fuyait peut-être... Savez-vous que ce défaut d'accent méridional et la façon dont vous parlez le français m'ont d'abord inquiétée?... Vous n'êtes Italien que de visage.

Il dut en ce moment s'applaudir de l'être au moins par là; son masque avait donc un air naturel! Il bénit ce bistre doré de sa peau, qui défiait les rougeurs incommodes.

— Ah! balbutia-t-il, on change de patrie comme on change d'âme... Je suis arrivé près de vous en désespéré, j'ai vu aussitôt le ciel ouvert. Je n'ai plus de patrie que Mirey et que l'Olivaie.

— Ceci, dit-elle doucement, c'est encore une phrase. Parlez-moi toujours simplement...

— Comme je vous aime.

— Comme je veux qu'on me parle et comme je voudrais, en effet, que l'on m'aimât. Votre interrogatoire est terminé, je sais tout ce que je désirais apprendre. Mon principal grief contre vous, il n'y a qu'un instant encore, c'était de mal vous connaître et de ne point savoir qui vous étiez...

— Et maintenant, s'écria-t-il avec un rire faux et violent qui lui déchirait les lèvres, vous croyez bien le savoir, vous n'avez plus ni méfiance ni doutes?...

Elle le regarda avec surprise : — Je ne pense pas vous avoir blessé, dit-elle. Vous me verrez toujours le courage de l'entière franchise dans toutes les situations de la vie. Je serais fâchée que vous ne l'eussiez pas comme moi.

— Mais, répliqua-t-il avec la même gaîté convulsive, comment vous prouver que je le possède aussi ce courage qui vous paraît si nécessaire?... En vous interrogeant à mon tour ?...

— Pourquoi pas ? Vous auriez également le droit de vouloir me bien connaître. Je vous répondrais sans embarras. Vous m'aimez, monsieur Luigi, je vous aimerai peut-être ; mais, quoi qu'il arrive entre nous, il est un souvenir qu'aucune tendresse ne pourra jamais effacer : c'est celui de mon père. Le colonel d'Olivaie sera toujours à mes yeux le plus noble, le plus parfait, le premier des hommes. Et voyez, je ne crains pas de vous le dire, à vous...

— Je vous en remercie, s'écria le jeune homme... Mais vous avez aussi un frère.

19.

Édith tressaillit : — Oh ! *mon ami !* murmura-t-elle...

Puis elle se mit à marcher rapidement dans la prairie :

— Non, reprit-elle, je n'ai plus de frère. Pourquoi voulez-vous m'affliger ?

— Quoi ! reprit le comte Luigi, d'une voix à peine distincte, est-il donc mort ?

Mademoiselle d'Olivaie ne répondit pas.

La même sueur glacée que le matin monta aux tempes du jeune homme : la sueur d'agonie.

Tous deux traversèrent la prairie cheminant côte à côte, la tête baissée ; ils allaient arriver aux grands sapins qui ombrageaient la fontaine.

— Non ! dit le comte Luigi, en touchant le bras de sa compagne. Point de ce côté...

— Pensez-vous, dit brusquement mademoiselle d'Olivaie, que je daignerais seulement faire un pas pour éviter la rencontre de la veuve de Sainte-Anne ? Elle était là tout à l'heure, je le sais. On ne serait pas venu m'en avertir que je l'aurais deviné quand vous m'avez parlé de mon frère. Cette méchante folle n'aura pas manqué de faire parade devant vous de ce qu'une autre mettrait tous ses soins à cacher. Elle se livre elle-même à la sévérité du premier étranger qu'elle rencontre. Que lui importe, pourvu qu'elle espère nous chagriner et nous nuire ! Elle nous a voué la plus sotte haine, et peut-être bien a-t-elle su vous inspirer

l'appréhension d'entrer, en m'épousant, dans une famille déshonorée...

— Je suis accoutumé à souffrir par les fautes des
miens, répliqua le jeune comte. Pourrais-je vous reprocher celles de votre frère, qui s'est puni lui-même
en s'exilant?... Car je ne veux point croire qu'il soit
mort... Édith, je vous en supplie, dites-moi qu'il ne
l'est point, que vous le savez, que vous connaissez
le lieu de sa retraite...

— Je ne peux vous le dire, répliqua-t-elle, nous ne
savons rien. Madame d'Escarlat vous a fait, j'en suis
sûre, l'étrange confidence de la première folie de Maurice, dont elle a été la cause : elle ne vous aura pas
épargné le récit de la seconde...

L'ombre des sapins couvrait heureusement le trouble
du comte Luigi.

— Oui, murmura-t-il, tenant et serrant dans ses
mains brûlantes la main de mademoiselle d'Olivaie,
elle m'a dit à ce sujet des choses cruelles. Ce n'est
pas à une bouche pure comme la vôtre de les redire.

— Eh bien, reprit Édith, Maurice est-il allé attendre
à l'étranger cette femme qui a achevé de le perdre?
Elle a quitté la France il y a environ un mois...

— Qui vous l'a dit? s'écria-t-il... Cette femme.....
Savez-vous son nom, vous aussi?...

— Elle s'appelait madame de Nertia...

— Ah! vous dites qu'elle s'appelait... Vous suppo-
sez qu'elle a changé de nom...

— Je l'ignore, je ne suppose rien.

— Grand Dieu! dit-il, cela est plus digne de vous,
Édith. Vous avez raison.

— Le ministre qui avait ouvert auprès de lui à Maurice une carrière sûre et brillante nous a écrit... Il
nous dit que mon frère a également disparu, et, que
sa disparition a été accompagnée de circonstances
mystérieuses qu'il a vainement cherché à s'expliquer.
Il paraît qu'elle a coïncidé jour pour jour avec un
nouveau scandale causé par cette créature. Le ministre ne nous donne pas d'autres détails.

— Édith, fit tout bas le jeune homme, ceux-là ne
suffisent-ils point!... Vous voyez bien qu'ils me
glacent!

— Le ministre pense que mon malheureux frère
aura cédé à une terreur folle en voyant les suites où
pouvait l'entraîner cette liaison abominable....

— Il ne se trompe point! s'écria le comte Luigi.
J'en suis sûr comme lui à présent... Je vois la terreur
de Maurice... Édith, c'est un tableau qui vous tuerait
si vous le voyiez comme moi... Il a fui devant son
exécrable ouvrage!...

— Vous voulez dire l'ouvrage de cette femme... interrompit Édith... Mon Dieu, je regrette de vous voir
si ému à cause de nous. Il faut que vous m'aimiez

beaucoup, Luigi!... je crois que je suis tout près d'en
être fière et heureuse... Mais ne trouvez-vous pas cette
conversation trop pénible?... Nous allons nous séparer
dans un instant. Il vaut mieux que vous regagniez
Mirey avant ma mère et moi...

— Je vous obéirai, dit-il en reprenant la main de la
jeune fille et en la couvrant de baisers passionnés ;
mais laissez-moi me mettre à vos pieds et adorer encore un moment le rêve de ma vie... Oui, nous allons
nous séparer, Édith...

— Oh! dit-elle, jusqu'à demain. Relevez-vous.
Voici votre gentil cheval qui vous a suivi... Je l'entends dans le feuillage... Moi, je vais rejoindre la
ferme. A demain, mon ami.

Il demeura sous les sapins ; le grand jour de la prairie aurait éclairé sa pâleur mortelle. Mademoiselle d'O-
livaie fit quelques pas, puis se retourna :

— A demain, Luigi, dit-elle ; soyez content, je vous
aime.

Alors, la voyant s'éloigner, il se laissa tomber sous
les grands arbres, le visage contre terre, et il pleura
longtemps le rêve perdu qu'il venait d'adorer. Il entendit passer sur le chemin la carriole qui emportait
Édith et sa mère et il étouffa le cri de désespoir et
d'adieu qui allait lui échapper.

Puis il se leva, appela son cheval et se mit en selle.
Au lieu de reprendre la direction du bourg, il descen-

dit l'autre versant du mont. De même que Maurice
d'Olivaie avait fui devant la terreur de son crime, il
fuyait, lui, l'épouvante de cet amour...

Il courait au galop sur la pente rocheuse vers la
Loue qui bouillonnait au pied de l'escarpement; il sentit le vertige de l'abîme.

. . . .

. . . .

XXXIX

Plusieurs mois s'était écoulés. C'était l'hiver de l'année qu'un grand poëte a nommée l'année terrible. La France était vaincue et ceux qui lui conseillaient de ne plus se défendre disaient : La guerre est finie !

La neige avait cessé de tomber, mais couvrait la terre d'une couche épaisse et glacée ; on eût dit une croûte de marbre poli sur les chemins escarpés du bois. Deux cents hommes environ, ce qui restait d'une forte troupe régulière, composée de durs paysans du sud-ouest, tous bien armés, bien équipés au départ, en haillons maintenant, glissaient sur ce terrible miroir à travers les forêts qui couvrent, à l'occident, les abords de Dijon. Le commandant, un vieux soldat qui avait repris, à soixante ans, le harnais et l'épée, fut obligé de mettre pied à terre et l'on conduisit son cheval par la bride. Les hommes, sous le poids de leurs

armes, perdaient à chaque instant l'équilibre et roulaient dans la neige ; ils marchaient depuis huit heures.
On fit halte. Ils se couchèrent, où ils se trouvaient,
sur ce lit de glaçons.

Le commandant consulta sa carte, y reconnut l'existence d'un village peu éloigné et se mit à exhorter ses
hommes. Allons ! un dernier effort ! Si ce hameau n'a-
vait pas été évacué par ses habitants devant l'ennemi,
on y trouverait des vivres frais et sûrement des foyers
allumés.

S'il était désert, placé comme il devait l'être dans
l'escarpement du coteau, on pouvait s'y défendre.
Quelques barricades sont bientôt construites, quelques
épaulements bientôt élevés. Alors on prendrait du repos, après un peu de travail.

— Commandant, dit une voix, la terre est dure ! Il
vaudrait mieux nous mettre à la main du pain que
des pioches.

Pourtant ce discours militaire et paternel fit un
grand effet, et quand l'officier le termina par le cri :
« En avant ! » il vit qu'il ne laissait point de traînards
derrière lui ; tous s'ébranlèrent.

La route était rude, courant à une altitude de quinze
cents pieds au sommet d'une chaîne, sans autre abri
contre la froidure que les arbres eux-mêmes couverts
de cette redoutable neige. Le vent, parfois, l'en détachait en longues lames tranchantes qui venaient cou-

per le visage des soldats. Enfin, dans l'axe du chemin,
ils virent de légers filets de vapeur montant dans l'air
qui était d'une pureté implacable : c'était la fumée du
village.

De petits murs en pierre sèche s'élevaient au faîte
du mont, entourant le cimetière ; le clocher se profilait
dans la froide lumière de ce cruel midi ; l'église était
assise dans le premier pli du terrain. Sur le versant et
autour d'elle se blottissaient les maisons qui appa-
rurent closes et muettes.

Et pourtant quelqu'un veillait invisible, car un cri
retentit : « Ce sont les Français ! »

A l'instant, les portes s'ouvrirent. Femmes, vieil-
lards, enfants, — des hommes il n'y en avait plus, —
accoururent au devant des soldats, les entraînèrent
dans les maisons, les débarrassèrent de leurs armes,
jetèrent des fagots entiers dans les foyers.

C'étaient des clameurs de joie et d'enthousiasme. Le
village avait été traversé deux fois par les Allemands
qui n'avaient pris le temps que de le rançonner à
demi ; il restait du lard dans les garde-manger et du
vin dans les caves.

Une seule masure demeura fermée.

Là, dans la salle basse, une femme était assise,
les mains croisées sur ses genoux, indifférente au tu-
multe du dehors. Dans le grenier, un jeune homme se
tenait, les yeux avidement collés aux fentes du volet

qui masquait la lucarne. Tout à coup, il se dirigea vers l'escalier, ou plutôt l'échelle qui faisait communiquer ce grenier avec la chambre inférieure.

— La mère, demanda-t-il, n'avez-vous rien à donner aux Français qui arrivent?

— Rien, dit-elle.

Alors il descendit quelques échelons.

— Levez-vous et approchez, reprit-il. Voici de l'or. Vous en ferez deux parts : la première, vous l'ajouterez à ce que je vous donnai hier soir, quand vous avez consenti à me cacher ici. La guerre vous a pris votre mari, et vous êtes pauvre. L'autre part sera pour les soldats. Moi, je retourne à ma cachette; ce n'est pas encore à ceux-ci que je veux me montrer.

La femme prit l'or qu'il lui offrait, le tint un moment dans sa main :

— Qu'avez-vous donc fait, demanda-t-elle, pour vous cacher des Français?

— Vous auriez tort d'avoir de mauvaises pensées sur moi, répondit-il. J'attends, comme je vous l'ai dit, un corps de francs-tireurs au passage ; ils ne demanderont pas qui je suis, et je les suivrai. Le corps qui vient d'entrer dans le village n'est pas mon fait; le commandant avant de m'enrôler voudrait connaître mon nom. Je n'ai plus de nom. Je suis HORS LA LOI.

— C'est vrai que vous êtes généreux et que je suis bien pauvre, dit-elle. Et puis je ne me soucie guère de vos péchés. Si j'étais sûre seulement que vous n'êtes pas un espion...

Il descendit tout à fait, la saisit par le bras, la plaça en face de lui.

— Regardez-moi, fit-il; ai-je l'air de ce que vous dites?

— C'est encore vrai, que vous avez une belle et bonne figure... mais ce n'est pas une figure de Français tout de même... Enfin, je ferai ce que vous voulez.

Le jeune homme remonta dans son grenier. Deux soldats frappèrent à la porte. La veuve ouvrit, et, d'en haut, il l'entendit qui leur disait : — Mon mari a été tué, je suis seule et je n'ai pas de provisions au logis. Mais voici l'épargne que j'avais faite avec mon pauvre homme. Je veux que vous en preniez la moitié pour vous et vos camarades.

Comme ils s'en allaient les mains pleines, une voix lui dit : — Merci, la mère.

Elle tressaillit. Ce n'étaient point les soldats qui lui rendaient grâce en s'éloignant; la voix partait du grenier.

— Si vous m'avez trompée et si vous m'avez fait employer le nom de mon pauvre homme pour vous aider à faire le mal, le bon Dieu vous punira, répondit rudement la veuve. Vous serez tué au pied d'un mur, comme tant d'autres qui valaient peut-être mieux que vous...

Cependant les feux continuaient de flamber partout

dans le village et la bise emportait au loin, mêlées à la poussière blanche qui s'élevait parfois de la couche neigeuse, les plumes des dernières volailles sacrifiées au détachement français.

Le jeune homme dans son réduit ne sentait point le froid, car il était tout entier à sa pensée, à ses regrets, à sa véhémente et sombre colère. Au bout de deux heures, la petite colonne se reforma. Les soldats avaient mangé ; ils s'étaient reposés le verre en main devant la flamme. Ils reprirent la route de Dijon qui allait être attaqué.

Le mystérieux solitaire chercha l'autre fenêtre du grenier cachée sous quelques bottes de foin, et, se laissant glisser d'une hauteur de cinq à six mètres, retomba sur la neige qui rendit sous ses pieds le bruit éclatant d'un miroir qui se brise. Alors il s'enfonça dans le bois.

Il suivit la direction opposée à celle que les Français venaient de prendre et descendit le versant qu'ils avaient gravi pour gagner le village. Là, point de chemin tracé. Déjà il avait dévoré la moitié de la pente. Les arbres cessèrent brusquement, le pied du mont était nu. Un ruban de route, perdu sous la même couche blanche que tout le reste de la campagne, courait au fond de l'étroite vallée qui sépare ce poteau de la hauteur voisine. Le jeune homme tout à coup s'arrêta.

Une trentaine de cavaliers s'avançaient au pas sur cette route ; ils s'arrêtèrent comme lui, le regardant de loin et semblèrent se consulter.

Ceux-là c'étaient bien des Allemands.

Peut-être se demandaient-ils ce qu'était cet homme qui s'exposait si sottement à trente coups de feu, tandis qu'en les voyant il aurait pu rentrer sous le bois. Où allait-il ? Pour cela, ils auraient eu beau le saisir et lui infliger toutes les tortures, il n'aurait pu le dire, il n'en savait rien. Etait-ce un fou ? Etait-ce un espion (ils disaient comme la veuve), un misérable qui venait vendre son âme et le sang des siens ? Dans ce dernier cas, il allait faire un signal pour demander qu'on le laissât approcher.

L'homme ne bougeait pas ; il paraissait s'amuser à compter les cavaliers ; ils étaient bien trente.

Les Allemands s'impatientèrent et deux d'entre eux se détachant du gros de la troupe poussèrent une charge de son côté ; il ne fit pas mine de céder la place. Les deux cavaliers avaient à parcourir deux cents mètres environ. Le cheval du premier glissa et s'abattit ; le cavalier ne put se relever.

L'opiniâtre personnage leva son chapeau en l'air et se mit à crier de toute sa voix qui était pleine et sonore : Vive la France !

Vingt-huit carabines lui répondirent, vingt-huit balles sifflèrent à ses oreilles ; il ne se courba pas même pour éviter ce déluge. L'autre cavalier demeuré en selle, accourait sur lui, le sabre haut.

Il se retrancha derrière une touffe de houx tout hérissée de glaçons qui formait un bon rempart, tira furtivement un revolver de sa poche et attendit ce sabreur qui le croyait sans arme...

L'Allemand tomba.

Alors le singulier jeune homme retournant sur ses pas, s'élança en avant, remontant le coteau. Il entendait derrière lui le galop de toute la troupe, toute la sarabande qui le poursuivait; mais il savait bien qu'elle allait rencontrer un terrain semé d'obstacles que les chevaux ne pourraient franchir. Cependant, au moment où il rejoignait le couvert des arbres, il reçut un nouveau coup de feu, la revanche sans doute du premier cavalier démonté qui avait fini par se dégager du poids de sa monture. Quant à lui, il ralentit bientôt sa marche, il ne craignait plus rien. A travers les branchages, masqué par le tronc d'un vieux chêne, il vit les ennemis qui regagnaient la route.

— Qui pourra dire maintenant que je n'ai pas fait la guerre? murmura-t-il. Je l'ai faite comme un véritable irrégulier, comme un paria...

Puis il se mit bruyamment à rire.

— Ou plutôt, s'écria-t-il, comme un revenant !

Un instant après, la fantaisie lui vint de revoir le théâtre de la lutte; il ne retrouva pas son ennemi mort ou blessé au passage ; ses compagnons l'avaient enlevé. Mais il traversa la route, gravit et redescendit deux ou trois de ces collines boisées qui sillonnent tout le pays et s'arrêta épuisé de fatigue, au sommet de la troisième qui formait un petit plateau entouré de toutes parts de taillis.

Comme il s'asseyait au bord de la clairière, ses regards se portant devant lui distinguèrent sur le sol, à une centaine de pas environ, plusieurs masses noires qui le firent tressaillir. Ce ne pouvait être des roches ni des buissons, car la neige les aurait recouverts. Ces objets immobiles et sombres n'étaient là que depuis qu'elle ne tombait plus.

Et de nouveau, il frémit, car il crut reconnaître des formes humaines.

Parmi ces formes sinistres il en vit une, en approchant, qui brillait sous ce soleil éclatant et glacé : un mort en habit rouge. Le jeune homme s'avança toujours frémissant : c'étaient bien des cadavres. Il y en avait là une vingtaine, et des deux nations, — les Allemands dans leur uniforme noir ; son pied heurta un casque de fer.

Mais alors il arrivait près du mort en habit rouge et se pencha sur lui. Ce pauvre mort n'avait point voulu qu'on pût le méconnaître, s'il tombait dans le combat, car sur la plaque de son ceinturon, il avait fait graver son nom et son titre : *Comte Amiati*.

XL

— Amiati ! répéta Maxime Imbert.

C'était lui. On l'a reconnu. Dix mois auparavant, il disait au vicaire de la petite église de l'avenue d'Eylau : « Priez pour que je conserve la mémoire et que je n'oublie pas ce nom. »

Il ne l'avait pas oublié.

Amiati, le comte Amiati, celui qui avait couvert la fuite de la baronne Imbert, arrachant Marguerite à tout autre pouvoir au monde que le sien ; celui qui était demeuré en arrière, chargé des intérêts de la fugitive, de la vente des meubles de l'hôtel et qui l'avait ensuite si bien dirigée dans ses voyages, que tous les efforts, toutes les recherches de Maxime en Suisse, en Allemagne, en Italie, étaient demeurées inutiles.

Partout cet homme s'était placé, comme un obstacle invisible mais sûr, entre lui et son serment.

S'il avait su si bien cacher ou absorber la baronne Imbert, il fallait que ce fût à son profit, car, pour elle, ne devait-elle pas avoir appris la triste fin de Maxime Imbert à Dôle? Elle avait cessé de craindre son fils.

Maxime regarda le cadavre :

— Non! non! dit-il en frissonnant, il y a deux Amiati. Ce n'est pas celui-là. Il n'a que mon âge...

Eh bien! pourquoi non? Et Maurice d'Olivaie? Madame de Nertia ne faisait point fi des amis de vingt ans. Et l'exemple de Maurice prouvait qu'à vingt ans, on est quelquefois pervers.

Le mort n'avait pas, en effet, vécu beaucoup plus longtemps. Ceux qui sont aimés des dieux meurent jeunes, a dit un poëte de l'antiquité païenne. Les dieux devaient accorder une grande faveur à ce jeune homme qui avait une admirable physionomie de païen et dont le visage livide révélait encore la jeunesse ardente et téméraire, livrée à la fête des sens ; ils lui avaient épargné l'agonie. Le comte Amiati était tombé foudroyé : une balle l'avait frappé au cœur.

Le combat devait avoir eu lieu récemment et le mélange des cadavres des deux nations disait assez qu'il y avait eu lutte corps à corps. Ces affaires partielles s'engageaient alors à chaque instant autour de Dijon, évacué par l'ennemi qui allait essayer de le re-

prendre ; celle-ci datait peut-être du matin même. Le
sang glacé sur la neige avait encore de vives couleurs :
celui du jeune comte italien, coulant comme le sang
d'Adonis tué par le dieu Mars jaloux, semblait devoir
engendrer des roses.

Jamais les paysannes de France n'avaient rien vu
passer de plus délicat et de plus beau que ce jeune
héros garibaldien sous le costume pittoresque des
volontaires italiens de l'armée des Vosges. Ses compagnons chantaient volontiers la victoire quand ils
étaient bien sûrs de ne point se battre.

Il se battait, lui ! Son courage lui avait été funeste.
Il portait la chemise rouge, le pantalon gris collant,
la ceinture écarlate et les bottes reluisantes. Un foulard de soie dont le coin avait été brodé à ses armes,
était jeté négligemment autour de son cou.

Les pillards n'avaient pas encore passé sur le théâtre
du combat, car il avait à l'index une magnifique et
lourde bague ornée d'une pierre gravée. Sa main inerte
reposant près de son corps sur la neige avait été d'une
beauté remarquable comme tout le reste de sa personne. L'ombre d'un sourire courait encore sur sa
bouche, ses grands yeux noirs étaient ouverts.

— Ces yeux ressemblent aux miens, murmura
Maxime.

Il allait les fermer, mais il s'arrêta.

— Non, murmura-t-il, je ne peux ; ils me parlent !

Il recula de quelques pas, et, à mesure qu'il s'éloignait, d'autres pensées se levaient en lui. Celles-là, c'était l'ennemi, comme les Allemands ; elles lui livraient aussi bataille.

— Est-ce lui ? se demandait-il... Est-ce lui qui, depuis bientôt un an, a protégé ma mère contre moi ?.. Ma mère !

Il répéta ces derniers mots avec un effroyable sourire.

Ainsi, cet homme si jeune, si souverainement beau, avait pu vivre à côté de Marguerite. Il frémit encore... Le comte Amiati, fait comme il était, pouvait avoir conquis sur l'âme de mademoiselle Imbert un pouvoir autrement fort que celui de la mère, — le seul que Maxime pensât avoir un jour à combattre et à détruire. La baronne Imbert croyant s'assurer à jamais le cœur de sa fille en fuyant sous la garde de ce jeune homme, pouvait s'être cruellement trompée dans ses calculs maudits.

— Mais non ! reprit Maxime ; l'homme capable de prendre parti pour la baronne Imbert contre son mari mort par elle et contre son fils, ne l'aurait pas été de revenir chez nous faire la guerre pour une noble cause...

Et pourquoi non ? Maxime avait eu beaucoup à souffrir, sa jeunesse ne lui permettait pas de bien connaître les hommes. Il y a dans le cœur humain des contradictions plus surprenantes.

— Eh! bien! s'écria-t-il, qui me retient? je peux essayer au moins de le savoir.

Il revint vers le cadavre. Arrière les répugnances et les faiblesses superstitieuses! Il se pencha de nouveau....

Et de nouveau les deux yeux noirs, semblables aux siens, naguère encore allumés comme les siens du feu des vingt ans et des premières énergies de la vie, le regardèrent et lui parlèrent.

Il ouvrit la chemise rouge d'une main tremblante et de la poche tira un portefeuille d'ivoire... puis il s'essuya le front, car la sueur y perlait malgré la terrible froidure.

Le mignon portefeuille était orné d'un écusson d'argent répétant les armes des Amiati après la broderie du foulard, et la pierre gravée de la bague. Ces armes, au moins pour une partie de l'écu, d'ailleurs très chargé, étaient *parlantes* aussi : trois étoiles d'or. Et pour devise un mot, mais quel mot : *Speranza !*

Maxime consulta l'intérieur du portefeuille, et tout à coup se dressa poussant un grand cri... Il n'y avait trouvé d'abord qu'une lettre.... Ah ! les superstitions, on a beau s'en défendre! Elles sont au fond de notre pauvre nature, et chaque pas dans la vie les commande ou les réveille....

Une lettre, une seule qui commençait ainsi : « Mon cher enfant, mon pauvre maître, je vous salue, comte Luigi.... »

Luigi ! C'était sous ce nom que Maxime avait recueilli la seule part de joie que le sort lui eût accordée en ce monde : il est vrai que le sort aussitôt devait la lui reprendre. Luigi ! Qui lui avait donné ce nom ? Sa fantaisie d'une heure. Le faux comte Luigi devait voler l'amour d'Édith d'Olivaie et devait le perdre. Ce larcin l'avait rendu heureux et coupable, lui avait fait goûter sa première ivresse et commettre sa première faute.

Tandis que, depuis plus de six mois, il fuyait Édith à travers l'Europe, tandis qu'il cherchait la baronne Imbert et Marguerite, il lui était souvent arrivé de se dire : « Je l'ai trompée ! je trouverai mon châtiment. »

— Qui que vous soyez, murmura-t-il, s'adressant au mort, fussiez-vous même mon ennemi, ce que cette lettre va m'apprendre, je vous demande pardon....

... Et pourquoi demanderais-je pardon ? s'écria-t-il. Cela serait plaisant. Est-ce qu'on ne m'avait pas pris mon nom, à moi ? Est-ce qu'un misérable ne s'en est pas paré pour mourir, tandis que moi je m'arrangeais du nom d'un autre pour essayer de vivre ?

D'ailleurs, il pensa qu'il avait été trop prompt à s'émouvoir : *Luigi* ce n'était, après tout, que le prénom de ce jeune homme, et le larcin était léger. Le nom de sa famille lui restait à lui !

20.

— A moi, dit Maxime, que me reste-t-il? Que m'a-t-on laissé?

Luigi Amiati !

Il courut à la signature de la lettre : c'était celle d'un vieux serviteur de la maison Amiati qui se nommait Beppo ; il consulta la date : 25 novembre, de Bergame. Cette lettre était vieille d'environ deux mois.

Le vieux Beppo se plaignait d'abord du silence de son jeune maître qui ne lui avait écrit qu'une fois depuis le mois de janvier précédent, époque à laquelle il avait *disparu* de la ville. Venait ensuite une longue gronderie, moitié respectueuse, moitié paternelle sur les folies du jeune comte. Le vieillard, selon la coutume italienne, invoquait pêle-mêle les saints du paradis et les divinités de la Fable, avec les jurements les plus comiques contre « la méchante femme » qui avait dévoré le beau bien des Amiati, — des seigneurs de Castel Rosso, et de la branche aînée.

— Bien, fit Maxime, je sais déjà qu'il y a une branche cadette et d'autres Amiati... Hélas! je sais aussi que le pauvre garçon s'est ruiné par excès d'amour!..

En ce moment un bruit sourd s'éleva dans la direction de l'est, et résonna de mont en mont : Le canon! Maxime écouta. Encore un moment, et plus près éclata une vive fusillade. Le jeune homme pâlit de nouveau. N'était-ce pas la petite colonne française qui naguère faisait halte dans le village, et que les Allemands atta-

quaient à cette heure? Peut-être avait-elle été surprise?
N'était-ce point par sa faute! N'était-ce pas les cavaliers courant au fond de la vallée, qui avaient donné
l'éveil? Ne les avait-il pas mis sur les traces des Français par son imprudence? Ah! la mort d'un de ces
Allemands devait-elle coûter si cher? Et son premier fait de guerre devait-il devenir funeste aux
siens?...

La pensée lui vint de courir dans la direction de
cette fusillade. Du moins, il se dévouerait, il se puni-
rait, s'il avait fait le mal sans le vouloir, et il accom-
plirait peut-être la prédiction de la veuve du hameau
qui l'avait recueilli au commencement de la nuit précédente : — Vous serez tué au pied d'un mur, comme
tant d'autres qui valaient peut-être mieux que vous.

— Alors, se dit-il, je ressemblerais tout à fait à ce
jeune homme... Eh! non, car je suis déjà mort, et
pour être comme lui, il me faudra mourir deux fois...

Il allait remettre son examen de la correspondance
de Beppo à un moment plus propice, et d'abord replier
cette lettre, quand ses yeux y retombèrent. Une
phrase qu'il n'avait encore pu lire, se dessina tout à
coup en caractères de feu devant lui.

Beppo représentait à son maître qu'il aurait mieux
fait de ne point prendre la fuite et de tenir tête à ses
créanciers. Son oncle, le comte Annibal qui venait
d'arriver à Bergame, s'était mis d'accord avec eux et

travaillait de tout son pouvoir à faire mettre le palais Amiàti en vente.

Puis le vieux serviteur avait écrit la phrase qui suivait, la phrase flamboyante :

« On dit que ce comte Annibal du diable veut se marier. Il mène avec lui deux dames dont la plus jeune est belle comme un ange et n'a pas dix-sept ans. »

Le canon pouvait tonner, la fusillade s'allumer sur tous les coteaux et remplir les bois, Maxime n'entendait plus rien. Il aurait continué de dévorer cette lettre au bruit de toutes les foudres célestes et de toutes les batailles humaines.

D'abord une action de grâces lui monta aux lèvres : il allait remercier la bonté de Dieu qui daignait enfin le mettre sur les traces de la baronne Imbert et de sa fille. Un blasphème aussitôt vint se mêler à cette vague prière. Ah ! que Dieu a mal fait le monde !...

Pourquoi ces épreuves amères qu'il ne se lasse point d'envoyer aux cœurs honnêtes? Sa providence se faisait-elle un jeu d'exposer à ce dernier péril tout ce qui restait d'honneur aux débris de la malheureuse famille Imbert, c'est-à-dire la pureté de Marguerite?

N'était-ce pas assez des enseignements et de l'autorité d'une pareille mère? Fallait-il encore que mademoiselle Imbert fût livrée aux entreprises de ce passionné sans scrupules, de ce comte Annibal, sur lequel le vieux Beppo avait écrit ces lignes sans détours :

« Je le connais, moi, ce vilain seigneur que vous n'avez jamais vu, mon maître. A quinze ans, votre méchant oncle était un bandit. »

Le vieillard faisait suivre ce jugement sévère et coloré du récit assez détaillé des exploits du seigneur Annibal, « l'âme la plus noire qu'on eût jamais vue », capable de tout, sauf du bien, libertin et prodigue effréné, duelliste avec une médiocre réputation de loyauté, joueur suspect, etc.

Un portrait en pied par un familier de la maison.

Beppo, pour se résumer enfin, racontait que, vingt-deux ans auparavant, quand le cadet des Amiati n'en avait encore que dix-neuf, juste au moment où la comtesse Luigi, la femme de son frère aîné, mettait un fils au monde, Annibal avait été forcé de quitter la ville en hâte, à la suite de plusieurs méfaits trop criants, et, par exemple, d'une tentative d'empoisonnement, par bonheur pour lui mal prouvée, sur le nouveau-né qui venait lui ravir l'héritage de sa maison.

Il y a des juges à Bergame.

— Et voilà ce misérable qui deviendrait le mari de ma sœur ! s'écria Maxime.

O fond amer de la coupe ! O suprême honte !

En même temps, il agitait le portefeuille dont la poche secrète s'ouvrit ; il ne l'avait pas remarquée.

Une autre lettre s'en échappa, il la ramassa dans la neige. Elle était écrite en français, à la différence de

celle du vieux serviteur, et datée du premier jour de
janvier.

« Ami de mon cœur, disait-elle, je sais bien que
ton Beppo me déteste, et comme c'est la seule personne vivante, — si pourtant Beppo est une personne,
— à qui tu aies daigné révéler le lieu où tu te caches,
il a dû te faire de moi de beaux portraits dans ses lettres. Le vieux ne sait point du tout ce qu'il dit. Il m'accuse d'avoir réduit mon beau comte Luigi à mourir
quelque jour à l'hôpital. Ce n'est pas vrai. J'ai accepté
tes présents. En les refusant, ne t'aurais-je pas fait
injure ? Tu peux bien venir les reprendre. Je t'aime
assez pour te rendre tout.

» J'ai su par une lettre du petit marquis Pesaro qu'il
t'avait retrouvé parmi les volontaires de l'illustrissime
Garibaldi, qui est allé défendre cette pauvre France.
Mon Luigi est un héros. Je me suis bien gardée de dire
à personne ce que je venais d'apprendre. On ne le
saura pas à Bergame. Le pauvre petit marquis ne le
dira plus, car la belle Violetta, qu'il aimait, a reçu la
nouvelle de sa triste fin. Il est mort de la fièvre. Toi,
heureusement, tu es fort ! Mon cher cœur, je me suis
décidée tout à coup à t'écrire ; mais, pour être plus
sûre que mon billet te parviendrait, je l'ai remis à
Beppo qui l'a pris, tout en m'accablant des plus plai-
santes invectives. C'est un vieux bouffon.

» Ami bien cher, je t'écris surtout pour t'avertir que

ton oncle Annibal, que l'on croyait en prison ou pendu,
est arrivé ici et qu'il excite tout le monde contre toi.
Il voulait arracher aux juges une sentence qui te dé-
clarât mort et faire ouvrir ta succession. Les juges s'y
refusent, ils auraient peur de te voir ressusciter. Le
seigneur Annibal a envie de ton palais, le vilain
homme.

» Je sais que tu ne l'as jamais vu, je veux te le
peindre. Imagine-toi un méchant corps maigre avec
une grosse tête, une mâchoire de fer, une barbe de
bouc, deux yeux qui me font mourir de peur, quand
ils me regardent ! Cela n'est point rare ! Il sait que j'ai
été ta maîtresse et que tu es toujours la moitié de
mon âme, *felice Luigi*. Va, tu ne peux être aussi heureux à la guerre que tu le serais dans mes bras...

» Rien ne m'ôtera de la pensée que cet homme-là te
ferait tuer pour avoir ce palais qui le tente et ta galerie
de tableaux où l'on voit une Hérodiade qui me ressemble. J'ai le sentiment confus de l'avoir rencontré autrefois à Paris, justement chez la diva Violetta. Il y
jouait des sommes énormes et il gagnait... Violetta
ne se souvient pas de sa figure. Elle m'a dit : J'ai vu
tant de Français et d'Italiens à mes pieds ! Comment
veux-tu que j'aie assez de mémoire pour reconnaître
celui-ci ?

» C'est une sotte créature ; elle se vante, elle ment.
Le petit marquis Pesaro aurait fini par périr d'ennui

auprès d'elle. Il s'est épargné bien du dégoût en mourant avant de la mieux connaître. Mais je reviens à ton
oncle. Sache qu'il a reparu ici avec une baronne Imbert et sa fille, qui n'a pas dix-sept ans et qui est jolie
comme les petites Françaises : un teint de bambino ou
de poupée. Il veut l'épouser. Je la plains de tout mon
cœur.

» On dit que cette baronne Imbert est d'origine italienne, et tu ne me croiras pas si je te dis que tu lui
ressembles. Tu pourrais, d'ailleurs, être son fils. Elle a
comme toi des yeux grands et noirs qui brillent comme
les portes de l'enfer. C'est par ces yeux-là que tu m'as
fait entrer dans ton cœur, où j'ai trouvé beaucoup de
plaisir, mais bien des tourments. Cette baronne a l'air
de relever de quelque grande maladie. On raconte que
son mari a voulu l'assassiner, que son fils en est mort
de désespoir. *Poverino !* comment saurait-on tout cela,
si elle ne l'avait dit elle-même ? Mais quel intérêt a-t-
elle à le dire ?

» Tout le monde pense que ces deux femmes n'ont
d'autre ressource que la générosité d'Annibal. Ce n'est
sûrement pas un doux maître. O mon Luigi, prends
garde à ce démon furieux ! N'ayant pu réussir dans
son projet contre toi à Bergame, il va, heureusement,
quitter la ville et retourner dit-on, en France, dès que
Paris se sera rendu aux Allemands, ce qui arrivera
bientôt, à moins que l'illustre Garibaldi et toi vous ne

sauviez les Français. Toi, alors reviens ici. Je te défendrai contre ton oncle et contre le monde entier.

« Ton Olivia pour toujours. »

— A Paris ! j'y serai avant lui peut-être ! s'écria Maxime en repliant cette lettre, monument si singulier de perversité et de sensibilité féminines.

Cette Olivia n'était au demeurant qu'une courtisane mais douée d'un assez bon cœur.

— A Paris ! répéta le jeune homme.

C'est là qu'il devait arracher Marguerite à ce comte Annibal... Mais tout à coup il porta ses mains à son front comme pour rappeler son esprit qui le fuyait... Que disait-il donc ?... Sauver sa sœur ?... Et comment ?... Un effroyable sentiment d'angoisse lui serra le cœur.

De quel droit, sous quel nom se présenterait-il à Marguerite comme le sauveur ?... Elle ne le connaissait point, elle ne l'avait jamais vu. On lui dirait : « Votre frère est mort, et sa mort a été si publique qu'il n'est pas même permis d'en douter. On vous trompe ! »

Alors elle le repousserait comme un nouvel artisan d'intrigue et de mensonge, s'ingéniant à l'abuser afin d'arriver à la perdre.

Il fut obligé de s'asseoir dans la neige. Cette atroce pensée lui enlevait toutes ses forces.

— Eh bien ! murmura-t-il, s'adressant à ce jeune

comte Amiati, frappé comme lui par le Destin et qui
ne pouvait l'entendre, à ce mort charmant qui gisait à
ses côtés sur ce lit glacé, et dont la rencontre lui avait
apporté toutes ces précieuses découvertes, hélas inutiles : — Eh bien, quand je vous le disais, comte Luigi,
que le plus vraiment mort de nous deux, ce n'était pas
vous !

..... Pourquoi ne dirais-je point : *de nous trois?* s'é-
cria-t-il. Le vrai mort, c'est encore bien moins Maurice d'Olivaie ! c'est moi !

Machinalement, il étendit la main, et décidément
ferma les yeux du comte Luigi, — ces yeux grands et
noirs comme les portes de l'enfer, semblables à ceux
de la baronne Imbert, s'il fallait en croire la courtisane
Olivia, — semblables aux siens...

Ce beau regard du jeune comte ne devait plus se
rouvrir que sur l'espace éternel et l'autre vie. Maxime
se prit à méditer profondément. Ces deux lumières
étant éteintes, ces deux témoins incommodes étant désormais voilés et muets, sa pensée devenait plus libre...
Pourtant le bruit du canon redoublait, la fusillade se
rapprochait encore, le combat embrasait toutes les
collines environnantes. Ce n'était toujours ni à la
France ni aux ennemis de la France que Maxime Imbert songeait...

Il songeait à tout ce qui faisait son impuissance et
son tourment, son désespoir et sa misère. Certes il

pourrait, dès qu'il serait rentré à Paris, réclamer contre le faux acte de décès dressé par les magistrats de Dôle, se présenter et dire : — L'erreur a été trop grossière. Me voici. Démontrez-moi donc que je ne suis point vivant !

Mais dans la confusion épouvantable, dans l'écroulement de toutes choses qui suivraient la reddition de Paris, au milieu de la fureur populaire, de la guerre sociale peut-être succédant à l'autre guerre, comment presser les juges ? Y aurait-il des tribunaux à Paris au lendemain de la paix ?...

La baronne Imbert et le comte Annibal auraient cent fois le temps d'enlever Marguerite avant l'issue du procès. Maxime ne voyait aucune arme, aucun moyen contre l'audace de cet homme, pas plus que contre la lenteur des juges ! Se montrer, c'était donner l'éveil à sa passion, lui suggérer la pensée de mettre de nouveau la fuite, la mer peut-être entre Marguerite et ce défenseur inattendu, le *Revenant*.

Soudain, la main de Maxime s'étendit de nouveau sur le corps du comte Luigi :

— Quel mal ferais-je à ta dépouille, si je m'en parais, justement pour te venger, en même temps que pour remplir le plus pieux des devoirs ? s'écria-t-il...

Il voyait un moyen, à présent, il voyait une arme contre Annibal Amiati : il s'agissait d'offrir un appât à *l'autre* passion du misérable aventurier, celle que

lui inspiraient le palais de Borgame et la galerie de
tableaux; c'était de lui faire espérer une autre proie
que Marguerite.

Maxime Imbert se passa au doigt la bague armoriée
du comte Luigi.

FIN DE L'AUTOMNE D'UNE COURTISANE.

L'épisode qui suit et termine *l'Automne d'une Courtisane* a
pour titre : LA BATAILLE DE L'AMOUR.

F. Aureau. — Imprimerie de Lagny.

Paris. — Imprimerie E. Donnaud, rue Cassette, 9.

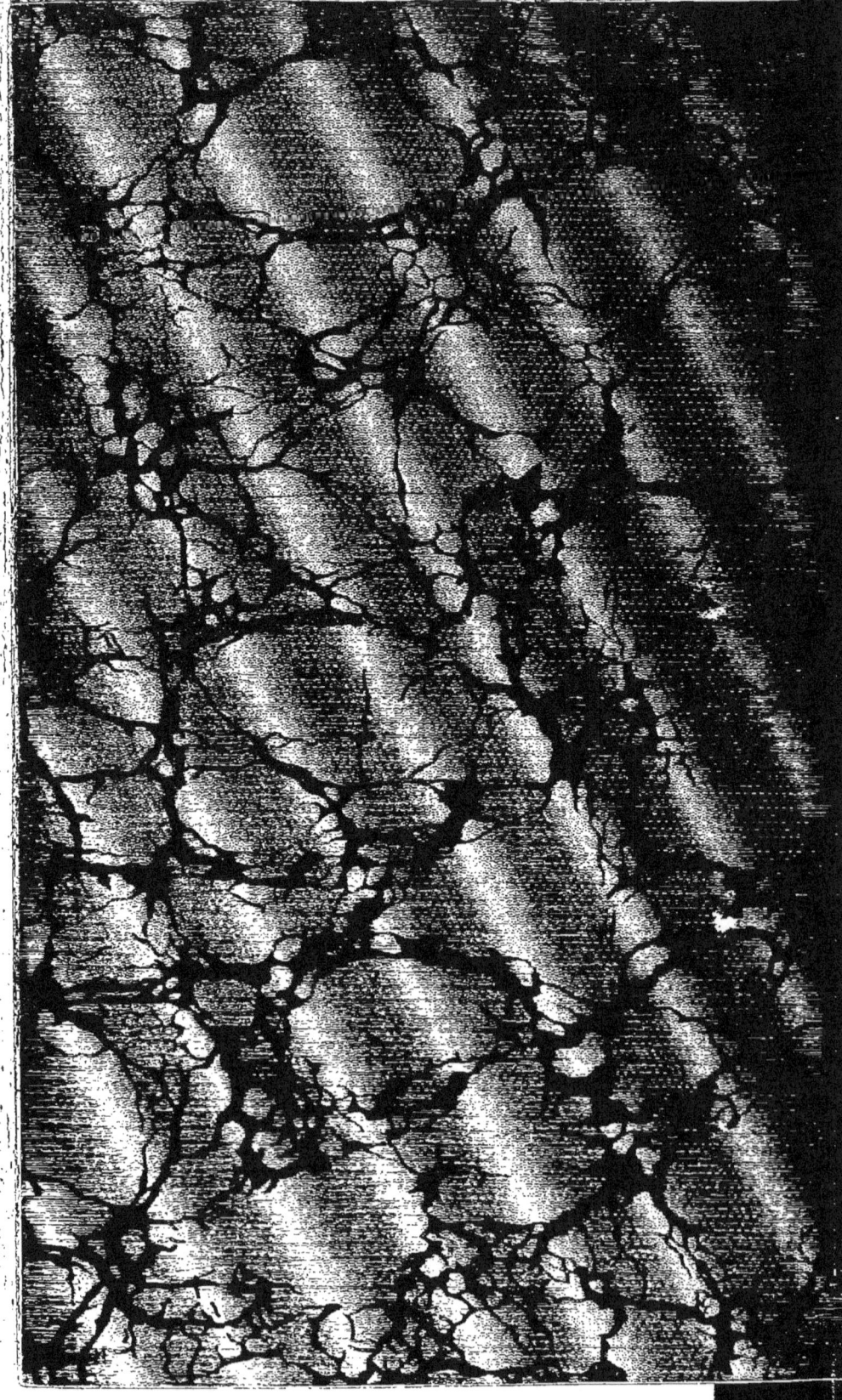

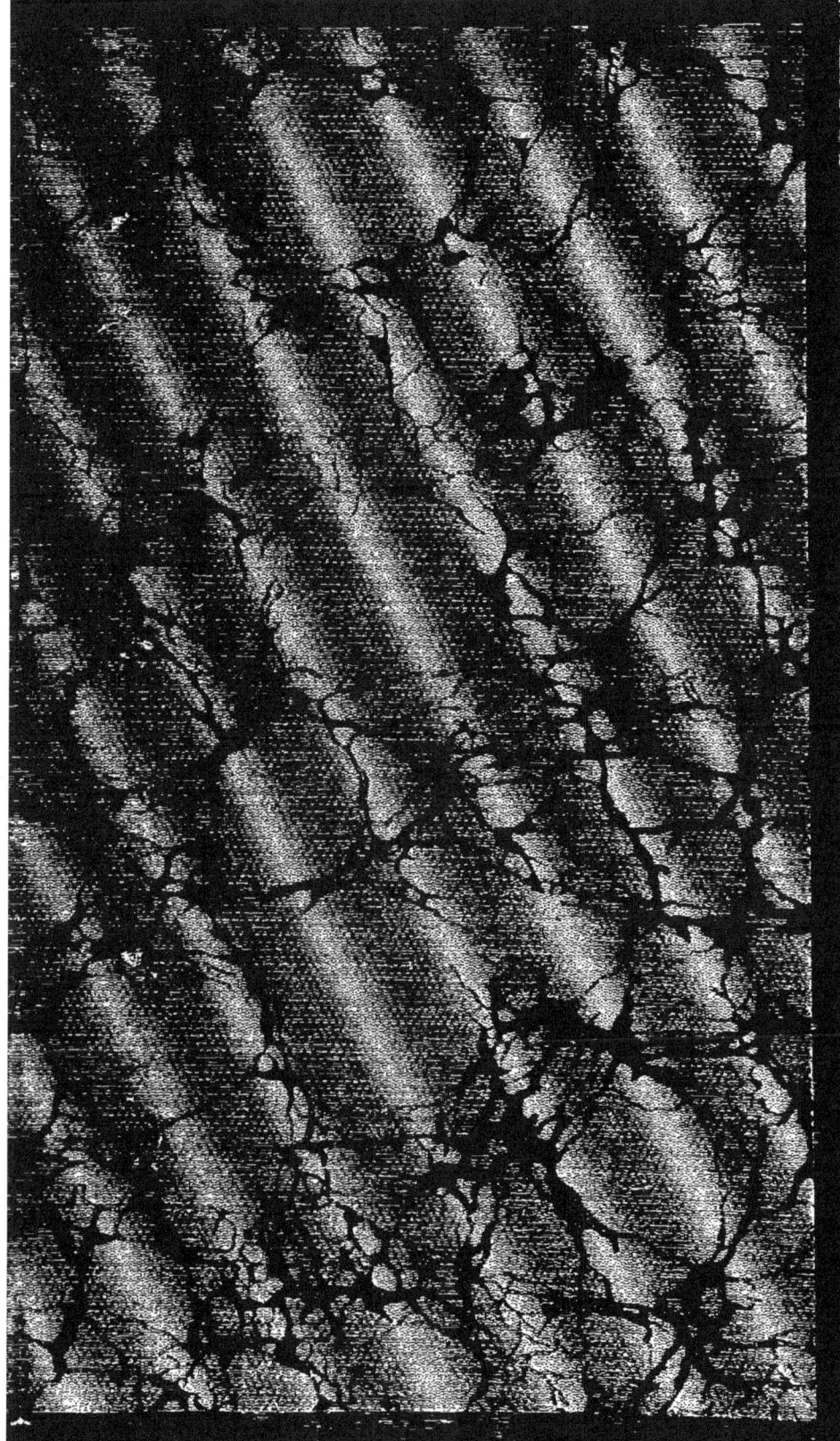

www.ingramcontent.com/pod-product-compliance
Lightning Source LLC
Chambersburg PA
CBHW050318030726
47505CB00003B/755